Dunkel ist das Grab

Ein Schottland-Thriller mit DCI Bone

(Buch 1)

T G Reid

Aus dem Englischen von Tatjana Becijos für Literary Queens

Glass Work Press

COPYRIGHT

DUNKEL IST DAS GRAB

Internationale Veröffentlichung von Glass Work Press.
Diese Ausgabe ist 2021 erschienen.

Herausgeberinnen: Emmy Ellis & Beverly Sanford
Umschlaggestaltung: megjolly.co.uk &
Satz: Emmy Ellis
Übersetzung: Tatjana Becijos für Literary Queens

Glass Work Press

WIDMUNG

Für Barry, Gordon, Jon und Dave … Ihr habt mich überredet.

PROLOG

Dunkelheit. Pechschwarzes, undurchdringliches Nichts. Police Constable Hazel Garvey presst ihre Augen fest zusammen und öffnet sie wieder. Immer noch völlige Finsternis. Sie blinzelt wieder und wieder, in der Hoffnung, dass sich etwas verändert oder zu erkennen gibt. Sie versucht, zu schreien, aber etwas steckt in ihrem Mund und verhindert, dass ihr Schrei entweichen kann. Instinktiv greift sie nach dem Fremdkörper, aber ihre Hände sind irgendwo hinter und unter ihr fixiert. Sie liegt mit dem Gesicht nach unten, die Beine angewinkelt, die Knie gegen einen unsichtbaren Gegenstand gepresst. Sie windet sich, um ihre Handgelenke zu befreien, aber die Fesseln ziehen sich zusammen und treiben ihre geballten Fäuste noch tiefer in die Basis ihrer Wirbelsäule. Panik. Ihre Atmung beschleunigt sich. Sie keucht. Sie hyperventiliert.

NEIN!

Sie lenkt ihren Verstand ab und konzentriert sich auf ihre Ausbildung – acht Jahre Polizeierfahrung und schwere Schufterei direkt an der Front. Sie atmet tief ein, um ihr rasendes Herz zu beruhigen. *Versuche, dich zu erinnern! Woran? An wen?* Der Schlamm, der ihren Verstand umgibt, weicht ein wenig, und verschiedene Szenen ziehen in ungeordneter und verworrener Abfolge vor ihrem geistigen Auge vorbei: die hektische, laute Bar, das *Fells Inn*, ihr Stammlokal. Ihr Team drängt sich um einen Tisch, der voller leerer Gläser und Zigarettenschachteln ist. Alle trinken, lachen, verarschen einander – das übliche Geplänkel. Eine Geburtstagsfeier für Fiona.

Die Filmrolle flackert. *Wie geht es weiter? Erinnere dich, verdammt!* Fiona steht vorn, das Gesicht gerötet, glücklich. Ein Trinkspruch. Brüllendes Gelächter. *Ich bin vom Stuhl gefallen. War ich besoffen?* Im Bad, würgend am Waschbecken. *Bin früher gegangen.* Sie zermartert sich das Hirn. Zwei Drinks und dann der Taxistand. *Warum war ich nach nur zwei Drinks blau – warum?* Sie erinnert sich an die Übelkeit und ihre Flucht, um erneut zu kotzen. Das würde sie sich auf ewig anhören müssen. *Was dann?* Nichts. Die ruckelnde Filmspule bleibt hängen, und der Bildschirm wird wieder schwarz. *Nur zwei Drinks?* Und dann wird es ihr klar. Jemand hat ihr Getränk versetzt. *Verdammt!* Irgendwo in der Bar hat ihr jemand etwas in ihren Wodka getan. *Aber wer?*

Sie hält den Atem an und lauscht. Stille. Sie reckt den Hals. Ihre Wange streift etwas Raues, eine Decke – oder ein Sack? Ein lautes Klicken ertönt über ihrem Kopf, als würde sich eine Tür öffnen. Ein kleines Licht erscheint, ein winziger Riss in einem tiefen Loch. Sie schreckt zurück, versucht, etwas zu sehen. Aber jemand packt sie an Armen und Beinen. Sie hört den Wind, das Rascheln der Bäume und in der Ferne den Schrei einer einsamen Krähe. Und jetzt das Knirschen von Schritten auf Kies; ihr Körper wippt auf und ab. Jemand trägt sie. Sie tritt um sich und zappelt. Aber der Griff ist zu fest und die Schritte bleiben gleichmäßig und sicher. Fünf, sechs, sieben, acht. Sie zählt die Schritte, um sich an Details zu erinnern, die später nützlich sein könnten. Wenn sie flieht und denjenigen festnimmt, der ihr das angetan hat. Die Schritte verstummen.

Atem. Nicht nur ihr eigener. Ein Mann. Sie stöhnt – und versucht, das Wort *Polizei* mit den Lippen zu bilden. Doch plötzlich reißt jemand an ihren Haaren und entfernt das, was ihre Augen bedeckte. Der Griff um ihre Beine löst sich, und sie rollt zur Seite, überschlägt sich und landet auf einem steinharten Bett aus Geröll. Der Aufprall zerschmettert ihren Wangenknochen und löst ihre Schulter aus der Gelenkpfanne. Ein elektrostatischer weißglühender Schmerz schießt über ihre Brust hinweg und dröhnt in ihrem Schädel. Sie schreit, wird aber von dem Knebel im Keim erstickt.

Sie reißt die Augen auf, aber nur eines gehorcht. Blendendes Tageslicht explodiert auf ihrer Netzhaut. Sie dreht den Kopf und zwingt ihr Auge, sich an das blendende Licht zu gewöhnen. Training. Sie wiederholt den Vorgang, ignoriert den Schmerz. Sie dreht sich wieder, links von ihr befindet sich eine hohe Wand aus – was? Sie blinzelt wieder. Schlamm und Dreck. Sie wendet sich erneut dem Licht zu. Aus dem Herzen der Sonne taucht eine Silhouette auf. Eine hoch aufragende Gestalt. Ein Ungeheuer. Es erhebt sich über ihr wie Frankensteins Monster. Ein Gegenstand reflektiert die Sonnenstrahlen. Eine Schusswaffe oder ein Messer? Der Arm des Ungetüms bewegt sich nach links und rechts. Jetzt kann sie es sehen. Es ist ihr Polizeiausweis. Sie stöhnt erneut und tritt um sich, aber der Schmerz in ihrer Schulter zwingt sie zum Aufhören.

Das Ungeheuer verschwindet. Sie mustert ihre Umgebung erneut. Nasser Lehm, mehrere Meter hoch, umgibt sie. Sie verlagert ihr Gewicht von der Schulter weg und schiebt ihren Körper in Richtung der Seitenwand. Das Grollen eines Motors lässt sie innehalten. *Ein Traktor oder … nein!* Die schlammige Grube, in die sie gefallen ist, ist ein Grab. Ihr Grab. Ein Reifen taucht am Rande des Abgrunds auf und der Arm eines Baggers wackelt über ihr. Und mit dem ohrenbetäubenden Kreischen, das entsteht, wenn Hydraulikflüssigkeit durch Zahnräder rinnt, schüttet die beladene Schaufel eine Vierteltonne Schlamm und Geröll auf die Beine von Police Constable Garvey.

»*NEIN!*« Ihr gedämpfter Schrei ist zwecklos.

Die Reifen bewegen sich weg und kehren kurz darauf zurück. Eine zweite Ladung ergießt sich aus der Schaufel, dann begräbt eine dritte ihre Brust unter sich und presst ihren Brustkorb zusammen, bis er bricht. Und als der tödliche vierte Tsunami aus aufgeweichtem Lehm und Schutt ihren Schädel in den schlammigen Boden drückt und das übrige Bisschen ihres verkürzten Lebens aus ihrer Lunge presst, spricht Police Constable Garvey ein letztes verzweifeltes Gebet.

EINS

Detective Chief Inspector Duncan Bone drehte sich auf den Rücken, sein Atem ging flach und seine geschlossenen Augenlider zuckten. Er träumte. Es war der gleiche Traum wie auch in der Nacht zuvor und der davor. Ein irrer Film in Dauerschleife. Es ist mitten in der Nacht und draußen regnet es in Strömen. Bone rennt in vollem Tempo eine verlassene Straße hinunter, seine Füße klatschen über den aufgeweichten Boden. Er eilt in ein rußgeschwärztes Wohnhaus, springt über Schutt und menschliche Überreste, die auf dem maroden Boden verstreut liegen, und nimmt dann immer drei Stufen auf einmal, als er die Treppe erreicht. Die dichte erstickende Dunkelheit verschluckt ihn. Im obersten Stockwerk angekommen, stürzt er sich auf die Tür mit der Nummer sechs. Die Zahl hat sich gelöst und schwingt wild hin und her. Bone tritt mit ganzer Kraft gegen die Oberfläche, deren Farbe aufgesprungen ist und Blasen wirft. Die Tür klappert, aber das Schloss hält stand. Bone tritt wieder und wieder zu, aber die

Tür gibt nicht nach. Er hält inne. Der Griff wackelt, dann dreht er sich langsam.

»NEIN!«

Sein Schädel füllt sich mit ohrenbetäubendem Lärm, und in einer Explosion von gleißender Hitze und Licht wird die Tür vernichtet. Ein weißglühender Feuerball verschlingt Bones Körper in einer fleischzerstörenden Salve aus unerträglichem Schmerz.

Bone wachte in Panik auf und griff nach seiner Kehle. Sein Herz raste, und in seinem Kopf drehte sich alles wie in einer außer Kontrolle geratenen Boeing 747. Er tastete nach dem Glas Wasser auf seinem Nachttisch, das er in der Nacht zuvor aufgefüllt hatte, und kippte zwei, drei, vier Schlucke hinunter. Seine Atemwege wurden frei und Sauerstoff durchflutete seine Lunge. Sein Herzschlag sank, als er tief einatmete. Nach einigen Augenblicken verklang das Rauschen des sich zurückziehenden Albtraums, und er stieß ein langes Seufzen der Erschöpfung aus. Er streckte seinen Arm über das Bett und suchte nach der vertrauten beruhigenden Wärme von Alice' schlafendem Körper. Bald würde sein Junge, Michael, hereinstürmen, aufs Bett klettern und auf seine Brust springen, bis er das kichernde Kleinkind gefügig gekitzelt hatte … Aber dann kam wie immer die harte Realität zurück. Sie waren weg, vertrieben von der posttraumatischen Belastungsstörung, die einen Rammbock in seine Ehe, in seine Familie, getrieben hatte. Jetzt musste von Gerichten, Anwälten, der polizeilichen Beratungsstelle und seiner Ex-Frau, die ihr Lächeln für ihren künftigen Mann aufsparte, der sicherlich bald kommen würde, geprüft werden, ob und wann er seinen Sohn kitzeln durfte.

Er setzte sich auf und spähte in die Dämmerung, die sich durch die Vorhänge zwängte. Sein Wecker zeigte 5:30 Uhr an; die Zeit war vor drei Jahren stehen geblieben, als seine Welt mit einem Knall untergegangen war.

Im Badezimmer spritzte sich Bone Wasser ins Gesicht und strich vorsichtig über die pinkfarbene Narbe, die sich von seiner Schläfe über seine eingefallenen blassen Wangen zog und in einem dichten Bart verschwand, der seine einst so markanten Hollywood-Züge verdeckte. Als die Explosion die Wohnung des Verdächtigen erschüttert hatte, war Bone durch die Wand und auf den Treppenabsatz katapultiert worden – der Verdächtige in tausend Stücke. Nach zwei Wochen im Koma und zahlreichen Notoperationen hatte der Chirurg Bone versichert, großes Glück zu haben, noch zu leben. Wenn das winzige Schrapnellsplitterchen noch tiefer in seinen Schädel eingedrungen wäre, hätte er sich die Radieschen von unten ansehen können.

Bone zog an der Haut unter seinem linken Auge. Durch die Wucht des Aufpralls hatte sich die Iris von einem blassen Blau in ein tiefdunkles Rot verfärbt, was ihm das Aussehen eines vom Pech verfolgten Terminators verlieh. So hatte es sein klugscheißender Nachbar formuliert, als er endlich aus dem Krankenhaus entlassen worden war. Das Fragment des Oberschenkelknochens des Mörders steckte immer noch darin, in der Nähe des Hirnstamms, zu tief, um ungefährlich befreit werden zu können. Der Chirurg hielt es für mitverantwortlich für die brutale Intensität der anfänglichen posttraumatischen Belastungsstörung, die ihn in den Abgrund gezogen und an den Rand des Selbstmords getrieben hatte. Aber jetzt, fast ein Jahr später, waren seine Ängste und Panikattacken trotz gelegentlicher Halluzinationen und kurzzeitiger Anfälle so weit abgeklungen, dass er einigermaßen funktionieren konnte. Die Rückkehr zur Arbeit war eine ganz andere Sache, aber im Moment genügten ihm ereignislose Fahrten zum Supermarkt und ein gelegentliches Bier in seinem Stammlokal. Er drückte seinen Finger auf die Narbe der Eintrittswunde und rieb diese – eine beruhigende Angewohnheit, die er während seiner Genesung entwickelt hatte. Er seufzte erneut, schaltete das Badezimmerlicht aus und ging nach unten, um sich einen Kaffee aufzusetzen.

Als er an der Haustür vorbeikam, warf er einen Blick auf den Briefkasten. Ein wattierter Umschlag steckte im Spalt. Er zog ihn ganz durch und ging weiter in die Küche. Auf der Arbeitsplatte und in der Spüle stapelte sich schmutziges Geschirr, auf dem Küchentisch lagen alte Zeitungen und Werbeprospekte. Hausarbeit war noch nie seine Stärke gewesen, und jetzt, allein in seiner armseligen Zweizimmerwohnung, kam ihm das alles ziemlich sinnlos vor. Er füllte den Wasserkocher und suchte in den leeren Schränken nach einer Tasse, die er schließlich unter einer wackeligen Ansammlung ungewaschenen Geschirrs hervorholte. Er spülte den schimmeligen Rand und goss sich einen starken schwarzen kolumbianischen Kaffee ein – so ziemlich das Einzige in dieser Wohnung, was er zu schätzen wusste. Er ließ den Umschlag auf den Berg von Chaos auf dem Tisch fallen, setzte sich auf einen Stuhl am Fenster und schlürfte seinen Kaffee.

Er warf einen Blick auf den Kalender, der an einem Haken an der Küchentür baumelte: 5. Oktober, Psychotherapie. Mist. Er überlegte, ob er sich krankmelden sollte. Er würde das heute nicht ertragen. Draußen wehte ein heftiger Wind, und der Regen prallte gegen das rostige geriffelte Fenster, ließ es im Rahmen klappern und erinnerte ihn an seinen wiederkehrenden Albtraum.

Himmel, das besiegelt es.

Er nahm noch einen Schluck und schloss die Augen. Sein Sohn kam in die Küche gerannt und kletterte auf sein Knie.

»Kann ich auch einen Schluck haben?«

»Nein«, sagte Bone und schüttelte den Kopf.

»Choco Krispies«, rief Michael.

Bone öffnete die Augen und die Erinnerung verflüchtigte sich. Er sah auf die Uhr – 7:03 Uhr. Er sprang auf und ging zurück ins Schlafzimmer, um sich anzuziehen und aufzubrechen. Wenn er schnell war, würde er es zu Alice' Haus schaffen, bevor sie sich auf den Weg zur Schule machten.

Bone kam außer Atem und völlig durchnässt an. Er war den Großteil des Weges gerannt, um das Stadtzentrum und den Spießrutenlauf der kleinstädtischen Neugierde zu vermeiden, aber jetzt wünschte er sich, er hätte seiner Faulheit nachgegeben und das Auto genommen. In seiner Eile hatte er vergessen, eine Jacke anzuziehen, und sein Shirt klebte an ihm wie ein zu kleiner Taucheranzug. Er rannte den kleinen Vorgarten hinauf und stolperte dabei fast über das Dreirad seines Sohnes, das quer auf dem Weg lag. Er läutete. Keine Antwort. Er läutete erneut.

Der Lautsprecher klickte und eine winzige Stimme ertönte: »Hallo?«

»Michael, ich bin's, Dad. Kannst du mich reinlassen, Junge?«

Nach erneutem Klicken und Rascheln meldete sich eine andere Stimme.

»Duncan, bist du das?«, fragte Alice forsch.

»Ja, kannst du mich reinlassen? Hier draußen schüttet es in Strömen.«

»Wir sind auf dem Sprung. Ich bringe Michael zur Schule.«

»Ich weiß. Ich dachte, ich könnte das heute Morgen vielleicht übernehmen?«

Der Türsummer pfiff und verstummte.

»Alice? Alice!« Er drückte den Klingelknopf erneut.

Die Haustür schwang auf und Alice erschien errötet und genervt, mit Michael an einer Hand. Im anderen Arm balancierte sie seine Schulsachen.

Michael löste sich aus ihrem festen Griff und rannte seinem Vater entgegen. Alice' Haare fielen aus dem Haargummi und ihre langen Locken legten sich über ihr Gesicht.

»Himmel!«, stöhnte sie und griff nach dem Gummi.

»Dad!«, sagte Michael und sprang in Bones breite, einladende Arme.

»Wow! Du bist größer geworden«, sagte Bone mit einem breiten Lächeln. »Und schwerer.«

Alice schloss die Haustür. »Komm, Michael, wir sind spät dran.«

»Ich möchte, dass Dad mich hinbringt. Bitte?«, flehte Michael, und das runde sommersprossige Gesicht des Sechsjährigen zierte ein unwiderstehlicher Schmollmund.

»Komm«, beharrte Alice, ihr Tonfall und ihr Widerstand wurden schärfer.

»Es wäre kein Problem«, warf Bone ein. »Das mache ich gern.«

Alice drehte sich zu ihm um. »Wir haben darüber gesprochen, Duncan. Wir haben Besuchszeiten vereinbart. Du hast zugestimmt.«

»Ich weiß, aber ich vermisse dieses freche kleine Gesicht«, sagte er und kniff Michael in die Wange.

»Nein. So geht das nicht«, wehrte Alice ab. »Lass ihn runter! Komm, Michael, wir müssen gehen.«

»Es ist doch nur der Weg zur Schule, mehr nicht«, beharrte Bone. »Zwanzig Minuten. Dann halte ich mich an die Regeln, versprochen.«

Alice sah Bone an, ihre Augen verdunkelten sich, als könnte sie den Schmerz erkennen, der sich über seine Züge legte. Für einen flüchtigen Moment spürte er eine Verbindung. Dann blies sie ihre Wangen auf. »Okay, aber das ist eine einmalige Sache, ja?«, sagte sie.

»Juhu!« Michael stieß einen aufgeregten Schrei aus und schlug mit den Fäusten gegen Bones Brust.

»Danke«, sagte Bone und lächelte. »Du hast ja keine Ahnung, was mir das bedeutet.«

»Oh, die habe ich, aber ich meine es ernst. Wir halten uns in Zukunft an das, was wir vereinbart haben, okay?«

Bone nickte, aber er war bereits damit beschäftigt, seinen Jungen zu kitzeln, der so heftig kicherte, dass er vor Lachen fast platzte.

Alice schüttelte den Kopf. »Die wirst du brauchen.« Sie schob ihm Michaels Schultasche, seine Brotdose und seinen Regenmantel zu.

Bone setzte den Jungen ab und nahm die Sachen an sich, wobei seine Hand die von Alice streifte. Sie zog ihre abrupt zurück.

»Geht! Sonst kommt ihr zu spät«, sagte sie.

»Also, willst du zu Fuß gehen oder auf einem Kamel reiten?«, fragte Bone seinen Sohn, der seine Hand so fest umklammert hielt, wie es nur ein Sechsjähriger konnte.

»Kamel!«, quiekte Michael und strahlte.

»Dann steig auf!« Bone hob Michael wieder hoch und setzte ihn auf seine Schultern. »Und los geht's!«

Der Junge wackelte aufgeregt hin und her.

»Könnten alle Passagiere plötzliche Bewegungen unterlassen? Das Kamel ist nämlich ein ziemlich mürrischer Geselle«, dröhnte Bone wie ein Bahnsteigansager.

Michael lachte und setzte sich aufrecht hin. Er freute sich, mit seinem Vater unterwegs zu sein. Als sie das Schultor erreichten, setzte Bone Michael ab und reichte ihm seine Sachen. Eine der Lehrerinnen, Miss Champling, eine ältere streng dreinblickende Frau, schickte die Kinder mit einer flotten Handbewegung ins Gebäude. *O Gott, nicht die!* Sie entdeckte die beiden, wie sie am Tor herumlungerten, und kam auf sie zu. Bone tat so, als sähe er sie nicht.

»Michael Bone, komm! Du willst doch deinen Lehrer nicht warten lassen, oder?« Sie warf Bone einen vernichtenden Blick zu.

»Ich verabschiede mich nur«, sagte Bone. Er küsste den Jungen auf die Stirn. »Sei ein guter Junge, okay? Tu, was Mum sagt!«

Er verdrehte spielerisch die Augen und Michael lachte.

»Wir sehen uns bald.«

»Beeil dich, Michael!«, mischte sich Miss Champling wieder ein.

»Geben Sie mir noch eine Minute.« Bones Wut wuchs.

»Heute Morgen findet eine wichtige Versammlung statt, Mr ...?«

»Bone.«

»Mr Bone, Michaels Vater?«

Nein, Mr Bone, der örtliche Pädophile, der gekommen ist, um ein weiteres Kind zu entführen, dachte Bone. »Ja, sein Vater«, murmelte er.

»Nun, ich muss sagen, es ist sehr schön, Sie endlich kennenzulernen«, sagte sie mit einem deutlichen Anflug von Sarkasmus.

»Gleichfalls, Miss Champling«, erwiderte Bone. »Ich habe schon so viel von Ihnen gehört.«

»Nur Gutes, hoffe ich«, sagte sie und ein schiefes Lächeln trat auf ihre schmalen Lippen.

»Tschüss, Dad«, sagte Michael, schnappte sich seine Taschen, schob sich an der Lehrerin vorbei und verschwand in der Schule.

»Werden wir Sie in Zukunft öfter zu Gesicht bekommen?«, fragte Miss Champling Bone.

»Nun, ich würde zumindest gern mehr von Michael sehen«, antwortete Bone barsch und überließ es Miss Champling, über seine bissige Antwort nachzudenken.

Zurück in seiner Wohnung fühlte sich Bone durch die Ereignisse des Vormittags ermutigt. Vielleicht gab es einen Lichtblick in seiner Beziehung zu Alice. Er hatte sein Gehirn darauf trainiert, nicht zu viel zu hoffen, aber zum ersten Mal seit der Explosion und seiner Verletzung schwirrten Partikel der Möglichkeit in seiner Brust herum. Es war ein fast vergessenes Gefühl, von dem er geglaubt hatte, es nie wieder zu erleben.

Als er sich das Chaos in der Küche ansah, beschloss er, seine gute Laune zu nutzen und die Wohnung einer längst überfälligen Grundreinigung zu unterziehen. Er machte sich über den Küchentisch her, sammelte alle alten Zeitungen und Prospekte ein und warf sie in den Mülleimer. Dann entdeckte er den Umschlag, der am Morgen gekommen war. Die Adresse war maschinengeschrieben und enthielt seinen vollen Titel: Detective Chief Inspector Duncan Bone, Esq. *Esquire? Wer schreibt heutzutage noch Esquire, wenn nicht in einem Scherz?* Er schnappte sich eine Schere und öffnete den Umschlag. Darin befand sich eine Karte. Er räumte einen Platz auf dem Tisch frei und legte die Karte hin. Auf der Vorderseite war das Foto eines Skeletts zu sehen, das aus einem Sarg winkte, darunter stand in schwarzer gotischer Schrift, wie sie ein Beerdigungsinstitut verwenden würde, der Satz: *Wollten nur mal nachsehen, ob Sie noch leben.* Er öffnete die Karte und auf einer Seite stand eine getippte Nachricht:

BONE, SIE FAULER SACK
VIELE GRÜSSE
VON DEN HINTERWÄLDLERN

Bone lächelte. Die Nachricht stammte von seinen Kollegen der Einheit für ländliche Kriminalität, oder den Hinterwäldlern, wie sich das Team liebevoll selbst getauft hatte. Seit seiner Verletzung und der anschließenden Krankschreibung hatte er nur wenig Kontakt zu ihnen gehabt. Er war zu krank gewesen, um ihnen gegenüberzutreten, und als sich der schottische Polizeipräsident gemeldet hatte, um ihm mitzuteilen, dass er für seine Tapferkeit mit einer Ehrenmedaille ausgezeichnet worden war, hatte er höflich abgelehnt. Er hatte versehentlich den Hauptverdächtigen aus dem Weg geräumt – kaum ehrenhaft oder feierwürdig, wie er fand. Seitdem hatte er nur ein Mitglied des Teams zu Gesicht bekommen – Detective Inspector Walker, seine Stellvertreterin –, als er in der Warteschlange im Supermarkt Scotsave mit ihr zusammengestoßen war. Sie hatte sich gefreut, ihn zu sehen, aber er war an jenem Tag nicht in bester Verfassung und hatte sie knapp abgefertigt. Das war's gewesen. Die Karte war eine unerwartete Überraschung, und zwar eine eher seltsame, da sie aus heiterem Himmel gekommen war. Vielleicht war etwas Lustiges passiert, und sie hatten sich mitteilen wollen. Oder sie fanden, dass es an der Zeit war, sich wieder über ihren Chef lustig zu machen. Was auch immer es war, Bones Tag verlief besser, als er es sich erhofft hatte.

Er drehte die Karte um und erwartete ein paar gekritzelte Schimpfwörter und eine Auswahl an nicht ganz so wohlwollenden Botschaften. Aber die Seite war leer. Vorsichtig schaute er in den Umschlag, um sicherzugehen, dass sich darin nicht noch etwas Unanständiges befand. Ein kleiner schwarzer Gegenstand hatte sich in der unteren Ecke verfangen. Er schüttelte den Umschlag, und der Gegenstand flog heraus und landete etwas entfernt auf dem Teppich. Er hob ihn auf und drehte ihn um. Es war ein Mikro-USB-Stick.

»O Gott«, murmelte er. »Welche anstößigen Scheußlichkeiten haben sie mir geschickt?« Er zuckte bei dem Gedanken zusammen, freute sich aber insgeheim, dass sie an ihn gedacht hatten – und sei es nur, um sich über ihn lustig zu machen. Er holte seinen Laptop aus dem Schlafzimmer, legte ihn auf den Tisch, öffnete den Deckel und schaltete ihn ein. Nichts.

»Verflucht!« Er ging zurück ins Schlafzimmer, und nach ein paar Minuten des Suchens und Fluchens kam er mit dem Netzkabel zurück.

Er versuchte es erneut. Diesmal sprang der Laptop an und er gab ungeduldig sein Passwort ein. Er untersuchte den USB-Stick und versuchte, herauszufinden, mit welchem Ende oder in welcher Richtung er ihn in das Gerät stecken sollte. Er probierte es erst auf die eine, dann auf die andere Weise, bis er schließlich in einen Anschluss passte und das USB-Gerät vom Computer erkannt wurde. Er klickte auf das Symbol, und eine einzelne unbetitelte Videodatei erschien auf dem Bildschirm. Er ließ den Mauszeiger eine Sekunde lang über dem Symbol schweben und klickte dann erneut. Sein uralter Laptop brauchte einige Augenblicke, um seine Anfrage zu registrieren, dann flackerte das Bild und eine Wand aus unscharfen Linien erschien.

»Scheiße«, sagte er und fummelte erneut am USB-Anschluss herum.

Der Bildschirm wurde schwarz, dann war plötzlich ein unscharfes Bild zu sehen. Bone schob den Laptop vom Licht weg, um die Auflösung zu verbessern. Er entdeckte eine Gestalt, die in einer Art Loch oder Graben lag. Das Rauschen verstärkte sich. Die Gestalt schien sich zu winden. Er schaute genauer hin. Es war eine Frau. Ihr Kopf war eingewickelt – in schwarzes Klebeband, so vermutete er. Ein Stück davon war entfernt worden, sodass ein Auge herauslugte.

Bone zuckte zurück, vertraute Bilder überwältigten seine Sinne. Wie aus dem Nichts purzelten Dreck und Geröll auf den um sich schlagenden Körper. Groteske Szenen aus seiner Vergangenheit donnerten wie ein wütender Tsunami des Grauens durch seinen Kopf. Das Video erinnerte an die Snuff-MP4-Dateien, die Woche für Woche in seinem E-Mail-Postfach gelandet waren und den langsamen qualvollen Tod dreier Polizeibeamter gezeigt hatten – begraben und verbrannt. Bevor man das Monster schließlich in die Enge getrieben hatte, war ein junger Constable bei lebendigem Leib langsam ausgeblutet und einbalsamiert worden.

Nicht schon wieder!

Bone hämmerte auf der Tastatur herum und versuchte, das Video anzuhalten, als durch das Rauschen hindurch das Geräusch eines Baggerantriebs immer lauter wurde. Verzweifelt griff er nach dem Netzkabel und riss es aus dem Gerät. Das Video verschwand und der Bildschirm wurde wieder schwarz. Bone sackte auf dem Boden zusammen; die Panik in seiner Brust geriet außer Kontrolle. Er griff nach dem Boden, der Raum drehte sich. Er stolperte auf die Beine und zog sich ins Schlafzimmer zurück, um nicht zu riskieren, dass das Video aus eigenem Antrieb erneut abgespielt werden könnte.

Nachdem er eine Stunde lang darüber nachgedacht hatte, welcher perverse Scheißkerl eine rekonstruierte Videoaufnahme verschicken würde – wenn es denn eine war –, wichen der anfängliche Schock und die Angst vor den Nachwirkungen seiner Verletzungen, mit denen er sich mühsam abgefunden hatte, der Wut. Gerade als er gedacht hatte, er würde die Kurve kriegen, passierte so ein Scheiß. So war es immer. Es war, als würde er dafür bestraft werden, dass er alles versaut hatte. Aber dies war eine Bestrafung seismischen Ausmaßes – oder der kränkste Streich, der je gespielt worden war.

»Fuck!«, knurrte er.

Er suchte in seiner Tasche nach seinem Handy und scrollte durch seine Kontakte, bis er bei der Nummer von Detective Superintendent Gallacher hängen blieb. Sein Finger schwebte über der Anruftaste. Er wusste, dass er das melden musste, etwas so Verrücktes konnte nicht ignoriert werden. Aber vielleicht sollte er eine andere Einheit anrufen? Anonym? Alte Wunden wieder aufzureißen, könnte ihn zurückwerfen. Er zuckte zusammen. Wie weit konnte er noch zurückfallen? Seine Wut verdrängte jede Angst vor einem Rückfall. Was ihn anging, so war ein Rückfall die geringste seiner Sorgen. Er betätigte die Anruftaste und das Freizeichen ertönte.

ZWEI

»Na, das ist ja mal ein Anblick!« Detective Superintendent Roy Gallacher stand in Bones Türrahmen; seine imposante Masse blockierte den Großteil des Lichts. »Ich liebe den Holzfäller-Look«, sagte er und nickte zu dem Wald aus Haaren, der Bones Gesicht und Kopf fast vollständig verdeckte. »Gott, wenn ich das gewusst hätte, wäre ich nicht mit leeren Händen gekommen, sondern hätte ein paar verdammte Münzen mitgebracht.«

Seine sprachliche Gewandtheit war in der Truppe geradezu legendär. Als Kind von alkoholkranken Eltern, das eine zerrüttete Erziehung durchlebt hatte, war er sein ganzes Leben lang mit härtesten Bedingungen konfrontiert worden, was seinen kometenhaften Aufstieg in der Truppe umso bemerkenswerter machte.

»Dir auch einen schönen Tag«, sagte Bone und führte den DSU – Detective Superintendent und somit sein Boss – in die Wohnung.

»Was ist das für ein grässlicher Gestank?«, fragte Gallacher, als er Bone auf dem Weg ins Wohnzimmer an der Küche vorbei folgte.

»Das bin wohl ich«, sagte Bone halb im Scherz.

»Nun, du siehst aus wie ein Mann, der dringend einen Job braucht«, sagte Gallacher. »Ich hoffe, das ist der Grund für unser unerwartetes Wiedersehen?«

»Möchtest du einen Kaffee?«, fragte Bone, ohne Gallachers Frage zur Kenntnis zu nehmen.

»*Aye*, das wäre reizend, vorausgesetzt, die Tasse wurde zuvor mit einem Schädlingsbekämpfungsmittel behandelt.« Der DSU schielte auf das Ausmaß der Verwahrlosung, das sie umgab. »Aber im Ernst, es ist schön, dich zu sehen. Wie zum Teufel ist es dir ergangen?« Er runzelte wieder die Stirn angesichts von Bones Gesichtsbehaarung. »Dumme Frage. Beschissen, wie ich sehe.«

»Es war nicht leicht, das ist sicher.«

»Nun, du hast ein ziemliches Trauma erlitten, und der Kuckuck-Fall … nun, er hat uns alle getroffen. Du weißt, dass ich auch ein paar Therapiesitzungen hinter mir habe.«

»Nein, das wusste ich nicht.«

»Oh, aber sicher. In unserem Job besteht immer das Risiko, dass die bösen Jungs einem unter die Haut gehen. Ich habe all diese Police Constables und ihre Familien gekannt. Und es war abgrundtief grausam.« Er seufzte. »Jedenfalls habe ich es in den Griff bekommen. Aber was ich damit sagen will, ist, dass du damit nie allein warst. Du hast dich abgekapselt, und ich bin mir nicht sicher, ob das eine gute Sache war.«

»Wie geht es der Truppe?« Bone wechselte das Thema.

»Ach, du weißt schon – derselbe Haufen Arschlöcher wie eh und je, auch wenn das größte natürlich fehlt.« Gallacher lächelte.

»Wer ist der neue DCI?«

»Du meinst, wer die Stellung hält, bis du zurückkommst? Das dürfte der übersprudelnde DS Mullens sein.«

»Himmel! Riskant, oder nicht? Diesem großen Trottel noch mehr Möglichkeiten zu geben, über den Leuten zu thronen?«, witzelte Bone.

»Ich weiß, aber niemand wollte in deine Fußstapfen treten.«

»Was ist mit Rhona?«

»Ich habe DI Walker gebeten, na ja, ich habe sie praktisch angefleht, einzuspringen, aber sie hat abgelehnt. Es ist schwer, dir das Wasser zu reichen, und ich glaube, sie hätte es als respektlos empfunden.«

»Versteh mich nicht falsch, Mullens ist ein guter Polizist und die erste Adresse, wenn du einen Partner für den Ringkampf suchst. Aber DCI? Ich wette, du hast ein paar schlaflose Nächte hinter dir, weil du dir Sorgen gemacht hast, was er tun könnte, um den Job aller zu riskieren?«

»Zum Glück ist es an der Westfront ruhig geblieben, ein paar häusliche Übergriffe, etwas Bandenkriminalität. Hast du gehört, dass die

Northfield-Crew von Drogenverkauf auf Viehdiebstahl umgestiegen ist? Und kannst du dir vorstellen, welchen Spaß Mullens damit hatte?«

Bone grinste.

»Du hast mir aber immer noch nicht gesagt, warum du mich in deine Güllegrube von Wohnung eingeladen hast.«

Bone holte den Laptop aus der Küche, stellte ihn auf den Wohnzimmertisch und fuhr ihn hoch. »Heute Morgen habe ich das hier per Post erhalten.«

Er drückte auf die Abspieltaste der Datei. Der Bildschirm flimmerte erneut, und die Szene des Grauens kehrte zurück. Während Gallacher das Video ansah, zog sich Bone in die Küche zurück. Auch von dort konnte er das Rumpeln des Baggers durch das Rauschen hindurch hören. Er öffnete das Fenster und konzentrierte sich auf das Geräusch des Regens, der auf das Dach eines alten Blechschuppens in einem der unteren Gärten prasselte. Nach ein paar Minuten erschien Gallacher mit aschfahlem Gesicht in der Tür.

»Was zum Teufel ist das?«

»Genau meine Worte.«

»Wann sagtest du, hast du das bekommen?«

»Heute Morgen.«

»Ist das eine Art kranker Scherz?«

»Ja, das habe ich auch gesagt«, antwortete Bone.

»Ich meine – es ist identisch.«

»Ich weiß.«

»Das muss ein Scherz sein. Jemand hat das inszeniert, oder nicht?«

»Man kann nur hoffen.«

»Aber das ist einfach nur teuflisch und keineswegs lustig.«

»*Aye,* hier ist die Karte.« Bone hob sie vom Tisch auf.

»Leg sie wieder hin!«, drängte Gallacher.

Bone gehorchte.

»Wir müssen die Spurensicherung darauf ansetzen. Ich habe kein gutes Gefühl.«

»Ich dachte, die Karte wäre von euch. Da steht, dass sie von den Hinterwäldlern stammt.«

»Natürlich nicht. Nicht einmal Mullens würde so tief sinken, um sich einen Spaß wie diesen zu erlauben. Aber es muss jemand sein, der den Spitznamen kennt.«

Bone nickte.

»Was steht auf dem Poststempel?«, fragte Gallacher.

»Glasgow, aber das ist die zentrale Sortierstelle, das verrät uns also nicht viel«, antwortete Bone.

»Mein Gott! Das ist wirklich das Letzte, was du gerade gebrauchen kannst.« Gallacher schüttelte den Kopf.

»Ich bin okay.«

»Bist du sicher?«

»Um ehrlich zu sein, bin ich mehr wütend als alles andere.«

»Es ist schockierend. Warum sollten sie dir dieses Video schicken?«

»Vielleicht hegt irgendein kleiner Perverser einen Groll? Ich habe im Laufe der Jahre schon so manches Arschloch aufgemischt.«

»Hör mal!«, unterbrach Gallacher. »Lass mich das mitnehmen. Ich werde die Spurensicherung darauf ansetzen und dann sehen wir, was wir tun können.«

Bone nickte.

»Hast du etwas, um es zu transportieren? Damit wir es nicht noch mehr kontaminieren?« Gallacher sah sich in dem unordentlichen Raum um. »Schwierig, ich weiß.« Er hob eine Augenbraue.

»Eine Tragetasche ist mein bestes Angebot«, sagte Bone und schnappte sich eine von einem Stuhl.

»Das muss genügen.« Gallacher fischte einen Einweghandschuh aus seiner Tasche und zog ihn über, bevor er den USB-Stick in die Tragetasche warf. »Die Karte und den Umschlag brauche ich auch.«

An der Tür blieb Gallacher stehen. »Ich rufe an, sobald ich etwas höre, okay? Hoffentlich handelt es sich nur um einen aufmerksamkeitsheischenden Spinner und das Team kann sich um ihn kümmern.«

Bone nickte.

»Mach dir keine Sorgen, aber verriegele die Tür.«

»Oh, ich kann immer noch auf mich selbst aufpassen.«

»Das ist gut zu hören.« Gallacher hielt ihm die Hand hin. »Nun, trotz der unangenehmen Überraschung war es schön, dich zu sehen, Duncan.« Er lächelte.

»Gleichfalls«, erwiderte Bone.

Und mit einem kurzen Winken war der DSU verschwunden.

Am nächsten Morgen vibrierte Bones Handy. Er sprang aus dem Bett und wühlte sich durch die Kleiderstapel auf dem Boden, bis er es endlich fand. Mit noch immer vom Schlaf trüben Augen fummelte er daran herum, bis er es schließlich schaffte, den Anruf anzunehmen.

»Hallo?«, krächzte Bone.

Stille.

»Hallo? Wer ist da?«

Die Leitung klickte, dann war sie tot.

»Hallo! Ist da jemand?«

Es klingelte wieder, und Bone hätte das Gerät fast fallen lassen. »Verdammt noch mal!«

Er hämmerte erneut auf dem Bildschirm herum.

»Wer ist da?«

»Detective Superintendent Gallacher, dein Chef?« Gallachers intensiver Glasgow-Akzent dröhnte durch den Lautsprecher.

»Tut mir leid. Ich bin gerade erst aufgewacht, und mein Telefon spielt verrückt.«

»Ich rufe an …« Gallacher hielt inne. »Es ist die Aufnahme – ich muss mit dir sprechen. Es ist vielleicht das Beste, wenn du herkommst.«

»Wohin?«

»Zum Revier.«

»Wann?«

»Jetzt, wenn du kannst.«

Bone zögerte.

»Bist du noch da?«, fragte Gallacher.

»Ich bin mir nicht sicher, ob das eine gute Idee ist. Es ist schon eine Weile her.«

»Du kannst durch die Hintertür reinkommen, wenn du willst. Wir können die Sache diskret behandeln. Ich denke nur, es wäre besser, von Angesicht zu Angesicht zu sprechen.«

Bone presste seinen Finger auf die Einstichstelle an seiner Schläfe.

»Es ist sehr dringend.« Gallacher war hartnäckig.

»Ich komme, aber ich will kein Aufheben von der Truppe, okay?«

»Versprochen.«

DREI

DCI Bones uralter flaschengrüner Saab 96 näherte sich der brutalistischen Siebzigerjahre-Beton-Monstrosität der Polizeistation von Kilwinnoch. Für eine kleine ländliche Stadt war das Polizeirevier ungewöhnlich groß, vielleicht, um die damals neu gegründete Einheit für ländliche Kriminalität unterzubringen. Oder weil der Gemeinderat in einem berauschenden Moment von übertriebenem Eifer einen optimistischen Anstieg der kriminellen Aktivitäten erwartet hatte. Aber obwohl die Stadt ihren Anteil an Knallköpfen und den einen oder anderen größeren Zwischenfall hatte, fühlte sich das Gebäude immer ziemlich öde und leer an. Bone hatte den hässlichen Bau seit seiner Verletzung nicht mehr betreten, aber er verspürte auch keine nostalgischen Gefühle für diesen Ort.

Er parkte auf der gegenüberliegenden Straßenseite, bereicherte den Siebzigerjahre-Charme der Straße mit seinem Saab um ein weiteres Detail, und ging zum Eingang. Ein paar Uniformierte traten gerade aus der Tür und stiegen die Treppe hinunter. Bone drehte ihnen den Rücken zu, um nicht erkannt zu werden. Sobald die Luft rein war, machte er sich auf den Weg zum Hintereingang, überlegte es sich dann aber anders.

Ach, verflucht! Genug war genug. Es war an der Zeit, sich seinen Dämonen zu stellen. Er stieg die Treppe hinauf und ging hinein.

Ein Bürohengst mit rundlichem Gesicht blickte auf. »Kann ich Ihnen helfen?«

»Sergeant Brody. Wie geht's?«

Der Sergeant starrte einen Moment lang auf Bones behaartes Gesicht, dann zeigte er ein Lächeln des Erkennens. »DCI Bone?«

»Wie läuft's?« Bone lächelte ebenfalls.

»Verzeihung, Sir, ich habe Sie dank der … ähm, Bewaldung nicht erkannt.«

»Sie sehen schlanker aus, seit wir uns zuletzt gesehen haben.« Bone hoffte, aufrichtig zu klingen.

»Finden Sie? Meine Frau hat mich auf diese Kohl-Diät gesetzt. Ich verliere zwar an Gewicht, aber meine Familie hat das Haus verlassen – aus Angst vor einer Vergasung oder einer Explosion.« Sein Gesicht verzerrte sich plötzlich, als hätte er an einer Brennnessel gelutscht. »Tut mir leid, ich wollte nicht …«, stotterte er.

Bone ignorierte seinen Fauxpas.

»Also, wie geht es Ihnen? Ich habe gehört, dass Sie so einiges hinter sich haben«, fuhr Brody fort, wobei er sich mit jedem Wort weiter in die Scheiße ritt.

»Ist der DSU da?«, fragte Bone, um das Thema zu wechseln.

»Oh, äh … *aye,* Sir. Ich werde Sie durchlassen. Oder haben Sie Ihren Ausweis dabei? Ich bin mir sicher, dass der noch funktioniert«, sagte der Sergeant.

»Lassen Sie mich einfach rein, ja? Danke.«

»Keine Ursache.«

Brody drückte einen Knopf, die Tür zu den Büros surrte und Bone trat vorsichtig ein.

Er nahm die Treppe in den dritten Stock. Am Ende des Korridors öffnete sich eine Tür, und das bebrillte Babygesicht von Detective Constable Will Harper lugte heraus.

Verdammt!

»Entschuldigen Sie!«, rief Harper ihm nach und trat auf den Korridor hinaus. »Dies ist ein Sicherheitsbereich.«

Idiot! Was glaubt er, wo wir hier sind? Im Pentagon?

»Was machen Sie hier?«, fuhr Harper fort, wobei er seine Stimme um einige Oktaven anhob.

Entschlossen, ein bisschen Spaß zu haben, ging Bone direkt auf den zunehmend verunsicherten jungen Detective zu.

»Sie müssen wieder nach unten gehen. Der zuständige Sergeant wird sich um Sie kümmern«, sagte Harper.

Bone beschleunigte seinen Schritt und Harper wich zurück.

»Halt!«, rief er mit einer Sopranstimme, die einer Premiere im La Scala würdig gewesen wäre.

»Buh!«, brüllte Bone und warf die Hände hoch.

Harpers Gesichtsausdruck nahm zunächst ein erschrockenes, dann ein verwirrtes Gesicht an. Schließlich übernahmen Erkenntnis und Erleichterung die Oberhand.

»Mein Gott! Ich wollte Sie gerade zu Boden werfen, Sir«, keuchte Harper und seine Wangen glühten wie ein frisch versohlter Hintern.

»*Aye*, darauf wette ich.«

»Sie haben also davon gehört?«, fragte Harper in dem Versuch, die Kontrolle über sich wiederzuerlangen.

»Nein, wovon?«

Eine Tür am Ende des Korridors öffnete sich und Gallacher trat heraus.

»Was ist das für ein verdammter Aufruhr?« Er entdeckte Bone. »Komm rein!«

Bone gehorchte, Harper folgte ihm.

»Sie nicht«, erklärte der DSU.

Harper zog sich widerwillig in den Korridor zurück.

Bone scannte den Raum, als er eintrat. Alles war in etwa so, wie er es in Erinnerung hatte. Vielleicht sogar noch obsessiver aufgeräumt, wenn das überhaupt möglich war. Zwei von Bones Kollegen standen am Fenster. Detective Sergeant Mark Mullens, ein über eins neunzig großer, rothaariger Schrank von einem Mann, flankiert von Detective Inspector Rhona Walker, die wie immer gerötet war und trotz ihres eleganten Anzugs immer noch so aussah, als wäre sie gerade mit der letzten Fähre von der Isle of Lewis gekommen.

»Ich dachte, wir behandeln die Sache diskret«, beschwerte sich Bone.

»Es hat einige Entwicklungen gegeben.« Gallacher schnitt eine Grimasse.

Bone blickte zurück zu den beiden Detectives. Ein halbes Lächeln huschte über Mullens' Gesicht, und Walker nickte ihm höflich zu. Nach fast einem Jahr war das ein ziemlich enttäuschendes Wiedersehen. Etwas stimmte hier ganz und gar nicht.

»Nimm Platz!«, fuhr Gallacher fort und setzte sich an seinen gut sortierten Schreibtisch.

»Ich würde es vorziehen, zu stehen, wenn das in Ordnung ist. Ich werde nicht lange bleiben«, sagte Bone, der sich eindeutig überfallen fühlte.

»Setz dich!«, forderte der DSU.

Bone gehorchte widerstrebend.

»Wir haben uns das Video angesehen, das man dir geschickt hat«, sagte Gallacher und sah Bone direkt in die Augen.

»Und?«, fragte Bone ungeduldig.

»Wir haben Informationen erhalten, die darauf hindeuten, dass es sich bei der Horrorshow weder um eine Nachstellung noch um einen Scherz handelt.«

»Was? Das Video ist echt? Die Frau?« Bones Herz hämmerte.

»Vergangene Woche haben unsere Kollegen von der Abteilung für vermisste Personen das Verschwinden einer Frau namens Hazel Garvey untersucht«, fuhr Gallacher fort.

»Und?«, fragte Bone, obwohl er bereits wusste, worauf das hinauslaufen würde.

»Heute Morgen hat ein Polizeibeamter vom Revier Campsie Fells bestätigt, dass es sich bei der Frau auf dem Video tatsächlich um Hazel Garvey handelt. Police Constable Hazel Garvey.«

»Scheiße – eine Polizistin?«

»Eine sehr *gute* Polizistin, eine zweifach ausgezeichnete Polizistin.«

»Mein Gott, nicht schon wieder.« Bone schloss die Augen.

»Ich fürchte, da ist noch mehr.«

»Fahr fort«, erwiderte Bone seufzend.

»PC Garvey war die Frau von Ross McLean.«

»McLean, der Anwalt?«

»Genau der.«

»Ist das nicht dieser Schwachkopf, der den Kuckuck-Fall für die Staatsanwaltschaft bearbeitet hat?«, meldete sich Mullens zu Wort.

»Genau«, antwortete Bone.

»Haben wir es also mit einer Art Rachefeldzug zu tun?«, schaltete sich DI Walker jetzt ein.

»Das sind Fragen, die wir stellen müssen«, sagte Gallacher. »Aber zum jetzigen Zeitpunkt – ohne Leiche –, müssen wir alles tun, um PC Garvey zu finden. Wenn es sich um einen Nachahmer handelt, dann wissen wir, dass eine Chance besteht. Der Kuckuck hat seine Opfer drei oder vier Tage am Leben gehalten.«

»Aber das Video … das kann doch niemand überleben?«, fügte Walker hinzu.

»Wir können keine Mutmaßungen anstellen. Augen, Ohren, Verstand und Instinkt müssen offen bleiben.«

»Verdammtes Arschloch!«, knurrte Mullens.

»Danke, Detective.« Gallacher trat kopfschüttelnd einen Schritt zurück.

Bone ballte die Hände zu Fäusten. »Aber warum hat diese Kakerlake das Video mir geschickt und nicht an McLean, wie es der Kuckuck mit den Familien seiner Opfer gemacht hat?«

»Wer auch immer dahintersteckt, verfügt über intime Kenntnisse zum Fall«, antwortete Gallacher. »Das Video hat verblüffende Ähnlichkeit mit den ursprünglichen Kuckuck-Bändern, und der Täter hat es offensichtlich aus einem bestimmten Grund dir zukommen lassen.«

»Also definitiv ein Rachefeldzug?« Bone blickte zu Walker hinüber.

»Deshalb habe ich dich hergebeten.«

Bone hielt einen Moment inne, um zu verarbeiten, was sein Chef da eben gesagt hatten. »Moment mal – du erwartest mich doch nicht etwa zurück?«

»Ich erwarte nicht, ich befehle, DCI Bone.« Gallachers angestrengtes Lächeln wurde noch fester.

Bone sprang von seinem Stuhl auf. »Könnte ich dich kurz unter vier Augen sprechen?«

Der DSU folgte Bone aus dem Büro.

Am Ende des Gangs bog Gallacher links durch eine Brandschutztür ab, die aufs Dach führte. Der Wind hatte sogar noch an Stärke gewonnen, und es regnete nach wie vor. Er schritt zur Treppe, drehte sich um und hob die Hand.

»Bevor du etwas sagst, hör mir zu, Duncan«, meinte Gallacher, wobei seine sorgfältig gestylten Haare einen tapferen Versuch unternahmen, über seinen kahlen Scheitel zu fliehen. »Heute Morgen hatte ich die Staatsanwaltschaft am Telefon, und kurz darauf habe ich ein interessantes Gespräch mit meinem alten Kollegen von der Polizeiakademie, Peter Lavertym geführt.«

»Der Chief Constable?«

»Die großen Geschütze, korrekt. Es scheint, dass McLean sein einflussreiches Gewicht in die Waagschale wirft und die Einheit für ländliche Kriminalität beschuldigt, den Kuckuck-Fall versaut zu haben.«

»Mich, meinst du.«

»Nein, Duncan, mich.« Der DSU zuckte zusammen. »Ich versuche hier, einen gewaltigen Shitstorm zu verhindern. Sie fordern, dass McLeans Frau gefunden und der Täter gefasst wird, bevor die Sache weiter eskaliert.«

»Na ja, offensichtlich.«

»Als Gefallen verhindert Laverty, dass die Ermittlungen an eine andere Einheit übergeben werden, aber wir stoßen hier an unsere Grenzen.« Ein Windstoß blies sie beide fast über den Rand. »Ich brauche dich an der Spitze deines Teams.«

»Meines Teams? Das bezweifle ich«, erwiderte Bone.

»Sie vertrauen dir und niemandem sonst.«

»Zusammen sind sie die beste Kriminaleinheit in Schottland. Sie brauchen mich nicht.«

»Duncan.« Gallacher wechselte die Taktik und appellierte nun an sein Mitgefühl. »Es handelt sich um den Nachahmer des Falls, den du betreut hast. Der Täter verfügt über detaillierte und mikroskopische Kenntnisse über Verbrechen und Mörder. Und wie du schon gesagt hast, wurde das Band nicht ohne Grund an dich geschickt.«

»Aber McLean ist der Meinung, ich habe es vermasselt. Wird meine Rückkehr Edinburgh nicht den nötigen Grund liefern, um uns an den Eiern aufzuhängen?«

»McLean ist wütend und Laverty kein Trottel. Er besitzt genug professionellen Scharfsinn, um zu wissen, dass dies unser Fall ist – und du ihn leiten solltest.«

Bone schüttelte den Kopf. »Ich brauche das alles nicht. Ich versuche, wieder mit Alice zusammenzukommen und mein Kind öfter zu sehen. *Sehr* viel öfter. Das kann ich nicht aufs Spiel setzen.«

»Ich habe mit deinem Rehabilitationsteam gesprochen«, warf Gallacher ein. »Man hat mir gesagt, dass du bereit bist, zurückzukehren.«

»Ha, danke«, erwiderte Bone scharf. »Meine sogenannte Rehabilitation ist meine Sache. Was dort vor sich geht, ist vertraulich.«

»Als dein Vorgesetzter habe ich die Pflicht, meine Truppe zu schützen. Ich habe jedes Recht, Nachforschungen anzustellen. Man hat mir nur gesagt, dass du diensttauglich bist. Aber die Entscheidung liegt ganz bei dir.«

»Bei mir, genau«, knurrte Bone. »Also fang nicht an, mich mit Befehlen zu bombardieren. Ich bin immer noch krankgeschrieben, falls du es bislang nicht bemerkt hast.«

»Duncan, bitte. Ich bin verzweifelt.« Gallacher lehnte sich vor und schützte sie beide vor dem Sturm. »Wir kennen uns schon lange. Ich kenne *dich*. Du bist bereit. Du weißt, dass du bereit bist. Du kannst dich nicht ewig in deiner Bude verkriechen. Komm schon, meinst du nicht, dass du es PC Garvey und deinem Team schuldig bist?«

»Oh, die Schuldfrage. Ich habe mich schon gefragt, wie lange es dauern würde, bis die auftaucht«, meinte Bone schnaubend. »Ich bin Olympiasieger, wenn es um diese spezielle Frage geht.« Trotz seiner Beteuerungen wusste er, dass sein Chef seine Ausreden nicht durchgehen lassen würde und sich die Ereignisse gegen ihn verschworen hatten. Er würde den Befehl seines Chefs nicht verweigern können. Er zuckte zusammen. Sein Herz drängte ihn dazu, die Feuerleiter nach unten zu nehmen, aber sein Kopf veranstaltete einen Staatsstreich im militärischen Stil. Zu viele Fäden, die ein für alle Mal entwirrt werden mussten, rankten sich erneut durch sein Leben.

»Also, was machst du?«, drängte Gallacher. »Ich benötige eine Entscheidung, und zwar sofort. Kommst du wieder mit rein oder nimmst du die Feuerleiter?«

»Wenn ich Ja sage …«, setzte Bone an.

»Halleluja!«, unterbrach ihn Gallacher.

»*Wenn* ich Ja sage, werde ich nicht auf meinem Arsch hinter einem Schreibtisch sitzen. Ich werde diesen Fall von Grund auf leiten, und du lässt uns daran arbeiten – ohne Einmischung oder politische Hintergedanken von Seiten Edinburghs.«

»Ich würde es nicht anders haben wollen«, sagte Gallacher und lächelte. »Ich werde dein menschlicher Schutzschild sein.«

Bone hielt inne. »Okay«, sagte er schließlich und die Worte waren draußen, bevor er sie hätte hinunterschlucken können.

»Willkommen zurück, DCI Bone.« Gallacher nickte beifällig.

»Immer langsam. Einen Schritt nach dem anderen, okay?«, erwiderte Bone.

»Natürlich.«

»Nur eine Sache noch«, sagte Bone, als sie zurückgingen.

»Ich bin ganz Ohr.«

»Kann ich morgen anfangen? Es gibt ein paar Dinge, die ich erledigen muss.«

»Punkt sieben Uhr.«

»Ja, Sir.«

»Sir? Das hört sich schon besser an.« Gallacher grinste.

»Ein Moment der Schwäche. Wird nicht wieder vorkommen.«

An der Tür blieb Gallacher stehen. »Danke, Duncan. Ich stehe in deiner Schuld«, sagte er herzlich.

»Darauf komme ich zurück«, erwiderte Bone, bevor sie wieder ins Gebäude traten.

VIER

Als Bone in das Dreckloch zurückkehrte, das er sein Zuhause nannte, hatte er sich bereits damit abgefunden, die richtige Entscheidung getroffen zu haben. Es war Zeit. Zeit, nach vorn zu schauen und seinen selbstmitleidigen Arsch aus dem Sumpf zu ziehen. Wenn er etwas aus seinem Leben mit Alice und seinem Sohn machen wollte, musste er die Kurve kriegen und sich auf das Licht zubewegen, anstatt sich verloren und allein in der Dunkelheit einer Vergangenheit zu suhlen, die seine Welt durcheinander gebracht hatte.

Im Badezimmer kramte er nach seinem Rasierpinsel, schäumte seinen Bart ein und arbeitete sich durch wie ein Schneepflug, bis seine fast vergessenen Gesichtszüge zum Vorschein kamen. Er wirkte älter und schlanker; das Hollywood-Aussehen, für das er sich früher sogar ein wenig geschämt hatte, war nicht mehr ganz so ausgeprägt, und ihm gefiel, was er sah. Es fühlte sich gut an, die Maske abzunehmen und Gewicht loszuwerden. Zum ersten Mal seit Monaten fühlte er sich lebendig und bereit, es mit jeder Gülleladung aufzunehmen, die auf ihn zukommen mochte.

Im Flur ging er zur Tür zum Abstellraum – ein Ort, den er seit dem Vorfall gemieden hatte. Die Tür klemmte und er musste sie mit der Schulter aufstemmen, um sie zu öffnen. Der Raum war voller Kartons und Akten. Ein Teil des Durcheinanders bestand aus persönlichen Gegenständen, die er vom Sterbebett seiner Ehe gerettet hatte, aber im hinteren Teil stapelten sich Ordner und Mappen. Seine Hausaufgaben, wie er seine Aufzeichnungen zu nennen gepflegt hatte. Er kletterte über das Chaos, streckte sich über einen Karton und schnappte sich ein paar Ordner von der Spitze eines wackelnden Turms. Er öffnete den ersten, woraufhin einige Papiere herausfielen und zwischen den Kartons verschwanden.

Verdammt! Er blätterte durch den verbliebenen Ordnerinhalt und stellte schnell fest, dass dies nicht das war, wonach er gesucht hatte. Er überprüfte den zweiten, aber dessen Inneres bezog sich auf ein vier Jahre zurückliegendes häusliches Gewaltverbrechen. Er streckte sich wieder, holte einen großen Ordner aus dem zweiten Mini-Wolkenkratzer und schlug ihn auf. Die erste Seite war mit »Robert Meiklejohn« betitelt und darunter stand in fetten roten Buchstaben »Der Kuckuck-Fall«. Die Worte sprangen ihm förmlich ins Gesicht und seine Hände zitterten.

»Dann mal los«, murmelte er, kletterte wieder aus dem Abstellraum, kehrte ins Wohnzimmer zurück und ließ die Akte auf einen Beistelltisch am Fenster fallen. Er zog sich einen Stuhl heran, schlug die Akte auf und blätterte auf die erste Seite. Vier Gesichter starrten ihn an. Unter anderem die der drei Opfer, die er über Monate hinweg versucht hatte, aus seinem Gedächtnis zu streichen. Er drückte seinen Zeigefinger auf die Narbe der Eintrittswunde an seiner Schläfe und las weiter.

PC Katie Edwards, 28, vom Polizeirevier Lennoxfield. Sie war wunderschön und elegant gewesen, das Licht des Lebens hatte in ihren jugendlichen Augen gefunkelt – bis sie lebendig begraben worden war.

PC Maggie Cowley, 37, vom Revier Strathglennan. Der Kuckuck hatte sie verbrannt, das Ganze gefilmt und die Aufnahme an ihren Mann geschickt.

Der erschreckendste Fall war aber PC Gordon Tyrrell, 23, frisch aus der Polizeiausbildung, erst seit drei Monaten im Dienst in Kilwinnoch. Meiklejohn hatte ihm Blut abgenommen – nur so viel, um ihn nicht zu töten – und dann fünfzehn Liter Balsamierungsflüssigkeit in seine Oberschenkelarterie gepumpt.

Tyrells Fahndungsfoto blickte Bone finster an, als wollte er ihn tadeln, weil er den Mistkerl nicht vor Gericht gestellt hatte. Bone seufzte. Diese neuerliche Reise durch die Karriere eines Serienmörders würde eine der Schmerzen werden, daran bestand kein Zweifel. Er brauchte einen Kaffee. Er klappte die Akte zu und zog sich in die Küche zurück, um seine geistigen Armeen zu mobilisieren und sich auf eine Rückkehr in die Schlacht vorzubereiten.

***

Bone erwachte schlagartig und schnappte nach Luft, die Finger um die durchnässten Laken gekrallt. Er wollte nach seinem Wasserglas greifen, aber eine Gestalt erschien über ihm. Er versuchte, sich zurückzuziehen oder aufzusetzen, aber sein Körper war gelähmt vor Angst – oder weil er sich noch im Halbschlaf befand. Die Gestalt bewegte sich zur Seite. Bone löste seinen Arm aus dem Laken, streckte sich und griff nach der Nachttischlampe. Die Gestalt bewegte sich auf ihn zu, und während er nach dem Schalter tastete, stieß er die Lampe vom Tisch. Als sie auf dem Boden aufschlug, explodierte die Glühbirne, und der Lichtblitz offenbarte für einen Moment die abscheulichen Züge der Gestalt: ein verbrannter, entstellter Schädel aus geschmolzener Haut, freiliegenden Knochen und gebratenem, aufgedunsenem Fleisch.

Erschrocken holte Bone aus, doch seine fuchtelnden Fäuste schienen den Schatten, der sich nun auf ihn stürzte, geradewegs zu durchdringen. Bone warf sich auf die Kreatur, fiel aber aus dem Bett und landete mit einem schmerzhaften Aufprall auf dem Boden. Er rappelte sich auf und griff nach der Wand, bis seine Hand den Lichtschalter erreichte und diesen verzweifelt betätigte. Er blinzelte durch das grelle Licht, um den Angreifer in Augenschein zu nehmen, aber das Zimmer war verlassen, und bis auf das Klopfen seines Herzens war alles still.

Eine Halluzination. Fuck! So eine hatte er seit fast einem Monat nicht mehr gehabt. Plötzlich schrillte sein Wecker.

»Himmel!«, schrie er und seine Brust machte einen weiteren Hüpfer. Er rieb seine Augen, sackte zurück auf die Bettkante und hämmerte auf den Radiowecker ein, bis dieser seine Kakofonie einstellte. »Das hat mir gerade noch gefehlt.«

FÜNF

»Da ist er ja!« DS Mullens war der Erste, der Bone begrüßte, als dieser die Einsatzzentrale betrat. Seine massige Gestalt überragte ihn – wie ein aufgeblasener Lurch, der Butler der Addams Family, der darauf wartete, dass die nächste Leiche in der Leichenhalle ankam.

Der Raum brach in Applaus aus.

»Willkommen zurück, Sir«, meinte Mullens und reichte ihm die Hand. »Wurde auch Zeit, denn Andy vom *Fells* gibt uns keine Drinks mehr, bevor Sie nicht die Zeche bezahlt haben.«

»Verdammt, ich glaube, Sie sind tatsächlich noch mal gewachsen«, erwiderte Bone und zuckte zusammen, als Mullens das Leben aus seiner Handfläche quetschte. »Hatten Sie eine Hirntransplantation?«

»Nein, aber ich habe gehört, dass Sie für eine fällig sind«, scherzte Mullens.

»Mit dem hätte ich wohl rechnen müssen. Danke fürs Übernehmen.« Bone befreite seine zerquetschte Hand.

»Nun, ich kann nur sagen: Danke, dass Sie zurück sind, verdammt noch mal«, fuhr Mullens fort. »Ich weiß wirklich nicht, wie Sie es so lange mit diesen nutzlosen Arschgesichtern ausgehalten haben. Unerträglich.«

»Was ist mit dem Penner passiert, der dein Gesicht gekapert hatte?«, fragte DI Walker und lächelte, als sie sich ihm näherte.

Ursprünglich von der Isle of Lewis stammend, hatte Rhona Walker Erfahrungen als Uniformierte und dann als Drogenfahnderin für die Highland Division gesammelt, wobei ihre ausgeprägten investigativen Fähigkeiten dazu beigetragen hatten, eines der größten Kartelle Großbritanniens zu zerschlagen. Sie scherzte immer, dass sie die Versetzung nach Kilwinnoch beantragt hatte, um ein ruhigeres Leben zu führen, aber in Wahrheit hatte sie sich gewünscht, in einer Mordkommission zu arbeiten – und zwar gemeinsam mit Bone. Walkers intuitive, sachliche Herangehensweise an die Polizeiarbeit hatte Bone sofort beeindruckt, und er hatte die zuständigen Stellen davon überzeugt, ihren Namen für eine Beförderung vorzuschlagen. Innerhalb weniger Wochen hatte sie das Gespräch mit dem Beförderungsausschuss mit Bravour bestanden und war nun Detective Inspector und damit seine Stellvertreterin.

»Ich habe das arme Ding in die Freiheit entlassen«, erwiderte Bone und schüttelte ihre Hand.

»Schön, Sie wieder im Sattel zu sehen«, zwitscherte DC Will Harper, der wie ein übereifriger Welpe an seiner Seite herumlungerte.

Harper war der jüngste Neuzugang und mitten im Kuckuck-Fall dazugekommen – eine wahre Feuertaufe für den armen Kerl. Harper besaß einen Abschluss in Informatik und war über das neue Schnellverfahren der Polizei zur Einheit für ländliche Kriminalität gekommen – sehr zum Spott seiner Kollegen. Doch trotz seiner offensichtlichen Unerfahrenheit in der Praxis und seines für einen Polizisten ungewöhnlichen Aussehens verfügte Harper über ein IBM-großes Superhirn, das die unverständlichste Computersprache entziffern und jeden Code mit einem einzigen binär verschlüsselten Gedanken lösen konnte.

»*Aye,* und ich werde Sie reiten, bis Sie zusammenbrechen«, antwortete Bone.

Das Team lachte im Kollektiv.

DS Sheila Baxter, oder – wie Mullens sie nannte – *Couchgarnitur,* weil sie von Kopf bis Fuß den Tweed ihrer Großmutter zu tragen schien, stand unbeholfen an ihrem Schreibtisch am Fenster. Bone bemerkte ihr vertrautes weltmüdes Stirnrunzeln und begrüßte sie mit einem warmen Lächeln. Während ihr eher verstaubter Modegeschmack äußerst fragwürdig war, galt Baxters Wissen über Strafrecht, frühere Fälle, Verdächtige und Verbrechen als legendär. Aus irgendeinem unerklärlichen Grund hatte Baxter eine lukrativere Karriere als Strafverteidigerin gegen die grausamen Freuden des Hardcore-Mords getauscht, aber Bone und das Team waren mehr als froh darüber. Sie war nicht nur eines der klügsten Mitglieder der Truppe, sie konnte auch schneller Berichte verfassen, als ein Furz durch den Windkanal segelte, und so galt sie als unverzichtbares Mitglied der Einheit, vor allem zur Revisionszeit.

Bone trat weiter in den Raum und die Detectives versammelten sich.

»Okay, alle mal herhören! Wir sind zutiefst betrübt über die jüngsten Ereignisse. Es ist eine schreckliche Tragödie für PC Garvey, Advocate McLean und ihre jeweiligen Familien.«

»Und wir werden den Bastard, der das getan hat, in Stücke reißen«, warf Mullens ein.

»Die Gemüter sind erhitzt, aber genau das werden wir *nicht* tun, DS Mullens.« Bone warf dem Detective einen strengen Blick zu. »Ich werde diese Untersuchung leiten und wir werden uns äußerst professionell verhalten. Wir werden diesen Fall auf eine besonnene, rationale und systematische Weise untersuchen, die der Ehre unseres Berufsstandes gerecht wird, haben wir uns verstanden?«

»Ja, Sir«, murmelte das Team.

»Habe ich mich klar ausgedrückt?«

»Ja, Sir«, rief das Team nun.

»Gut, und im Gegensatz zu den Gerüchten bin ich zwar nicht völlig plemplem, aber ich habe diesen seltsamen sechsten Sinn entwickelt, der mir verrät, wenn mich jemand verarscht oder meine Befehle nicht befolgt.«

Kurzes Gelächter.

»Ich meine es todernst. Das Letzte, was wir gebrauchen können, ist, dass irgendein Idiot durchdreht oder etwas völlig Dummes tut. DS Mullens.«

»Sir!«

»Okay, jetzt, da die Leviten gelesen sind, fangen wir an, das zu tun, was wir tun sollen.«

»Sir?«, meldete sich DC Harper zu Wort. »Der Kuckuck-Verdächtige, Sie wissen schon, derjenige, der …«

»Mich in die Luft gejagt hat, ja?«, unterbrach Bone.

Harper schob seine Brille auf dem Nasenrücken ein Stückchen nach oben. »Er war … der Täter, richtig?«

»Klären wir die Fronten, ja?« Bone wandte sich wieder an das Team. »Wir haben es hier mit einem Nachahmer zu tun, mit jemandem, der den Fall Meiklejohn kennt und in Details eingeweiht ist, die nie an die Presse oder an die Öffentlichkeit gelangt sind.«

»Also ein Insider?«, fragte Will.

Mullens drehte sich um und starrte seinen neuen Kollegen an. »Gebt dem kleinen Kerl einen Lolli!«

»Oder unser Kuckuck hatte eine große Klappe. Oder einen Komplizen. Genau das möchten wir herausfinden«, fügte Bone hinzu. »Also gut. Was wissen wir bisher?« Seine Frage wurde mit unheilvollem Schweigen beantwortet. »Ja?«

»Alles, was wir bis jetzt wissen, ist, dass PC Garvey nicht nach Hause zurückgekehrt ist, nachdem sie an den Geburtstagsfeierlichkeiten einer Kollegin im *Fells*

Inn teilgenommen hat«, schaltete sich Mullens ein. »Ihr Ehemann, Mr McLean …«

»Advocate McLean«, präzisierte Bone.

»*Aye*, nun, besagter Anwalt hat sie am nächsten Morgen als vermisst gemeldet.«

»Er hat die ganze Nacht gewartet?«, fragte Bone.

»Es scheint so. Er hat ihr Revier angerufen, und sie haben es um …« Mullens schlurfte zu seinem Schreibtisch und holte seinen Notizblock hervor. »Um elf Uhr dreiundzwanzig zu Protokoll gegeben.«

»Fast zur Mittagszeit?«

»Korrekt.«

Bone rieb die Narbe an seiner Schläfe. »Seltsam.«

Er wandte sich an DI Walker, die ungewöhnlich ruhig geblieben war. »Hat die Spurensicherung schon etwas zur Karte gesagt?«

»Noch nicht«, sagte Walker, deren Äußerer-Hebriden-Akzent auch nach ihrer Flucht aufs Festland nichts von seiner Wirkung verloren hat.

»Harper«, sagte Bone.

Der junge Detective sprang fast aus seinem übergroßen Anzug.

»Können Sie ins Archiv gehen und die Kuckuck-Akten ausgraben? Einschließlich aller Tonaufnahmen? Ich möchte, dass Sie einen Vergleich mit dem neuen Video durchführen. Machen Sie sich Ihre Jedi-Kräfte zu Nutzen!«

»An deiner Stelle würde ich das Popcorn weglassen, Harper«, scherzte Mullens.

Aber niemand lachte.

»Wie Will gerade erläutert hat«, fuhr Bone fort, »müssen wir jeden Zweifel ausräumen, dass es sich um denselben Killer handeln könnte. Und damit bestätigen, dass Meiklejohn der Täter war.«

»Aber die Beweise waren doch eindeutig, dass er der elende Mistkerl ist, der diese Polizisten umgebracht hat«, warf Walker ein.

»Wir wissen das, und jeder, der bei Verstand ist, weiß das auch, aber wir müssen alles in die Wege leiten. Wenn die Presse erst einmal davon erfährt, wird es hier zugehen wie bei der Raubtierfütterung im Zoo.«

»Kakerlaken«, murmelte Mullens.

»Und deshalb müssen wir uns zurückhalten – kein Gerede mit Freunden oder Verwandten, nicht einmal mit den eigenen Partnern. Klar? Sie werden es früh genug herausfinden, aber wir brauchen so viel Vorsprung wie möglich. Hat schon jemand den Ehemann befragt? Offiziell meine ich?«

»Ich glaube, Vertreter der Abteilung für Familienangelegenheiten waren bei ihm zu Hause, aber er ist nicht an die Tür gekommen«, sagte Walker.

»Okay, was ist mit den Bewegungen von PC Garvey unmittelbar vor, während und nach ihrem Pub-Besuch?«

»Die Uniformierten sind jetzt im Pub, glaube ich, aber niemand von uns war bisher dort«, fügte Walker hinzu.

»Was ist mit den Überwachungskameras im Pub und auf ihrem Weg zum Pub?«

Schweigen.

»Und die Kollegen vom Revier Campsie Fells?«

Wieder Stille.

»Um Gottes willen, Leute! Gut, dass ich wieder da bin.« Bone schüttelte den Kopf. »Also gut, Mullens, bewegen Sie Ihren Arsch sofort zum *Fells Inn* und befragen Sie den Wirt und das Barpersonal. Überprüfen Sie die Überwachungsvideos, falls es welche gibt, und spüren Sie die Gäste auf, die an besagtem Abend dort gewesen sind.«

Mullens schaute auf seine Uhr. »Gerade noch rechtzeitig fürs Frühstück zum halben Preis«, sagte er und leckte sich über die Lippen.

Bone wandte sich an DS Baxter, die wie wild in ihrer Handtasche kramte.

»Sheila«, sagte er.

Sie blickte auf.

»*Aye?*«, antwortete sie und kämpfte weiter mit ihrer Tasche.

»DS Baxter«, wiederholte Bone.

»Tut mir leid, Sir«, krächzte Detective Baxter, »ich habe mein Feuerzeug verloren.«

»Sie haben also immer noch nicht aufgehört, hm?«, fragte Bone.

»Gott, ich habe es versucht.«

»Ich möchte, dass Sie Advocate McLeans Anklageschrift gegen Meiklejohn durcharbeiten«, fuhr Bone fort. »Aber gehen Sie auch noch weiter zurück und überprüfen Sie seine Akte – frühere Anklagen, Siege, Niederlagen. Suchen Sie nach Auffälligkeiten.«

»Alle Akten?«, fragte Baxter.

»Ja.«

»Sir?«, fuhr Baxter fort. »Was meinen Sie mit *auffällig*?«

»Sie sind qualifizierte Anwältin und Kriminalistin. Ich denke, das bekommen Sie raus.« Bone rollte mit den Augen.

Das Team schwieg einen Moment lang, als versuchte es, sich auf die Heimkehr seines Chefs einzulassen.

»Und zwar jetzt sofort!«, brüllte Bone.

»Was ist mit mir?«, fragte Walker.

»Wir treffen uns mit dem Vertreter der Staatsanwaltschaft«, antwortete Bone mit einer Grimasse.

Nach einer Reihe von Anrufen bei McLean zu Hause und dann in seinem Büro erfuhren Bone und Walker, dass der Anwalt Chefankläger in einem hochkarätigen Fall am Obersten Gerichtshof in Glasgow war. Als die beiden Detectives eintrafen, war die riesige Lobby voller Pressevertreter und zwielichtig aussehender Besucher.

»Es ist der Fall der Sweeney-Brüder«, sagte Walker.

Bone zuckte mit den Schultern. »Wer?«

»Bandenkriege. Die Kriminalpolizei von Parkhead hat die Schweine endlich dingfest gemacht. Die Sweeneys sind wegen Erpressung, Entführung, Folter und Mord dran.«

»Also kein Ladendiebstahl«, sagte Bone.

Sie drängten sich durch das Getümmel zur Anmeldung, wo ein tadellos gekleideter junger Beamter versuchte, den Lärm zu ignorieren. Sie zeigten ihre Ausweise.

»Wir suchen Advocate McLean«, sagte Bone.

Der Beamte am Empfang lächelte. »Das tun sie alle«, sagte er mit belegter Stimme.

»Wir suchen ihn im Zusammenhang mit dem Verschwinden seiner Frau.«

Sein Lächeln verschwand. »Oh, tut mir leid, Sir. Ja. Ich glaube, die Sitzung geht gleich in die Mittagspause. Vielleicht können Sie ihn noch erwischen, bevor es weitergeht.«

»Mittagspause? Es ist erst halb elf«, sagte Bone.

»Der Richter nimmt sich gern Zeit«, meinte der Mann augenrollend und blickte dann über seine Schulter.

»Arbeitet er an dem Sweeney-Fall?«, fragte Walker.

»Natürlich, ja.« Der Rezeptionist verzog erneut das Gesicht. »Ich bringe Sie zu seinem Büro. Hier entlang, bitte.«

Nachdem sie die flughafenähnliche Sicherheitskontrolle passiert hatten, bei der der Metallsplitter in Bones Kopf einen Moment der Panik bei den Maschinen auslöste und den stämmigen Sicherheitsbeamten dazu veranlasste, seinen Ausweis noch einmal zu überprüfen, folgten die Detectives dem Beamten im Laufschritt durch ein Labyrinth hoch gewölbter Korridore. Gemälde von steifen und streng aussehenden Richtern und Anwälten aus der Vergangenheit des schottischen Hochadels zierten die

Wände. Schließlich führte der Beamte sie in einen großen mahagonigetäfelten Raum, in dem einige prunkvolle antike Möbel standen und der vom Boden bis zur Decke mit Bücherregalen ausgestattet war, in denen ledergebundene Bände mit juristischem Inhalt aufbewahrt wurden.

»Bitte warten Sie hier. Der Anwalt sollte nicht allzu lange brauchen«, sagte der Rezeptionist und schloss die Tür hinter ihnen.

»Ich hasse diese Räumlichkeiten. Es ist dieser Geruch, den ich nicht ertragen kann.« Walker zuckte zusammen.

»Kampferholz?«, fragte Bone.

»Reichtum und Privileg.« Walker studierte die Bücher.

Bone setzte sich auf einen der sorgfältig gepolsterten Regency-Stühle, die an der Rückwand standen. »Ein bisschen seltsam, oder?«

»Was?«, fragte Walker und wollte ein Buch aus dem Regal ziehen, überlegte es sich aber anders.

»McLean bei der Arbeit.«

»Es ist ein hochkarätiger Fall, und wenn er Chefankläger ist …?«

»Ja, ich weiß, aber …«

Bones Gedanken wurden durch die Ankunft von Advocate McLean unterbrochen, der in vollem Ornat in den Raum stürmte. Sein Talar flatterte hinter ihm her wie Batmans Umhang. Zuerst bemerkte er sie nicht, blieb dann aber stehen. »Entschuldigen Sie, dies ist ein privates Büro.« Dann erkannte er Bone. »Inspector«, sagte er, fast überrascht, ihn zu sehen.

»Guten Morgen, Advocate McLean. Sie kennen DI Walker?«

McLean warf ihr einen Blick zu und nickte.

»Wir sind gekommen, um über das Verschwinden Ihrer Frau zu sprechen.« Bone konnte seinen Sarkasmus kaum verbergen.

»Ja, ich weiß, warum Sie gekommen sind.« McLean nahm seine Perücke ab und setzte sich an seinen prunkvollen Mahagonischreibtisch. »Ich habe Ihrem Vorgesetzten gesagt, dass ich heute hier sein muss.«

»Ja, wir haben gehört, dass Sie einen äußerst wichtigen Fall haben«, sagte Bone, dessen Wut immer größer wurde.

»DCI Bone. Es ist ein schrecklicher Albtraum«, erwiderte McLean scharf. »Aber ich habe staatliche Verpflichtungen und muss in Kürze wieder vor Gericht erscheinen. Haben Sie Neuigkeiten? Hat man sie bereits gefunden?«

»Nein, aber die Zeit drängt, und wir tun alles, was in unserer Macht steht, um das zu tun.«

»Und es gibt Verbindungen zum Fall Meiklejohn?«

»Nicht Verbindungen. Ähnlichkeiten«, antwortete Bone.

»Also keine Verbindungen«, wiederholte McLean mit einem Seufzen.

»Wir müssen herausfinden, was in der Nacht ihres Verschwindens vorgefallen ist.« Bone ignorierte den zunehmend feindseligen Ton McLeans.

Der Anwalt blätterte in Papieren und Akten, die vor ihm lagen. »Ich bin sehr beschäftigt, DCI Bone. Ich fürchte, wir könnten diesen Fall verlieren. Das hätte katastrophale Folgen für die Strafjustiz, ganz zu schweigen von den Bewohnern von Easterhouse.«

Bone verlor allmählich die Geduld. »Die Bedrohung für Ihre Frau ist *katastrophal,* Advocate McLean.«

McLean hielt inne und sah auf. »Ich habe Ihrem Vorgesetzten deutlich zu verstehen gegeben, dass ich Sie nicht in meiner Nähe haben will. Sie sind inkompetent. Sie haben einen Hauptverdächtigen in die Luft fliegen lassen und vielen trauernden Familien die Möglichkeit verwehrt, mit dem Fall abzuschließen.«

»Ich denke, Sie wissen, dass er mich in die Luft gejagt hat«, antwortete Bone kalt.

McLean lehnte sich zurück. »Sie haben keine Ahnung, wie erschüttert ich bin. Sie denken, ich bin hier, weil ich kalt und gefühllos bin. Das ist nur eine Fassade. Das ist meine Art, mit der Situation umzugehen.«

»Wir versuchen nur, Ihre Frau zu finden, Advocate McLean.«

Der Mann stand auf. »Ich habe bereits eine Aussage bei einem Ihrer uniformierten Beamten abgegeben. Mehr habe ich nicht zu sagen.« Er sah auf seine Uhr. »Wenn Sie mich jetzt entschuldigen würden, ich muss wieder ins Gericht.«

McLean rückte seine Perücke zurecht, nahm eine Akte von seinem Schreibtisch und ging auf die Tür zu, wobei sein Talar ihm schwungvoll folgte. Dann hielt er inne. »Finden Sie sie!«, sagte er, bevor er den Korridor hinunter verschwand.

Walker drehte sich zu Bone um. »Verdammt seltsam.«

»Nicht das, was man als übliche Reaktion bezeichnen würde, wenn die eigene Frau entführt worden ist«, stimmte Bone zu.

»Aber er ist so ein netter Kerl, nicht wahr?«

»Ja, ich hatte ganz vergessen, wie nett er ist. Ich glaube, wir sind noch nicht ganz fertig mit PC Garveys reizendem Ehemann.«

Auf dem Rückweg nach Kilwinnoch klingelte Walkers Handy.

»Harper?«, antwortete sie. »Du musst lauter sprechen. Ich sitze im Auto des DCI und das gibt die schrecklichsten Geräusche von sich.«

»Das ist die Kupplung«, rief Bone über den Lärm hinweg. Er ließ die Gänge knirschen und fuhr im Schneckentempo über eine Ampel, während Walker mit einem Finger im Ohr dasaß, um etwas zu verstehen.

Wenige Augenblicke später legte sie auf. »Harper hat etwas gefunden.«

Bone drückte aufs Gas, allerdings ohne sichtbare Wirkung. Er fluchte laut.

»Du weißt, dass wir eigentlich einen der Dienstwagen benutzen sollen«, sagte Walker.

»Ich bin technisch gesehen immer noch krankgeschrieben, also kann ich fahren, was ich will.«

»Genau darüber mache ich mir Sorgen.« Walker verdrehte die Augen.

Das Auto stotterte, hustete – und rumpelte weiter.

SECHS

Als sich der Saab dem Revier näherte, entdeckte Walker eine kleine Gruppe, die sich vor dem Eingang versammelt hatte. »Sieht aus, als hätten wir einen Fanclub.«

»Gute Güte«, antwortete Bone. »Wie haben die davon Wind bekommen?« Er fuhr an der Schar von Reportern, Fotografen und Filmteams vorbei und parkte in einer Nebenstraße. »Hintereingang?«, fragte er.

Sie überquerten schnell die Straße und schlüpften durch das Hintertor.

»Ich werde denjenigen umbringen, der geplaudert hat.«

Bone betrat die Einsatzzentrale, und wollte gerade zu einer Tirade ansetzen, als Harper auf ihn zukam.

»Sir, ich glaube, das sollten Sie sich ansehen«, sagte er und rückte hektisch seine Brille zurecht.

Bone und Walker folgten ihm zu seinem Schreibtisch, wo er mit ein paar Mausklicks seinen Monitor aufweckte.

»Ich benutze die Bearbeitungs-App der Truppe«, sagte er.

Der Bildschirm zeigte den Snuff-Film, der Bone geschickt worden war.

»Die App ermöglicht es uns, die Handlung Bild für Bild zu erfassen, ohne Verzerrung oder Schärfeverlust. Das ist verdammt clever.« Harper schob seine Brille erneut nach oben.

Bone beugte sich etwas weiter vor.

»Als ich die Aufnahme ein zweites Mal durchgegangen bin, ist mir etwas Interessantes aufgefallen.« Er tippte auf seiner Tastatur herum und der Film sprang ein Stück nach vorn. »Ungefähr … hier.« Er hielt das Video an, als ein Bagger kurz davor war, seine zweite Ladung abzuwerfen. »Hier ändert sich für den Bruchteil einer Sekunde der Kamerawinkel. Es ist knifflig, weil es wirklich schnell geht.«

Mullens und Baxter hatten sich inzwischen ebenfalls zu ihnen gesellt und lehnten sich vor, um einen Blick auf den Bildschirm zu erhaschen. Harper stupste das Standbild an und es machte ein paar minimale Bewegungen.

»Da!«, sagte er triumphierend. »Sehen Sie das?«

Bone starrte auf das Bild, aber er konnte keinen Unterschied zu den vorherigen Bildern erkennen. Mullens' riesiger Arm erschien über seinem Kopf und er drehte sich überrascht um.

»Hier«, sagte Mullens und deutete auf die obere Ecke des Bildes.

Bone lehnte sich noch weiter vor. Die Kamera hatte einen flüchtigen Blick auf die Kante eines Stahlträgers erhascht. »Können Sie das noch ein wenig vergrößern?«

Harper fummelte an den Einstellungen herum und das Bild wurde schärfer. Es sah aus wie ein Teil eines größeren Gerüsts.

»Das ist das neue Einkaufszentrum, das sie auf dem alten Langlands-Fabrikgelände errichten wollten«, sagte Mullens.

Bone nickte. »Scheiße, Sie haben recht. Aber hat Scotsave nicht einen Rückzieher gemacht oder so?«

»Ja, ich glaube, die Schmiergelder waren nicht groß genug, also hat der Stadtrat das Projekt gestoppt, vorläufig jedenfalls.«

»Wann war das?«

Mullens zuckte mit den Schultern. »Ich bin mir nicht sicher, um ehrlich zu sein, Sir.«

»Vor vier Monaten«, mischte sich Walker ein. »Sehr zur Freude der lokalen Einzelhändler und zum Verdruss der Bauunternehmer.«

»Und wer ist jetzt für die Baustelle zuständig?«

»Ich glaube, der Supermarkt hat eine Sicherheitsfirma beauftragt, das Gelände nachts zu bewachen, aber tagsüber ist es einfach verschlossen, glaube ich«, fügte Walker hinzu.

Bone wandte sich an Harper. »Können Sie das Bild ausdrucken?«

»Sicher.« Innerhalb weniger Sekunden erschien eine A4-Kopie im Drucker auf der anderen Seite des

Raums. Harper eilte hinüber, holte sie heraus und reichte sie Bone.

»Okay«, sagte Bone. »Könnte jemand ein paar Streifenwagen bestellen und das Gelände abriegeln lassen? Mullens und Walker, Sie kommen mit mir.«

»Sir, wenn Sie erlauben, könnte ich Sie vielleicht ebenfalls begleiten?«, fragte Baxter. »Ich bin den ganzen Morgen die Meiklejohn-Akte durchgegangen, und könnte wirklich etwas frische Luft gebrauchen. Das ist heftiges Zeug.«

»Tut mir leid, Sheila, ich fürchte, Sie müssen weitermachen.«

Baxter blies ihre Wangen auf.

»Und hängen Sie alles, was Sie für wichtig halten, an die Pinnwand, verstanden?«, ergänzte Bone, der die Enttäuschung in ihrem Gesicht gesehen hatte.

Baxter nickte und kehrte widerwillig zu dem Haufen Akten zurück, der sich auf ihrem Schreibtisch türmte.

Bone nahm seinen Mantel. »Oh, und wenn Sie die Station verlassen«, sagte er an die beiden Schreibtischhengste gewandt, »benutzen Sie den Hintereingang. Die Geier sind gelandet. Aber darum kümmere ich mich später.« Auf dem Weg nach draußen warf er noch einen Blick auf die Kaffeemaschine. »Mist, schon wieder kein Kaffee.«

Als Bone vor dem Tor der Baustelle auftauchte, standen dort bereits zwei Streifenwagen. Drei Uniformierte tummelten sich am Eingang, über dem sich das riesige schwarze Stahlskelett bedrohlich abzeichnete. Die Detectives stiegen aus und traten näher.

Bone zeigte einem der Uniformierten seinen Ausweis.

»Guten Morgen, Sir.« Der Beamte nickte.

Ein unübersehbarer Mann in Warnweste und Schutzhelm erschien am Tor.

»Ich bin Detective Chief Inspector Bone. Sind Sie der Bauleiter?«

»Davie Edmunson. Ich leite das Team für die Erdarbeiten.«

»Hallo, Davie«, mischte sich Mullens ein. »Wie geht's denn so?«

»Ach, Mark«, antwortete der Bauleiter.

»Gibt es jemanden, den Sie nicht kennen?« Bone hob eine Augenbraue.

»Ich bin eben beliebt.« Mullens grinste. »Davie gehört zu R and G Groundworks – Sie wissen schon, die Lennoxfield-Crew.«

»*Aye.* Und wo liegt das Problem?«, fragte der Vorarbeiter und kratzte sich am Kopf.

»Ich dachte, die Arbeiten auf der Baustelle seien eingestellt worden?«, fragte Bone.

»Das sind sie«, bestätigte Edmunson. »Es hat Probleme mit Staunässe gegeben. Der Bauträger hat uns vor ein paar Wochen zurückgeholt, um die Drainage zu reparieren und Überschwemmungen zu vermeiden.«

Bone warf einen Blick auf die Baustelle. »Wie groß ist Ihre Mannschaft?«

»Im Moment arbeiten wir mit einem reduzierten Team. Wir sind nur noch zu viert.«

»Waren Sie alle Dienstag auf der Baustelle?«

»Letzten Dienstag?«

Bone nickte.

»Ja, nein, Moment«, Edmunson hielt inne. »Wir waren nur am Vormittag hier. Wir mussten das Gelände bis halb eins räumen, weil die Umweltbehörde einen Besuch geplant hatte. Die Stadtverwaltung hatte uns am Vortag eine E-Mail geschickt, verstehen Sie?«

»Sie haben also abgeschlossen und die Leute sich selbst überlassen?«

»Nein, sie haben mir aufgetragen, das Tor offenzulassen und den Schlüssel in die Baubaracke zu legen. Sie haben gesagt, sie würden abschließen, wenn sie gehen.«

»Ist das Gelände bewacht? Oder gibt es Überwachungskameras?«, drängte Bone.

»Wozu?« Edmunson zuckte mit den Schultern. »Hier gibt es so gut wie nichts, und ich glaube nicht, dass ein Schrotthändler begeistert wäre, wenn ein Kleinganove mit diesem Zeug auftauchen würde.« Er warf einen Blick auf die Uniformierten, die sich um das Gerüst herum tummelten. »Also, was ist hier los?«

»Hat die Umweltbehörde wieder abgeschlossen?« Bone ignorierte ihn.

Der Vorarbeiter verzog das Gesicht. »Ich bin am Mittwoch erst später reingekommen. Ich bin mir nicht sicher, wer als Erster auf der Baustelle war. Das müsste ich überprüfen.«

»Okay, tun Sie das«, erwiderte Bone. »Und jetzt möchte ich, dass Sie Ihr Team von der Baustelle abziehen.«

»Was? Jetzt sofort?«

»Ich fürchte, ja.«

Edmunson seufzte. »Okay. Die Jungs werden allerdings nicht erfreut sein, denn das Büro wird ihnen den Lohn kürzen. Das ist das zweite Mal in einer Woche. Du wirst heute Abend im *Fells* sehr beliebt sein, Mark.«

Mullens hob die Hände. »Tut mir leid, Davie. Es geht nicht anders.«

»Ich werde die Männer holen und herausfinden, wer am Mittwoch aufgeschlossen hat«, fügte Edmunson hinzu. »Es geht doch nicht um einen dieser Bandenmorde? Um die Typen, die einander umbringen, oder?«

»Ist es in Ordnung, wenn wir mit Ihnen reinkommen und uns ein wenig umsehen?« Bone ignorierte seine Frage erneut.

»*Aye*, kein Problem. Aber ich warne Sie, es ist der reinste Sumpf.«

»O Gott!«, sagte Walker und sah auf ihre glänzenden italienischen Schuhe hinunter.

»Von denen kannst du dich verabschieden, Rhona«, scherzte Mullens.

Bone entfaltete die Ausdrucke, die er mitgebracht hatte, und überprüfte sie, wobei er die Stirn runzelte. Er reichte sie an die beiden Detectives weiter. »Gut, jeder beginnt an einem der beiden Enden des

Blackpool Towers und sucht nach der entsprechenden Stelle.«

Die Detectives machten sich auf den Weg zu dem Bauwerk, während Bone dem Vorarbeiter auf den Gleisen folgte, vorbei an dem Gerüst und hinunter zum Zaun. Als Bone einen Blick zurückwarf, sah er, wie Mullens über einen Stapel von Trägern kletterte, bevor er stolperte und dann verschwand. Einen Moment später tauchte er wieder auf, und sein Fluch dröhnte von dem Stahlkäfig wider.

Nachdem sie an dem verlassenen Gerippe vorbeigekommen waren, entdeckte Bone die Mannschaft am Zaun. Die Arbeiter schienen damit beschäftigt zu sein, um einen kleinen Bagger, der eimerweise schlammiges Wasser schöpfte und ein paar Meter weiter ausschüttete, herum zu graben und zu schaufeln. Der Weg wurde immer schlammiger und stinkende Pfützen aus trübem Dreck säumten ihn.

»Passen Sie auf, wo Sie hintreten! Einige dieser Löcher können einen Bus verschlucken«, warnte der Vorarbeiter.

Als sie die Mannschaft erreichten, legten die Männer ihre Werkzeuge nieder und starrten einträchtig zu Bone hinauf.

»Jungs, die Polizei ist hier«, verkündete Edmunson. »Sie wollen, dass wir die Baustelle räumen. Holt euer Zeug!«

Die Bauarbeiter stöhnten auf, sammelten widerwillig ihre Sachen ein und drängten sich dann vor dem Vorarbeiter zusammen.

»Der Inspector will wissen, wer am Mittwoch als Erster auf der Baustelle war.«

Die Mitarbeiter warfen einander schuldbewusste Blicke zu.

»Keine Sorge, das ist keine Fangfrage«, mischte sich Bone lächelnd ein.

»Das war ich«, sagte einer der jungen Arbeiter und hob die Hand, als wäre er noch in der Schule. »Aber das Tor war offen.« Er blickte besorgt vom Inspector zum Vorarbeiter.

»Und Sie haben nicht daran gedacht, mir Bescheid zu sagen?«, fragte der Vorarbeiter ungläubig.

»Ich habe einfach gedacht, dass jemand vor mir drin gewesen ist.« Der junge Mann zuckte mit den Schultern.

»Wer?«, fragte Bone.

»Ich weiß es nicht. Ich bin direkt ins Baubüro gegangen.«

»Was hast du da drin gemacht?«, fragte der Vorarbeiter.

»Gar nichts.« Der junge Mann schüttelte den Kopf. »Ich habe mir nur einen Tee gemacht. Der Kessel ist da drin.«

»Wie heißen Sie?«, fragte Bone.

»Wozu brauchen Sie meinen Namen?«, schoss der Arbeiter zurück. »Ich habe nichts getan. Ich habe doch nur Tee gekocht und mir eine von Davies Ingwernüssen genommen.«

Die Mannschaft brach in Gelächter aus.

»Das ist die Wahrheit.« Die Wangen des Jungen liefen knallrot an. »Als der Tee fertig war, hatte ich das Tor vergessen.«

»Wer war noch hier?«, drängte Edmunson.

»So gut wie alle.«

»Wie ist Ihr Name?«, wiederholte Bone, dieses Mal mit Nachdruck.

»Paul Quinn, Keksdieb«, antwortete der Vorarbeiter für den Jungen und schüttelte den Kopf.

»Und der Bagger, haben Sie den über Nacht hier?«

»Im Moment schon«, antwortete der Vorarbeiter. »Es macht keinen Sinn, ihn von unserem Hof hin und her zu schleppen.«

»Und wo wird der Schlüssel aufbewahrt?«

Der Vorarbeiter sah seine Leute an. »Wo bewahrst du ihn auf, John?«

John, ein kleiner, stämmiger Mann mit einer unangezündeten Kippe im Mund, zuckte mit den Schultern und murmelte etwas Unzusammenhängendes.

»Wie bitte?«, fragte der Vorarbeiter.

John nahm die Kippe raus. »Der Schlüssel liegt normalerweise unter dem Kabinensitz.«

Bone blies die Backen auf. »Mein Gott! Sie müssen hier nicht die Goldbarrenvorräte des Landes lagern, um sich um Ihre Sicherheit zu kümmern.«

»Wir parken den Bagger außer Sichtweite unter dem Gestell«, konterte der Vorarbeiter und sprang seiner Mannschaft zur Seite.

»Und Sie sind der Baggerfahrer?«, fragte Bone John, der gerade versuchte, seine Zigarette anzuzünden.

»Drei von uns hier haben die Lizenz, ihn zu bedienen, aber um ehrlich zu sein, ist es keine Raketenwissenschaft. Nach ein paar Anläufen kann das jeder.«

Bone blickte wieder in die Reihe der müden Gesichter. »Okay. Das war's für den Moment. Vielen Dank für Ihre Hilfe. Ist es okay, wenn wir hier weitermachen?«

»*Aye,* natürlich.« Der Vorarbeiter nickte. »Gut, Jungs, kommt schon. Lasst die Polizei tun, was sie tun muss – was auch immer das ist.«

»Und könnten Sie auf dem Weg nach draußen dem Polizisten an der Pforte Ihre Namen geben?«, fragte Bone und löste damit eine weitere Welle der Entrüstung aus. Er wandte sich wieder an Edmunson: »Ich muss außerdem die E-Mail vom Umweltausschuss sehen.«

»*Aye.* Klar, kein Problem.«

In diesem Moment ertönte ein lauter Pfiff von der anderen Seite des Geländes.

Bone drehte sich um und ging auf Walkers Signal zu.

»Bingo«, sagte sie und hielt ihren Ausdruck hoch, als sich Bone und schließlich auch Mullens näherten.

Das Bild stimmte nahezu perfekt mit der Szene direkt vor ihr überein.

»Der Bagger war hier.« Sie zeigte auf einige Spuren im Schlamm, die zu einer Lichtung zwischen zwei oder drei Betonblöcken führten.

Das Trio kletterte zwischen den Blöcken hindurch und gelangte zu einem etwa drei Meter großen Bereich aus frisch gewendetem Lehm, der sich von der harten verdichteten Erde der Umgebung abhob.

»Scheiße! Sieht aus, als bräuchten wir einen Durchsuchungsbefehl«, sagte Walker.

»Und die Spurensicherung.« Bone seufzte.

SIEBEN

Bone ließ Mullens am Tatort zurück und fuhr Walker zurück zum Revier, wo er sie an der Straßenecke absetzte.

»Hintertür, ich weiß«, sagte Walker.

»Warne die Spurensicherung vor und versuche, die Genehmigung der Stadtverwaltung zu bekommen!«

»Mach ich. Was hast du vor?«, fragte Walker.

»Ich muss etwas Dringendes erledigen«, meinte Bone und fuhr ohne weitere Erklärung davon. Walker blieb kopfschüttelnd zurück.

Als er die Schule seines Sohnes erreichte, hielt Bone am anderen Ende der Straße an und sah auf die Uhr. In wenigen Minuten würde die Glocke das Ende des Schultages einläuten. Er betrachtete sein Spiegelbild und seufzte. Er sah schrecklich aus, das ließ sich nicht leugnen. Es war bereits ein sehr langer Tag gewesen, und das sah man ihm an. Schnell strich er seine etwas zerzausten Haare glatt, sprang hinaus – und blieb abrupt stehen.

»Schuhe. Verdammt!« Er blickte auf seine schlammverkrusteten Docs hinunter, die von ebenso schmutzigen Hosensäumen begleitet wurden. »Ach, scheiß drauf!«

Mit einem Achselzucken ging er im Laufschritt zum Schuleingang. Eine Gruppe von Müttern und Vätern unterhielt sich gerade lautstark. Als sie ihn kommen sahen, verstummten sie.

»Tag«, sagte Bone. »Ich bin der Vater von Michael Bone, dritte Klasse.« Er wollte nicht, dass sie dachten, er würde eine Entführung in Erwägung ziehen.

»Hey, Duncan«, meldete sich jemand weiter hinten zu Wort. »Wie zum Teufel geht's dir?«, fragte ein leicht ungepflegt wirkender junger Mann.

Bone musterte die unrasierten Gesichtszüge des Manns und versuchte, ihn einzuordnen.

»Alan Warnes, Craigs Vater.« Der Mann wusste offensichtlich, dass Bone keine Ahnung hatte, wer er war. »Wir haben uns letztes Jahr auf Craigs Geburtstagsparty kennengelernt«, fügte er hinzu.

Bone war immer noch nicht klüger, gab aber vor, sich zu erinnern. »Ah, *aye*, das stimmt.«

»Wie geht es dir mittlerweile?«, fragte Alan.

»Oh, gut, gut.« Bone zermarterte sich das Hirn nach einer Möglichkeit, den Fragen des Manns auszuweichen.

»Das Ganze war schrecklich. Was für ein widerlicher Scheißkerl!«

»Das bringt der Job mit sich. Wie geht's …« Er hatte den Namen des Jungen bereits vergessen.

»Wir kommen zurecht, aber … du weißt schon.« Alan verzog das Gesicht.

»Natürlich«, stimmte Bone zu, ohne eine Ahnung zu haben, was der Mann meinte.

»Arbeitest du wieder?«

Das Läuten der Glocke bewahrte Bone vor weiteren Unannehmlichkeiten. In dem Moment flog die Eingangstür der Schule auf und ein Tsunami von Hobbits strömte auf den Schulhof.

»Da kommen sie.« Der junge Vater schnitt eine Grimasse.

Bone suchte das Meer aus grinsenden, schreienden, mürrischen und prustenden Gesichtern ab, konnte aber Michael nicht finden. Er runzelte die Stirn.

Ein Junge rannte durchs Tor und in Alans Arme.

Der junge Vater hob seinen Sohn hoch und zerzauste seine Haare. »Wie geht es meinem kleinen Lausbub?«

»Gut«, antwortete der Junge. »Ist Mummy hier?«

»Sie ist bei der Arbeit, aber wir gehen zum Indoor-Spielplatz.«

Der Junge stieß ein aufgeregtes Jauchzen aus und sprang auf den Bürgersteig.

»Schön, dich zu sehen, Duncan. Grüßt du Alice von mir?« Alan lächelte.

»Mach ich«, meinte Bone. Er winkte dem Jungen zu, während die beiden Hand in Hand davonliefen.

Bald waren die meisten Kinder eingesammelt. Nachdem auch die Mutter des letzten Kindes errötet und entschuldigend angekommen war und ihr kleines Mädchen ins Auto verfrachtet hatte, ging Bone auf die Lehrerin am Tor zu.

»Entschuldigen Sie, ich warte auf Michael Bone. Ich bin sein Vater.«

»Oh, hallo, Mr Bone. Es ist schön, Sie endlich kennenzulernen. Ich glaube, wir sind uns bislang nicht begegnet. Ich bin Felicity Swift, Michaels Lehrerin.« Sie streckte ihre Hand aus.

Bone schüttelte sie zügig.

Sie steckte sie zurück in die Sicherheit einer Tasche ihres farbenfrohen Kleides, das zu einer Inszenierung des Musicals *Joseph* gepasst hätte. »Ich fürchte, Michael ist heute krank.«

»Was hat er denn?«

»Ich glaube, seine Mutter – entschuldigen Sie, Ihre Frau – hat von einem Fieber gesprochen.« Sie hielt inne. »Nein, warten Sie, Gillian Clarke ist diejenige mit dem Fieber.« Sie sah Bone an und eine graue Strähne ihrer kastanienbraunen Haare fiel über ihre Augen. »Es war einfach einer dieser Tage.« Sie lächelte und schob die verirrte Haarsträhne dorthin zurück, wo sie hingehörte. »Ehrlich gesagt, ist es immer einer dieser Tage.« Die Locke fiel wieder heraus.

»Danke.« Bone eilte die Straße hinauf zum Auto zurück.

»Hat mich gefreut, Sie kennenzulernen …«, rief sie ihm nach.

Aber Bone war bereits außer Hörweite.

Als er die Haustür seiner Frau erreichte, betätigte er wiederholt die Klingel, bis er ihr Poltern im Flur hören konnte.

»Um Gottes willen, wo brennt's denn?«, fragte sie und riss die Tür auf. »Oh, Duncan, du bist es.«

»Was ist passiert?«, fragte Bone.

»Was meinst du?«

»Michael«, gab Bone schnell zurück. »Warum ist er nicht in der Schule?«

»Ach, es ist nichts. Er ist auf dem Spielplatz gestürzt und hat sich eine Schürfwunde am Kopf zugezogen. Sie haben ihn vorsichtshalber nach Hause geschickt.«

»Mein Gott. Ich dachte, es sei etwas passiert.«

»Verdammt noch mal, Duncan! Beruhige dich! Was soll die Hysterie?«

»Die Schule hat gesagt, dass er krank ist … und ich weiß auch nicht. Es war ein wirklich langer und schwieriger Tag.«

»Komm einen Moment herein. Er wird sich freuen, dich zu sehen.« Alice ließ Duncan eintreten und führte ihn ins Wohnzimmer.

Michael saß auf einem großen Kissen auf dem Boden, das Gesicht fast an den Fernsehbildschirm gedrückt, und sah sich einen Zeichentrickfilm an.

»Alles klar, kleiner Mann?«, fragte Bone.

Michael drehte sich um.

»Dad!«, quiekte er und sprang auf, um über die Lehne des Sofas zu klettern und ihn zu erreichen.

Bone fing ihn auf.

»Vorsichtig, Michael!«, mahnte Alice.

»Ich habe gehört, du warst im Krieg.« Bone umarmte seinen Sohn fest. »Was ist das an deinem Kopf? Ist das dein Gehirn, das da herausragt?«

»Eine Beule«, sagte Michael stolz. »Barry Hutchison hat mich vom Klettergerüst gestoßen.«

»Hat er das? Willst du, dass ich ihn verhafte?«

»Ja, bitte«, schwärmte Michael.

»Er ist okay«, sagte Alice. »Du freust dich, einen Tag schulfrei zu haben, nicht wahr, kleines Äffchen?«

Michael nickte. »Bleibst du hier?«

»Ich bin nur hier, um zu sehen, wie es meinem kleinen Soldaten geht«, sagte Bone lächelnd und kitzelte ihn. »Obwohl ich glaube, dass er die Sache ein bisschen ausschlachtet.«

Michael lachte unkontrolliert und stieß dann einen lauten Furz aus. Er hielt inne – und dann lachten sie alle zusammen.

»Okay, Michael, dein Vater möchte eine Tasse Kaffee. Schau deine Serie weiter, danach kannst du dich dann mit ihm unterhalten«, sagte Alice.

Bone ließ Michael zurück aufs Sofa sinken, damit dieser sich wieder auf sein Kissen direkt vor dem Fernseher setzen konnte, bevor er Alice in die Küche folgte.

»Du siehst beschissen aus, Duncan.«

»Ah, danke.« Bone blinzelte.

»War dein PTBS heute besonders schlimm? Bist du deshalb in Panik geraten?« Sie nahm den Wasserkocher und machte sich daran, ihn zu füllen.

»Nein, ganz und gar nicht.«

»Hast du schon etwas gegessen? Ich wette, du hast nichts gegessen.«

»Ich arbeite wieder«, warf Bone ein.

»Was?« Alice drehte den Wasserhahn zu. »Sag mir, dass das ein Scherz ist!«

»Ich denke, es ist an der Zeit.«

»Ich kann es nicht glauben.«

»Es gibt einen neuen Fall. Sie brauchen mich.«

»Es gibt immer einen neuen verdammten Fall.« Sie knallte den Wasserkocher auf die Arbeitsplatte und legte den Schalter um. »Du hast immer wieder gesagt, dass du damit fertig bist.«

»Mir fällt die Decke auf den Kopf.«

»Und das finden dein Rehabilitationsteam und dein Therapeut in Ordnung? Halten die dich für diensttauglich?« Sie schüttelte ungläubig den Kopf.

»Gallacher ist froh, dass ich zurückkomme.« Bone wich ihrer Frage aus.

»Ich wette, das ist er, verdammt noch mal.« Sie löffelte etwas Kaffeepulver in eine Tasse.

»Hör zu, Alice …« Er ging auf sie zu. »Krankgeschrieben zu sein, hat mir nicht mehr geholfen. Ich bin Polizist, das ist alles, was ich kann. Ich kann nichts anderes. Und wenn ich das aufgebe, befürchte ich, für den Rest meines Lebens ein Wrack zu sein.«

»Mach, was du willst!«, schnauzte Alice.

»Ich bin ein besserer Mensch, wenn ich arbeite, und ich bin wirklich auf dem Weg der Besserung.«

Sie seufzte. »Ich bin mir aber nicht sicher, ob ich das bin.«

»Wenn du dich erst einmal daran gewöhnt hast und ich dir zeigen kann, dass ich wieder alles unter Kontrolle habe, dann könntest du vielleicht in Betracht ziehen, mich Michael ein bisschen häufiger sehen zu lassen.« Er hielt inne und fügte dann hinzu: »Und dich?«

»Warte!« Sie hob die Hände.

»Tut mir leid, ich hätte dich nicht so überrumpeln sollen. Vielleicht sollte ich meinen Therapeuten bitten, dich anzurufen und zu beschwichtigen?«

»Du hast uns das Leben zur Hölle gemacht. *Du* warst die Hölle.«

»Sei nicht so hart, Alice, bitte«, antwortete Bone. »Ich will meinem kleinen Jungen doch nur ein Vater sein.«

Alice seufzte und weigerte sich, ihn anzuschauen.

»Ich kann nicht behaupten, dass das PTBS völlig verschwunden ist, aber es beherrscht mich nicht mehr so wie zuvor. Ich bin nicht mehr wütend oder habe Angst davor. Ich dachte nur, ich könnte ihn vielleicht regelmäßiger sehen. Vielleicht einmal pro Woche oder so. Ich könnte ihn zur Schule bringen oder abholen und er könnte gelegentlich bei mir übernachten? Ich kann jetzt helfen.«

»Stopp!«, unterbrach Alice. »Mach mal einen Schritt zurück!«

Bone trat verwirrt einen Schritt zurück.

»Nein, ich wollte nicht … Wie auch immer, lass uns sehen, wie es läuft, okay? Lass uns sehen, wie es dir geht.«

»Heißt das, ich kann Michael sehen?«

»Lass uns einfach darüber nachdenken, was das Beste für ihn ist, und dann sehen wir weiter.«

»Ich glaube, er braucht seinen Vater«. Bone spürte ein weiteres Nein auf ihn zukommen.

»Ich will mich heute auf nichts festlegen, Duncan. Warum verabschiedest du dich nicht von ihm? Ich rufe dich an, okay?«

Bone spürte, dass sie ihn hinhalten wollte. »Ich möchte einfach wieder an seinem Leben teilhaben.«

Alice schob sich an ihm vorbei und kehrte ins Wohnzimmer zurück.

»Dein Vater geht jetzt, Michael«, sagte sie.

Bone ging zu ihm hinüber und nahm ihn wieder in den Arm.

»Tschüss, Dad.« Michael machte ein trauriges Gesicht.

Bone ahmte seinen Gesichtsausdruck nach. »Wir sehen uns bald wieder, Kumpel, okay?«

Michael warf seine Arme um Bones Hals und drückte fest zu.

Er ließ seinen Sohn an sich hinuntergleiten, woraufhin sich der Junge immer noch an seinen Beinen festhielt.

»Was schaust du dir da an?«, fragte Bone und griff nach der Fernbedienung, um ihn abzulenken.

»*Space Ninjas*«, antwortete Michael und konzentrierte sich wieder auf den Zeichentrickfilm.

Bone setzte sich neben ihn auf den Boden.

»Den könnte ich mit Leichtigkeit erledigen.« Er schubste seinen Jungen spielerisch an.

»Er hat einen Laserarm und würde dich wegpusten«, erwiderte Michael, dessen Augen auf den Bildschirm gerichtet waren.

»Mein bionischer Arm ist stärker«, erklärte Bone und ballte seine Hand zur Faust, um Michael in Zeitlupe einen gespielten Stoß gegen die Wange zu verpassen.

Michael wich aus und hob seinen Arm, um seinen Vater mit einer imaginären Strahlenpistole zu beschießen. Bone fiel seitlich um und täuschte einen Treffer vor.

»Okay, Michael. Lass deinen Vater gehen«, meinte Alice kopfschüttelnd.

Bone stand auf, streichelte den Kopf seines Sohnes und ließ den Jungen dann mit offenem Mund dastehen, während ein riesiger Zyklop tödliche Strahlen auf einen Samuraischwert schwingenden, halbnackten Frosch abfeuerte.

ACHT

Als Bone nach Hause kam, war es bereits dunkel. Er hatte damit gerechnet, dass sein erster Tag hart werden würde, aber nicht in diesem monumentalen Ausmaß. Er ließ seine Tasche auf den Boden fallen und hörte seine Mailbox ab. Keine Nachrichten. Er stieß ein langes müdes Seufzen der Erleichterung aus und schlurfte in seine schäbige Wohnküche, wo er den Kühlschrank öffnete, um nach Lebensmitteln zu suchen. Allerdings starrten ihm lediglich eine halb gegessene, verschimmelte Tomate und ein vertrockneter Pilz entgegen. Er knallte die Tür zu und durchsuchte das karge Ödland seines Vorratsschranks, in der Hoffnung, eine Dose Suppe zu finden. Nichts.

Verflucht! Er kehrte ins Wohnzimmer zurück und wühlte sich durch seine kleine Sammlung von Schallplatten, die auf dem Boden neben dem abgenutzten Dansette-Plattenspieler gestapelt waren. Er wählte eine Platte aus und legte sie ein. Als der Arm klackte und die Nadel sank, ließ er sich aufs Sofa fallen. Billie Holidays nahezu gebrochene, aber wunderschöne Interpretation von *Sleepy Time Down South* erfüllte den Raum. Bone schloss die Augen und ließ sich von der beruhigenden, wehmütigen Stimme Billie Holidays berieseln.

Er spürte, wie er langsam in ihre tröstenden, vertrauten Arme sank, als es an der Tür klingelte und das Geräusch ihn aus seinem momentanen Zustand des Trostes rüttelte. Die Klingel schrillte erneut.

»Himmel, Herrgott«, beschwerte er sich. Mit einem Stöhnen richtete er sich auf und ging zur Tür.

»Hallo«, sagte Walker, die mit einem Pizzakarton in der Hand vor ihm stand. »Tut mir leid, dass ich störe. Ich war zufällig in der Nähe und dachte, es könnte dich interessieren, dass Baxter mit dem Stadtrat gesprochen hat und das Spurensicherungsteam jetzt vor Ort ist. In ein paar Stunden sollten wir mehr wissen.«

»Das hättest du mir auch am Telefon sagen können«, sagte Bone.

»Und ich habe mir gedacht, dass du die wahrscheinlich benötigen könntest.« Sie lächelte und hielt den Pizzakarton hoch.

Bone gluckste. »Perfektes Timing. Hier herrschen armselige Zustände. Komm rein!«

»Ich möchte mich nicht aufdrängen.«

»Ach, halt die Klappe!«, antwortete Bone grinsend.

Sie folgte ihm hinein.

»Wie ich sehe, hörst du dir immer noch die Plattensammlung deines alten Herrn an«, sagte Walker, als sie das Wohnzimmer betraten.

»Er war ein Mensch mit vielen Fehlern, aber er hatte einen verdammt guten Musikgeschmack.« Bone öffnete ein Sideboard und förderte eine flache Pappschachtel zutage. »Habe ich dir die schon mal gezeigt?« Vorsichtig holte er eine LP aus der Schachtel.

»Was ist das?« Walker stellte den Pizzakarton auf dem Esstisch ab.

»Das ist eine Original-Acetat-Platte von *Kind of Blue*.«

Walker zuckte mit den Schultern.

»Du kennst *Kind of Blue* nicht?«

Walker zuckte wieder mit den Schultern.

»Miles Davis, mein Gott!«, rief Bone aus. »Eines der größten und einflussreichsten Musikstücke, das je geschrieben worden ist. Und das von einem völlig durchgeknallten Typen.« Er reichte ihr die Platte.

»Ich stehe mehr auf Runrig.« Sie drehte die Scheibe um.

»Gibt es die überhaupt noch? Und wenn ja, warum?« Bone schnitt eine Grimasse.

»Die ist ja signiert.« Walker blickte überrascht auf.

»Nicht nur das. Nach dem Tod meines Vaters habe ich auf seinem Dachboden gestöbert und in der Hülle dieser Platte einen Brief von Miles Davis persönlich gefunden – adressiert an meinen alten Herrn. Er hängt da oben an der Wand.« Er deutete auf den Rahmen über der Dansette.

Walker machte einen Schritt darauf zu. »Wow, das ist unglaublich. Er muss ein guter Kumpel von diesem Davis gewesen sein.«

»Du nimmst mich auf den Arm, was?«

»Ich habe wirklich noch nie von ihm gehört.«

»Banause.«

»Woher hat er ihn dann gekannt?«

»Das bleibt ein Rätsel. Er hat es weder mir noch meiner Mutter oder sonst jemandem gegenüber erwähnt. Wahrscheinlich hat er ihn mit Drogen versorgt«, scherzte er.

»Du solltest einen anständigen Ermittler darauf ansetzen. Ich kenne da jemanden, der dir helfen kann.«

»Sehr witzig.« Bone schnaubte und legte die Acetat-Platte vorsichtig in ihre Schachtel zurück.

»Die muss doch einiges wert sein, wenn es sich um das Meisterwerk handelt, von dem du gesprochen hast?«

»Unbezahlbar und unverkäuflich.« Der Geruch von Salami drang durch den Raum. »Essen wir das jetzt, oder was?«

»Ich hatte vorhin keine Gelegenheit, es zu sagen – es ist schön, dass du wieder da bist. Aber ich wollte auch checken, ob es dir gut geht. Der heutige Tag kann nicht unbedingt als entspannte, sanfte Rückkehr zur Arbeit beschrieben werden«, sagte Walker und hob den Deckel der Pizzaschachtel an.

»Ich kümmere mich um die Teller.« Bone ignorierte ihre Frage und schlenderte in die Küche.

Als er mit zwei Tellern zurückkam, öffnete Walker gerade einen kleinen Rucksack und zog eine Flasche Rotwein heraus.

»Ich dachte, du könntest etwas Stärkeres gebrauchen«, sagte sie. Sie stellte die Flasche vor ihm ab.

»Weißt du, ich habe das Zeug seit dem Vorfall nicht mehr angerührt«, sagte Bone.

»Tut mir leid, ich wollte nicht …« Sie machte Anstalten, nach der Flasche zu greifen.

»Lass sie stehen!«, warf er ein. »Ich glaube, es ist an der Zeit, dass ich mich wieder aufrapple.« Er drehte den Deckel ab und schenkte zwei große Gläser ein.

Walker zog ihren Mantel aus und hängte ihn an die Lehne ihres Stuhls.

Sie stellte die Teller hin und Bone bediente sich an einem Stück.

»Ladies first, hm?«, scherzte Walker.

»Ich habe einen Bärenhunger«, murmelte Bone durch seinen bereits vollen Mund. »Wie geht es Maddie?«

»Gut, sie unterrichtet immer noch und träumt davon, erfolgreiche Schriftstellerin zu werden.«

»Das wird schon«, sagte Bone. »Sie muss nur dranbleiben und darf sich von diesen Mistkerlen nicht zermürben lassen.«

»Mein Gott, ich hoffe, das schafft sie. Wenn man bedenkt, wie ätzend unser Papierkram schon ist … Unterricht zu geben muss ein echter Scheißjob sein.«

»Also noch keine Hochzeitsglocken?«

»Gott, nein, aber wir denken darüber nach, zu adoptieren.«

»Na, das ist ja fantastisch.« Bone grinste. »Ich fand schon immer, dass ihr zwei tolle Tierbesitzer abgeben würdet.«

»Sehr witzig.« Sie seufzte. »Ich bin mir aber immer noch nicht sicher. Ich meine, ich starre immerzu auf verstümmelte Leichen, und sie ist eine Sklavin des Staates. Wie soll das funktionieren?«

»Ach, hör auf damit! Ihr zwei werdet fantastische Eltern abgeben. Tut es – das ist ein Befehl.« Bone nahm einen großen Schluck Wein. »Der schmeckt verdammt gut«, sagte er und gönnte sich noch einen Schluck.

Beide verfielen in zufriedenes Schweigen. Nach einigen Augenblicken ließ Walker ein halb gegessenes Pizzastück auf ihren Teller fallen.

»Weißt du was? Das Verhalten von Advocate McLean geht mir echt auf die Nerven.«

»Ach, sag bloß?«, fragte Bone sarkastisch.

»Dieser Typ stand weder unter Schock noch war er am Boden zerstört. Er macht sich mehr Sorgen um seine Gerichtsverhandlung als um seine vermisste Frau. Und abgesehen davon, dass er ein arrogantes Arschloch ist, war es auch äußerst unprofessionell von ihm, dich auf diese Weise anzugehen.«

»Ich verstehe, was du meinst, aber wie er es selbst formuliert hat, denke ich, dass es seine Art der Aufarbeitung sein könnte.«

»Was? Ein Arschloch zu sein?«

»Ein Trauma beeinflusst jeden Menschen auf unterschiedliche Weise. Aber einmal ein Arschloch, immer ein Arschloch, besonders in einer Krise.« Bone machte sich an sein drittes Stück.

Walker zuckte mit den Schultern. »Vielleicht hast du recht.«

»Erinnerst du dich, wie er damals war? Als wir den Fall gegen Meiklejohn aufgebaut haben? Er hat sich wie eine schwierige und arrogante Ratte benommen. Trauer verstärkt die guten und schlechten Charaktereigenschaften.«

Walker knabberte an ihrer Pizza. »Die andere Sache, die mich nervt …« Sie hielt kurz inne. »Tut mir leid, ich rede von der Arbeit. Das ist wahrscheinlich das Letzte, was du tun willst.«

»Wenn du schon hier bist.« Bone lächelte.

»Woher hat dieser Nachahmer all das Insiderwissen über den Fall Meiklejohn? Dessen verrückter Vater muss doch etwas damit zu tun haben, oder nicht?« Sie wischte mit einer Hand das Pizzafett von der anderen.

»Vielleicht. Warte mal eben!« Bone verschwand im Flur und kam mit einer Toilettenpapierrolle zurück.

»Wow, stilvoll.«

»Tu so, als wärst du campen. Das mache ich auch.« Bone grinste. »Er ist neunundsechzig und nicht gerade konditionsstark. Ich bin mir nicht sicher, ob er die körperliche Kraft hätte, Garveys Leiche herumzuschleppen.«

»Ein Komplize also? Oder hat sich der Kuckuck jemandem anvertraut?«

»Möglicherweise. Er stand definitiv in Kontakt zu seinem Vater, so viel ist sicher. Meine Sorge ist: Wenn wir es mit einem besessenen Fan zu tun haben, könnte die Sache rasch eskalieren.«

»Also alles wie immer.« Walker runzelte die Stirn.

»Ich glaube, deshalb wollte Gallacher mich zurückhaben. Er weiß, worauf das Ganze hinauslaufen könnte.«

»Er wollte dich zurückhaben, weil er weiß, wie gut du bist. Aber sag meinem Chef nicht, dass ich das gesagt habe – er ist so schon unerträglich genug.« Sie hörte auf, an einer Kruste zu kauen. »Gott, die Pizza ist ja furchtbar, tut mir leid.«

»Ist mir nicht aufgefallen. Mein Magen hat das Essen übernommen.«

»Er hat dich also nicht gedrängt, zurückzukommen?«, fuhr sie fort. »Ich meine, bist du sicher, dass du okay bist? Dieser Killer scheint dem Psychopathen, der dich ins Krankenhaus gebracht hat, in nichts nachzustehen.«

»Es ist gut, zurück zu sein.« Bone nickte beschwichtigend. »Das meiste von dem Scheiß, den ich durchgemacht habe, ist jetzt vorbei. Ich war bereit, zurückzukehren. Mein eigener Verstand hat das gefordert.«

»Das ist beruhigend. Wenn du mal schreien oder fluchen musst, weißt du ja, wo du mich findest.«

»Ich weiß und es tut mir leid, dass ich einfach von der Bildfläche verschwunden bin. Ich denke, ich musste an den weitesten Ort gehen, um den Weg zurückzufinden. Das ergibt wahrscheinlich keinen Sinn.«

»Nö.« Walker grinste.

Als sie ihren Wein ausgetrunken hatte, stellte sie das Glas ab und stand auf. »Hör zu, ich lasse dich jetzt in Ruhe. Ich bin mir sicher, dass du schon darauf brennst, mich rauszuwerfen.«

»Der Gedanke ist mir gekommen.«

An der Tür drehte sich Walker um. »Die Spurensicherung wird sich vermutlich gegen drei oder vier Uhr morgens melden. Ich kann mich darum kümmern, wenn du möchtest.«

»Nein, das ist meine Schicht. Du benötigst deinen Schönheitsschlaf.«

»Du siehst aus, als hättest du den nötiger, du frecher Kerl«, erwiderte sie.

»Danke für die Pizza und die Gesellschaft.« Mit einem letzten Lächeln schloss er die Tür.

Er lehnte sich mit dem Rücken gegen den Rahmen; sein Körper schrie ihn an, sich hinzulegen. Schnell räumte er das Geschirr weg, schloss ab und zog sich ins Bett zurück. Wenn die Spurensicherung ihn in ein paar Stunden wecken würde, wollte er bis dahin eine Mütze Schlaf bekommen.

Er legte sich auf die Bettdecke, um seine Kräfte zu sammeln, bevor er sich entkleidete. Doch innerhalb von Sekunden war er eingeschlafen.

Eine flüsternde Stimme riss ihn aus den Tiefen des Schlummers. »Kuckuck.«

Er öffnete die Augen, sein Kopf hämmerte wie ein Sturm. Die Kapuzengestalt war zurückgekehrt, ihre grotesken, missgebildeten Züge nur eine Haaresbreite von seiner Wange entfernt. Er zuckte zurück und holte instinktiv mit der Faust aus. Die Halluzination glitt zurück durch den Raum und ließ sich in der Dunkelheit der hintersten Ecke nieder. Bone rieb seine Augen und spähte in die Finsternis. Die Kreatur stand aufrecht, ihre pechschwarze Gestalt reichte fast bis zur Decke.

»Du bist in meinem Kopf. Verpiss dich!«, schrie Bone. Er griff nach seinem Schuh, der neben dem Bett lag, und warf ihn in den Schatten. Der Schuh prallte an der Wand ab und fiel auf den Boden.

Die Erscheinung schien noch ein wenig tiefer zu sinken und näherzukommen.

»Was willst du?«, fragte Bone, obwohl er nicht wusste, warum.

»Kuckuck«, flüsterte es wieder.

»Meiklejohn?«, knurrte Bone.

Der Schatten stürzte auf ihn zu. Bone hob die Hände, um sich zu schützen, aber als er die Augen öffnete, war die Erscheinung verschwunden.

»Himmel, Herrgott«, fluchte Bone. Er schaute auf die Nachttischuhr. 3:45 Uhr. Er stand auf und suchte nach seinem Handy. Dank des unwillkommenen Untermieters, der in den Tiefen seines Gehirns hauste, war an Schlaf nicht mehr zu denken.

NEUN

Das Bergungsteam war seit seinem letzten Besuch vor Ort fleißig gewesen. Das Gelände war großräumig abgesperrt, und sobald man das Tor durchquert hatte, folgte eine zweite, innere Absperrung. Vier Flutlichtanlagen in Fußballstadiongröße waren installiert worden und grellweiße LEDs illuminierten den Tatort wie einen Sci-Fi-Film. Als Bone durch den Schlamm zur zweiten Absperrung stolperte, hielt ihn ein PC auf.

Bone zeigte seinen Ausweis vor. »Wie läuft's da drinnen?«

»Scheußlich«, antwortete der Police Constable.

Bone hob das Band an, aber der PC hielt ihn auf.

»Sir, Sie müssen die hier tragen.« Der PC reichte ihm einen Satz Einwegüberschuhe.

Bone seufzte, zog sie über seine Docs und schlängelte sich unter dem Absperrband hindurch, um sich dem Epizentrum des Tatorts zu nähern. Das Team der Spurensicherung wuselte in der tiefen Grube; die weißen Teletubby-Anzüge leuchteten im hellen LED-Licht. Bone entdeckte ein bekanntes

Gesicht, das gerade aus einem auf der anderen Seite des Kraters errichteten Zelt kam. Andrew Cash, leitender forensischer Pathologe der Spurensicherung und den meisten in der Truppe als »der Mann in Schwarz« bekannt, winkte und schritt auf Bone zu.

»Na, wen haben wir denn da«, sagte er, als er sich näherte, wobei seine grauen ungekämmten Locken aus der Kapuze seiner geschnürten Mülltüte herausschauten. »Gar nicht gewusst, dass du zurück bist.«

»Seit gestern.«

»Willst also gleich richtig loslegen, was?« Cash seufzte.

»Was habt ihr gefunden?«

»Wir haben das Gebiet freigelegt. Das hat ewig gedauert, weil wir versucht haben, den Tatort weder zu stören noch zu verunreinigen, was natürlich völlig unmöglich ist. Aber schließlich haben wir es geschafft, und leider haben wir in etwa drei Metern Tiefe eine weibliche Leiche gefunden.«

Sie traten an den Rand des Kraters und Bone spähte hinunter. Zwei Gerichtsmediziner knieten neben einer Leiche, die halb im Schlamm versunken war. Einer der beiden Beamten machte Fotos, wobei das Blitzlicht kurzzeitig den schlammverschmierten, mit Klebeband umwickelten Kopf der Toten erhellte.

»Sie ist schon seit einiger Zeit tot. Ich schätze seit drei Tagen«, fuhr Cash fort. »Wir haben außerdem einen Polizeiausweis sichergestellt. Es sieht so aus, als hätten wir Police Constable Garvey gefunden.«

»Scheiße«, murmelte Bone und lehnte sich weiter über den Krater. »Kann ich ein bisschen näher ran?«

»Kannst du, aber du musst den Strampler anziehen.«

»Nein, danke.« Er schob sich noch ein Stück weiter an den Rand und wäre fast hineingerutscht. »Diese verdammten Fußkondome. Wie kannst du darin arbeiten?«

»Übung. Aber sei vorsichtig! Wir wollen ja nicht, dass du reinfällst und Beweise kontaminierst.«

»Charmant.« Er bewegte sich noch ein Stück weiter und kniete sich dann hin.

Der halb versunkene Körper war seltsam verdreht und zeigte sich in einer extremen S-Form – der Kopf befand sich in einem Winkel von fast neunzig Grad zur Schulter und ein Bein war fast um sich selbst gebogen.

»Was hat es damit auf sich?«, fragte Bone.

»Höchstwahrscheinlich durch die Verdichtung des Bodens verursacht. Oder auch durch den Todeskampf.«

»Nett.«

»Nicht die beste Art, zu sterben, so viel ist sicher.« Cash schnaubte. »Der Tod ist eine traurige Angelegenheit«, fügte er in seiner üblichen existenziellen Manier hinzu und starrte einen Moment lang in finsterer Andacht auf die zerknautschte Leiche im Loch. »Ich muss weitermachen.« Er riss sich aus seinen Gedanken. »Wir wissen mehr, sobald wir die Leiche untersucht haben.«

»Okay«, meinte Bone.

Er wandte sich wieder den grausigen Überresten von PC Garvey zu. Ein geschwärztes und lebloses Auge schaute aus einem Loch im Klebeband, ihr anklagender Blick war direkt auf ihn gerichtet. Er zog sich von der Kante zurück und kletterte von dem verfrühten schlammigen Grab der Frau weg, um sich zu überlegen, wie er McLean die Nachricht überbringen sollte.

ZEHN

Mullens war wie immer spät dran, aber an diesem Morgen war seine Verspätung noch drastischer, denn Bone hatte einen frühen Arbeitsbeginn angeordnet. Er stopfte sich einen dreistöckigen Käse-Marmeladen-Toast in den Mund, griff nach seinem Mantel und beugte sich an der Tür vor, um Sandra, seine halb so große Frau, zum Abschied zu küssen. Sie stieß ihn von sich.

»Nicht, solange dir das Zeug aus dem Mund hängt, du Idiot«, sagte sie und riss den Toast aus seinem Mund, wobei ein abgerissenes Stück Brot an seinen Zähnen kleben blieb. Sie drückte ihm einen dicken schlabbrigen Kuss auf das Gemisch aus Käse und Marmelade.

»Und jetzt verpiss dich und verdiene Geld, du fauler Sack!« Sie lächelte, dann hielt sie ihn auf. »Was ist das?« Sie zeigte auf seine ausgebeulte Manteltasche.

»Meine Reaktion auf den Anblick deines amazonenhaften Körpers, o Liebe meines Lebens.«

»Zeig mal her!« Sie hantierte einen Moment lang mit seinen schaufelgroßen Händen, aber er schaffte es, sie sich vom Leib zu halten. »Okay, okay, es ist mein Vormittagssnack«, gab Mullens zu.

Sandra schüttelte den Kopf. »Ich schwöre, da drinnen wachsen Bandwürmer in der Größe von U-Bahn-Zügen.«

Als er am Auto ankam, hatte er den Toast fast vernichtet, aber als er nach seinen Schlüsseln suchte, ließ er versehentlich die Kruste auf den Boden fallen. Er griff hinunter, hob sie auf und verschlang sie. Er wollte gerade ins Auto steigen, als seine Frau in der Tür erschien und hektisch winkte.

Er murmelte ein »Was?«, aber sie winkte ihm zu, zurückzukommen. Kopfschüttelnd und mit einem Blick auf die Uhr kehrte er zögernd zurück.

»Was?«, wiederholte er.

»Dein Vater hat gerade angerufen«, sagte Sandra.

»O nein!« Mullens stöhnte auf. »Was ist denn jetzt schon wieder?«

»Er hat gesagt, dass eine Art Eindringling in seinem Garten ist.«

»Was für ein Eindringling?«

»Keine Ahnung. Du bist der verdammte Detective hier. Ein Eindringling eben. Jemand, der versucht, einzubrechen.«

Mullens seufzte. »Oh, bitte sag nicht, dass du ihm gesagt hast, ich würde auf dem Weg zur Arbeit bei ihm vorbeischauen?«

»Ich habe ihm gesagt, du würdest auf dem Weg zur Arbeit bei ihm vorbeischauen.« Sie grinste.

»Ach, Sandra!«, beschwerte Mullens sich. »Ich bin schon spät dran.«

»Hör mir damit auf! Er ist dein Vater und hat sich verängstigt angehört, wenn ich ehrlich sein soll. Ich glaube nicht, dass es dieses Mal Unsinn ist.«

»Er soll einfach die Polizei anrufen. Die sind im Handumdrehen da.«

»Mark. Du bist die Polizei. Komm schon, er hat seine Frau vor nicht allzu langer Zeit verloren. Er ist allein und etwas hat ihn erschrocken.«

»Aber warum immer, wenn ich zur Arbeit muss? Ich würde ihm liebend gern helfen, wenn …« Er hielt inne. »Nein, warte, er ist eine totale Nervensäge, und ich würde lieber in einer Klärgrube tauchen gehen.«

»Soll ich ihn anrufen und ihm sagen, dass du auf dem Weg bist?«

»Ja, aber Bone wird mir den Arsch aufreißen.«

»Wie der Vater so der Sohn, was?« Sie kniff ihm in die Wange.

Er schob ihren Arm beiseite und marschierte zurück zu seinem Auto. Als er einstieg, warf Sandra ihm eine sarkastische Kusshand zu, und er zeigte ihr den Mittelfinger. Ihre Nachbarin Janice McIlroy, die gerade ihre Fenster putzte – ein täglicher Vorgang, der ihr die Rolle der selbsternannten Wichtigtuerin der Straße erleichterte –, bemerkte seine Geste und verzog das Gesicht. Mullens wiederum warf ihr eine Kusshand zu, woraufhin sie ihre Jalousien herunterließ. Als er losfuhr, ging ihm sein Vater nicht mehr aus dem Kopf, und angesichts der Ereignisse auf dem Revier wurden seine Sorgen immer größer.

Er musste sich beeilen, also trat er ordentlich auf die Tube und der frisierte Dienstwagen antwortete mit einem beeindruckenden Knurren.

Das 1930 erbaute Sozialwohnhaus seines Vaters befand sich am respektablen Ende der Northlands-Siedlung. Mullens parkte und eilte durch den kleinen überwucherten Garten zur Tür, wo er mit seinem Ersatzschlüssel herumfummelte und aufschloss.

»Dad, ich bin's«, rief er und scannte den Hausflur.

Keine Antwort.

»George?« Mullens Panik wuchs.

»Hier«, rief eine Stimme aus dem Wohnzimmer.

Mullens stürzte hinein. »Was ist los? Geht es dir gut?« Er ging auf seinen alten Herrn zu, der wie üblich in seinem mottenzerfressenen Sessel zusammengesackt war. »Sandra hat gesagt, dass jemand versucht hat, einzubrechen?«

»Ich hab kein Signal«, antwortete sein Vater.

»Was?«

»Hier. Kein Bild.« Er deutete anklagend auf den Fernseher, der direkt vor ihm stand.

»Was ist mit dem Eindringling?«

»Der ist immer noch da draußen.«

»Wo?« Mullens blinzelte zur Küche hinüber.

George nahm den Stock, der an seinem Sessel ruhte, und schwang ihn wie ein Schwert. »Den hol ich mir, verdammt noch mal!«

»Wen? Du redest Unsinn.«

»Ihn!« George hob den Stock in Richtung Hintertür.

Mullens sah noch einmal hin und entdeckte eine Gestalt, die sich am Küchenfenster vorbeischob.

»Scheiße!«, rief Mullens und stürzte mit erhobenen Fäusten in die Küche. Er wollte gerade durch die Hintertür rennen, als die Gestalt auf der anderen Seite des Zauns wieder auftauchte.

»Oh, verdammt noch mal«, murmelte Mullens.

Es war der Nachbar seines Vaters, Bill Shannon, der wütend auf seiner Seite des Zauns auf und ab ging.

Mullens kehrte ins Wohnzimmer zurück, erleichtert, aber auch ein wenig niedergeschlagen, dass die Dienste seiner Fäuste nicht mehr benötigt wurden. »Dad, das war dein Nachbar, Bill.«

»Wer?«

»Um Himmels willen …« Mullens Ungeduld war nun überwältigend. »Bill Shannon, von nebenan. Er ist nicht einmal in deinem Garten. Habt ihr zwei euch wieder gestritten?«

»Nö.« Der alte Mann schob seine riesige Masse von einer Seite seines Sessels auf die andere, während das Gestell knarrte wie die *Titanic* kurz nach dem Zusammenstoß.

»Verdammte Scheiße, Dad! Ich dachte, du steckst in Schwierigkeiten.«

»Ich *stecke* in Schwierigkeiten. Ich kann nicht fernsehen.«

Mullens seufzte und marschierte hinten raus, um sich um den Nachbarn seines Vaters zu kümmern.

»Mr Shannon«, rief Mullens und machte sich auf dessen verbalen Angriff gefasst.

»Guten Morgen, Mark. Ich bin froh, dass Sie hier sind. Ihr Vater war vorhin draußen.« Mr Shannon zog die Kordel seines Bademantels fester.

»Dad war draußen? Sie meinen *draußen* draußen?«

»In der Tat.«

»Aber wie?«

»Ein weiteres Wunder der modernen Medizin? Ich weiß es nicht, aber …« Mr Shannon gab Mullens ein Zeichen, ihm an der Seite des Zauns entlang zurück in die schmale Lücke zwischen den beiden Häusern zu folgen. »Ich habe einen gewaltigen Aufprall gehört und bin rausgerannt, woraufhin ich das hier gefunden habe.«

Er zeigte auf seine Seite des Zauns und Mullens beugte sich vor. Eine Satellitenschüssel steckte in Mr Shannons Frühbeetabdeckung, zertrümmertes Glas und der zerbrochene Holzrahmen lagen auf seinem Gemüsebeet.

»O Gott, das tut mir so leid, Bill«, sagte Mullens und blickte auf die zertrümmerte Halterung und die Kabel, die an der Seite des Hauses seines Vaters herunterhingen, wo die Schüssel zuvor angebracht gewesen war. »Wie zum Teufel hat er das geschafft?«

»Das müssen die ganzen Medikamente sein, die sie ihm geben. Bald wird er grün und terrorisiert die ganze Stadt, anstatt nur mich.« Bill rümpfte die Nase.

»Ich werde natürlich für den Schaden aufkommen.«

»Das ist nett. Aber es bedarf jetzt mehr als nur Geld, um meinem Kürbis den Sieg beim Erntedankfest einzubringen.«

Mullens blickte wieder auf die Satellitenschüssel, aus der die matschigen Reste des Kürbisses hervorquollen.

»Ich kann mich gar nicht genug für die Belastung, die mein Vater darstellt, entschuldigen. Ich muss jetzt zur Arbeit, wäre es also okay, wenn ich die Schüssel heute Abend ausgrabe?«

»Sagen Sie George, dass er es den Experten überlassen soll, wenn er seine Show nicht zu sehen bekommt, ja?« Mr Shannon stapfte zurück in sein Haus.

Drinnen fummelte George immer noch an der Fernbedienung herum.

»Okay, Dad, wie hast du das gemacht?«

»Was?«, fragte sein Vater unschuldig und drückte wahllos auf Knöpfen herum.

Mullens riss ihm die Fernbedienung aus der Hand. »Wie hast du die Satellitenschüssel von der Wand gerissen und sie mit voller Wucht in das Gewächshaus deines Nachbarn geschleudert?«

»Das ist kein Gewächshaus. So nennt er das dumme Ding nur.«

»Wie?«

»Na ja, der Fernseher hat nicht funktioniert. Ich habe alles ausprobiert und bin dann rausgegangen, um die Schüssel zu überprüfen.«

»Und wie hast du es geschafft, allein rauszukommen?«

»Damit«, sagte George und deutete anklagend auf die Gehhilfe, die an der Tür seines Schlafzimmers stand.

»Du hast deine Gehhilfe benutzt?«

»Na ja, es war ein Notfall. Ich meine, ich war im Begriff, meine Sendung zu verpassen.«

»Okay, also bist du rausgegangen und …?«

»Ich habe die Schüssel nur ein bisschen angetippt.«

»Angetippt? Womit? Mit einer Baggerschaufel?«

»Mit der Stange der Wäscheleine.«

»Mein Gott!«

»Nur ein kleiner Stupser.«

»Dad, du hast sie halb in Bills Garten geworfen.«

»Ich war im Begriff, meine Sendung zu verpassen.« George schüttelte den Kopf.

»Gute Güte. Ich werde mich darum kümmern. In der Zwischenzeit musst du dich mit Kabelfernsehen begnügen.«

»Das ist doch alles ein Haufen Mist.«

»Es ist genau der gleiche Mist, den du normalerweise schaust, nur finanzierst du damit nicht den Lebensstil von Rupert Murdoch.«

Mullens kramte das Kabel unter der Treppe hervor und schloss den Fernseher für ihn an.

»Okay, damit bist du fürs Erste versorgt.«

Er reichte ihm eine zweite Fernbedienung, aber sein Vater drückte weiter auf der ersten herum.

»Ich geb's auf«, beschwerte sich Mullens. »Ich komme nach meiner Schicht zurück, okay? Dann kann ich auch die *USS Enterprise* aus Bills Garten holen.«

George nickte, war aber jetzt zu sehr damit beschäftigt, mit den beiden Fernbedienungen zu ringen.

»Und denk dran, dass du auch lesen oder Radio hören kannst.«

»Was für ein Schrott!«, schnaubte sein Vater.

Also ließ Mullens ihn gewähren.

ELF

Als Bone das Revier erreichte, ging gerade die Sonne auf. Die Meute der Pressefritzen war auf einen kleinen Haufen hartgesottener Schreiberlinge geschrumpft. Jemand würde mit ihnen sprechen müssen, und da es gerade ruhig war, bot sich die wohl am wenigsten schmerzhafte Gelegenheit. Er parkte den Wagen gegenüber und schritt auf den Eingang zu. Ein oder zwei Reporter entdeckten ihn, und die Gruppe erwachte zum Leben. Die Journalisten ließen halbvolle Kaffeebecher fallen, hangelten nach Kameras und Notizblöcken und stürzten sich auf ihn wie ein Schwarm bösartiger Bienen. Bone entdeckte Colin McKinnon, den Reporter von *The Chronicle*, der ihm seit Jahren gehörig auf den Sack ging. Die Fragen kamen in rascher Folge, während konkurrierende Journalisten versuchten, ihre Rivalen zu übertrumpfen.

»Was können Sie uns über den Tatort auf dem Gelände des Langlands-Einkaufszentrums sagen?«

»Handelt es sich um Mord?«

Dann streckte McKinnon sein Gesicht vor dem drängelnden Haufen in die Höhe. »Hat der Kuckuck wieder zugeschlagen, DCI Bone?«

Die Journalisten hielten für einen Moment inne und lauschten auf Bones Antwort.

»Wir ermitteln derzeit auf der Langlands-Baustelle. Zum jetzigen Zeitpunkt habe ich nichts weiter hinzuzufügen«, sagte Bone.

»Hat der Kuckuck wieder zugeschlagen?«, fragte McKinnon erneut.

Bone wandte sich an ihn. »Überprüfen Sie Ihre Fakten, Mr McKinnon! Meiklejohn, der sogenannte Kuckuck, ist tot.«

»Ist er das wirklich? Das werden die besorgten Einwohner von Kilwinnoch wissen wollen. Können wir beruhigt schlafen?«

»Die Bevölkerung ist nicht in unmittelbarer Gefahr. Es besteht kein Grund zur Besorgnis«, knurrte Bone McKinnon an.

»Haben Sie einen unschuldigen Mann gejagt, DCI Bone?«

»Wie schon gesagt, haben wir in diesem Stadium unserer Ermittlungen nichts weiter hinzuzufügen.« Bone drängte sich durch die Gruppe, nahm zwei Stufen auf einmal und eilte durch die Tür.

»Verdammte Kakerlake!«, knurrte er.

»Wer?«, fragte Sergeant Brody vom Schreibtisch aus und ließ verstohlen ein halb gegessenes Wurstbrötchen auf den Teller vor ihm fallen.

»Dieser *Chronicle*-Reporter. Der ist schlimmer als Fußpilz – und die Zeitung, für die er schreibt, ist auch nicht besser.«

»*Aye,* ich weiß.« Brody faltete sein Exemplar zusammen und schob es unter ein Notizbuch.

»Was auch immer Sie tun, lassen Sie dieses Ungeziefer nicht rein, okay?«

»Auf keinen Fall!« Brody grinste.

Bone hatte geglaubt, der Erste im Büro zu sein, aber Baxter saß schon an ihrem Schreibtisch.

»Sie sind früh auf, Detective«, sagte Bone und zog seinen Mantel aus.

Baxter streckte sich und gähnte. »Guten Morgen, Sir. Ich konnte nicht schlafen. Haben sie PC Garvey gefunden?«

»Sieht so aus. Ich war gerade drüben. Die Spurensicherung ist am Werk.«

»Tragisch. Das alles ist wirklich schrecklich.«

»Das ist es.« Bone stellte seine Tasche neben seinem Schreibtisch ab. »Wie sind Sie mit Advocate McLean weitergekommen?«

»Nun, wie zu erwarten war, hat er eine beeindruckende Erfolgsbilanz vorzuweisen. Im Laufe der Jahre hat er eine ganze Palette von Schwerverbrechern, Killern und hochgradigem Abschaum weggesperrt.«

»Also viele Feinde.«

»In der Tat – und nicht alle gehören zur kriminellen Szene.«

»Was meinen Sie?«

»Er hatte einige aufsehenerregende Konfrontationen mit mehreren Regierungen und dem gesetzgebenden Establishment. Er scheint zu vielen Dingen etwas zu sagen zu haben.«

»Ja, nun, das ist keine Überraschung.«

»Aber in den vergangenen Monaten hat er nicht mehr ganz so viele Fälle gewonnen wie früher. Er scheint eine Pechsträhne zu haben, und das ist keine günstige Ausgangslage, wenn man im siebten Himmel schwebt und dabei auf die Menschen unter sich scheißt.«

»In der Tat.« Bone machte sich auf den Weg zum Kaffeeautomaten.

Eine halbe Stunde später polterte Mullens herein und riss die Tür fast aus den Angeln.

»Verdammter Zirkus da draußen!«, brummte er, warf seinen Mantel gegen den Kleiderständer und verfehlte den Haken. »Tut mir leid, dass ich zu spät bin. Familienkrise.«

»Schon wieder dein Vater?«, fragte Baxter.

»Wer sonst?«

»Ich hoffe, Sie haben nichts zu diesem Haufen von Parasiten da draußen gesagt«, sagte Bone.

»Außer Anweisungen, die ich nicht wiederholen werde und die sich darauf beziehen, was sie mit ihren Mikrofonen machen können, keinen Piep.«

»Wie ist es Ihnen gestern im *Fells* ergangen?«

»Immer mit der Ruhe«, brummte Mullens. Er nahm seinen Mantel vom Boden und holte aus seiner ausgebeulten Tasche ein Pizzastück hervor, das er locker in ein Küchentuch eingewickelt hatte. Er verschlang es wie ein Löwe, der sich an der Leber einer Antilope labt.

»Himmel, Mullens!«, sagte Bone, ehrfürchtig und angewidert zugleich.

»Spare in der Zeit, so hast du in der Not«, erwiderte Mullens nur und drückte sein Gesicht noch tiefer in die inzwischen durchweichte Verpackung. »Interessanter Ausflug ins *Fells*«, murmelte er zwischen zwei Bissen. »Die haben die Frühstücksbrötchen zum halben Preis abgeschafft. Echt schockierend!«

»Haben Sie mit dem Wirt gesprochen?«

»Ja, das habe ich, und ich habe Big Andy gesagt, dass er damit echt auf dem Holzweg ist.«

»DS Mullens«, unterbrach Bone.

»Also, wie auch immer …« Mullens wischte sein Gesicht am Ärmel seines Jacketts ab. »Andy hat gesagt, dass es abgesehen von der Polizeiparty an besagtem Abend ziemlich ruhig gewesen ist. Ich habe darauf hingewiesen, dass das wahrscheinlich daran liegt, dass seine Stammgäste sich über seinen Sinneswandel in Bezug auf sein Frühstücksangebot aufgeregt haben.«

»Fahren Sie fort!«

»Dann hat er sich daran erinnert, dass Big Dougie Drysdale auf sein übliches Glas flüssigen Mutes vorbeikommen ist, bevor er sich auf den Heimweg gemacht hat. Aber er ist wohl gegangen, bevor die Party überhaupt begonnen hat. Ron, der Schwerenöter, war auch da, genau wie Big

Wieheißternochgleich Dobson – Sie wissen schon, der früher den Fahrradladen betrieben hat.«

»Derek Dobson?«

»Keine Ahnung, ich habe ihn immer Big Dobber genannt, aber jetzt, da er zweiundsiebzig ist, scheint das nicht mehr so passend. Er war bis etwa neun da, glaubt Andy, und ist vor Garvey gegangen. Aber der Name, der mich stutzig gemacht hat, war John Meiklejohn.« Er blickte auf. »Ich meine, welche schwachsinnigen Eltern nennen ihr Kind John, wenn ihr Nachname Meiklejohn ist?« Er schüttelte den Kopf.

»Der Vater vom Kuckuck?«, fragte Bone in seinem Versuch, Mullens bei der Stange zu halten.

»*Aye*, so scheint es. Andy hat von mehreren Stunden gesprochen. Er hat wohl aufgehört, ihn zu bedienen, weil er so blau war.«

»Okay. Hat Andy sich erinnert, wann er gegangen ist? Oder ob er in Garveys Nähe gewesen sein könnte?«

»Er hat nichts davon gesagt, dass er mit Garvey gesprochen hat, und er war sich auch nicht ganz sicher, wann Meiklejohn Senior den Pub verlassen hat. Aber er glaubt, dass das kurz vor dem Aufbruch der Polizeitruppe gewesen sein könnte. Er war wohl so sehr damit beschäftigt, ihn loszuwerden, dass er nicht bemerkt habe, dass die Polizisten aus Campsie gegangen sind.«

»Also kommt er regelmäßig ins *Fells*?«

Mullens zuckte mit den Schultern. »Nicht, dass ich wüsste, aber ich bin auch nicht so oft dort.« Er blickte schuldbewusst zum Team auf.

»*Aye*, sicher.« Bone schüttelte den Kopf.

»Im Ernst, ich kann mich nicht erinnern, wann ich ihn zuletzt dort gesehen habe. Er hat in den meisten Kneipen der Stadt Hausverbot, also könnte er sein Glück dort versucht haben.«

»Möglicherweise«, erwiderte Bone.

»Ach, Sir, das ist doch unmöglich. Ich meine, das ist ein Alki. Er kann nichts damit zu tun haben. Er hat weder den Verstand, die Gesundheit noch die Kraft.«

»Vielleicht nicht direkt, aber er trinkt wegen dem, was mit seinem Sohn passiert ist.«

»Nein, ein Loser und Säufer war er davor schon. Sein Sohn ist nur eine Ausrede, um weiterzumachen.«

»Sir?«, unterbrach Baxter.

»*Aye?*« Bone löffelte etwas Kaffeepulver in die Kaffeemaschine.

»Sie haben mir aufgetragen, die Bauarbeiter, die gestern vor Ort waren, zu überprüfen.«

Bone nickte und fummelte an dem Schalter herum.

»Oh, tut mir leid, Sir. Ich habe die Kanne gestern Abend leergemacht und vergessen, sie wieder aufzufüllen.«

»Kein Problem, Baxter. Ich wäre zutiefst schockiert gewesen, wenn Sie sie nicht geleert hätten.« Bone lächelte. »Was haben Sie herausgefunden?«

»Richtig.« Sie tippte auf ihren Bildschirm. »Einer der Arbeiter auf der Liste? Paul Quinn?«

»Ja, er ist der Trottel, der das Tor offen gelassen hat.«

»Vor sieben Jahren hat er auf einer Baustelle in der Ortschaft Gatehouse of Fleet gearbeitet; dabei ging es um einen großformatigen Autobahnausbau. Er war bei der Firma Baird Construction angestellt.«

»Die schweren Geschütze.«

»Korrekt. Er war Teil eines Subunternehmerteams für Landschaftsbau.«

»Und?«

»Unser Freund, ein Mr Robert Meiklejohn, war ebenfalls Teil des Teams.«

»Tatsächlich?«

»Da ist noch mehr«, fuhr Baxter fort. »Sie haben etwa sechs Wochen lang zusammen auf der Baustelle gelebt und gearbeitet.«

»Also in einer gemeinsamen Unterkunft?«

»Davon würde ich ausgehen. Ich meine, es könnte ein kompletter Zufall sein ...« Baxter hob eine Augenbraue.

»So etwas gibt es in unserem Geschäft nicht. Wir sollten ihn zum Verhör vorladen.«

»Soll ich?«

»Nein. Überprüfen Sie die Akte von Meiklejohn Senior. Ich weiß, dass er in der Vergangenheit schon oft mit dem Gesetz in Konflikt geraten ist, aber finden Sie heraus, ob er in jüngster Zeit unartig gewesen ist.«

»Wonach soll ich suchen?«

»Nachahmungsmord wäre ein guter Anfang.« Die Kaffeemaschine gluckerte. Bone füllte seine Tasse bis zur Hälfte, rührte zwei gehäufte Löffel Zucker hinein und trank den Kaffee dann in einem Zug. Er hatte das Gefühl, dass ein weiterer sehr langer Tag auf ihn wartete.

ZWÖLF

Bone rief beim Campsie-Fells-Revier an und bat um Gespräche mit PC Garveys Kollegen. Der Beamte war sich nicht sicher, wer gerade Dienst hatte, wollte aber versuchen, alle aufzutreiben. Bone rief daraufhin Walker an und bat sie, ihn dort zu treffen.

Frank Gilbert, der Detective Chief Inspector des Reviers, war das, was die meisten Einheimischen liebevoll einen totalen Deppen nennen würden. Bone kannte Gilbert schon seit seiner Polizeiausbildung, als dieser alle mit seinen Lügengeschichten über weibliche Eroberungen und darüber, dass es »sein göttliches Schicksal« sei, Schottlands Polizeipräsident zu werden, gelangweilt hatte. Zum Glück für die Frauenwelt hatte er es mit seiner Rattenpersönlichkeit geschafft, seine Auswahl an geeigneten Frauen auf null zu beschränken. Und auch seine Beförderungsambitionen waren mit seiner jetzigen Position – DCI eines Provinznests – ausgereizt. Nach Bones Meinung eine Stellung, die bereits zu weit oben in der Nahrungskette lag.

Auf dem Revier begrüßte der freundliche Beamte die beiden Detectives, und kurz darauf erschien auch Gilbert. Bone hatte Gilbert seit mehreren Jahren nicht gesehen, und die Zeit schien ihm nicht gerade freundlich gesonnen zu sein. Der DCI trug einen Rettungsring um seine Taille, zusammen mit einem ziemlich alarmierend üppigen Paar Brüste, die unheilvoll gegen sein Hemd drückten.

»Duncan, immer eine Freude«, meinte Gilbert glucksend.

»Gleichfalls«, erwiderte Bone, der seinen Sarkasmus kaum unterdrücken konnte.

»Ich bin überrascht, dass du nach einer so verheerenden Verletzung so schnell wieder zurück bist«, sagte Gilbert. »Kurz habe ich sogar gedacht, du hättest die Sache ganz an den Nagel gehängt.«

»Hier hängt noch nichts. Du siehst gut aus«, log Bone.

»Ach, hör auf! Ich bin nicht in Form, muss wieder aufs Laufband.« Gilbert fasste sich kurz an den Bauch und blickte dann zu Walker hinüber. »Und wer ist deine charmante Kollegin?«

»DI Walker, Sir. Aber wenn Sie nach Charme suchen, schlage ich einen Besuch in den Siebzigern vor«, konterte Walker mit einem Stirnrunzeln.

Bone verbarg ein Lächeln.

Gilbert starrte sie einen Moment lang an, offensichtlich unsicher, wie er reagieren sollte, dann führte er die Detectives mit einem verlegenen Husten weiter. »Eine furchtbare Angelegenheit, und so erschütternd für Advocate McLean«, sagte er, als er seine Stimme endlich wiederfand. »PC …« Er hielt inne.

»Garvey«, antwortete Bone ungeduldig.

»Ja, PC Garvey war eine großartige Bereicherung für das Revier und die Truppe. Sie war bei allen sehr beliebt.«

Seine unaufrichtigen Plattitüden stießen auf taube Ohren, als sie zu dritt bis zum Ende eines schmalen Korridors weitergingen, wo Gilbert vor einer Tür stehen blieb.

»Ich habe euch hier einquartiert.«

Bone und Walker folgten ihm in einen klaustrophobisch kleinen Raum, dessen Wände in kränklichen Pastellfarben gestrichen waren. Das Zimmer selbst war mit Billigmöbeln und dem, was Fachleute »ruhige Beleuchtung« nennen würden, eingerichtet. Es war die Art von hässlichem Raum, mit der Bone mehr als vertraut war.

»Das ist ein Trauersaal«, sagte Bone.

»Ja, das ist richtig. Ich dachte …«

»Nicht hier«, unterbrach Bone. »Die Kollegen von PC Garvey müssen fit für die Befragung sein – ich kann keine heulenden emotionalen Wracks gebrauchen.«

»Ich dachte nur, es wäre vielleicht förderlicher.«

»Wofür? Eine Beerdigung?«, zischte Bone. »Ich brauche Antworten und klare Köpfe, keine Cops, die in der Stimmung für eine Totenwache sind.« Er wandte sich zum Gehen. »Ein Vernehmungszimmer wäre gut.«

»Wie du willst«, brummte Gilbert.

Sie kehrten auf den Korridor zurück, und Gilbert führte Bone und Walker durch eine Doppeltür, eine Treppe hinunter und in einen weiteren Raum – dieses Mal mit kahlen Betonwänden, einem Tisch, vier Stühlen und einem Tonbandgerät.

»Bist du sicher?«, fragte Gilbert.

»Absolut.« Bone ließ sich auf einem Stuhl nieder und verschränkte die Arme vor der Brust.

»Die Kollegen von PC Garvey warten in der Kantine. Soll ich sie nacheinander reinschicken?«

»Ja, danke.«

»Kann ich etwas bringen? Kaffee?«

Bone sah auf und lächelte. »Whisky, wenn du welchen hast.«

Gilbert schnaubte erneut. »Ich bin mir nicht sicher, ob wir …«

»War nur ein Scherz. Kaffee ist in Ordnung. Schwarz, zwei Stück Zucker.« Bone wollte eigentlich keinen, aber jede Gelegenheit, Gilbert Unannehmlichkeiten zu bereiten, war es wert, genutzt zu werden.

»Und Sie?«, fragte Gilbert Walker, sein Tonfall nun deutlich kälter als bei ihrem letzten Austausch.

»Nein, danke.« Walker funkelte ihn an.

Gilbert verschwand wieder die Treppe hinauf und Bone stieß ein Seufzen der Erleichterung aus.

»Gott, der ist noch schlimmer als in meiner Erinnerung.« Er holte einen Notizblock und sein Handy aus seinem alten verblichenen grünen Rucksack und wartete auf den ersten PC.

Fünf Minuten später erschien eine junge Beamtin, die vorsichtig einen übervollen Plastikbecher mit verflüssigtem Asphalt trug, welcher die Frechheit besaß, sich als kolumbianische Röstung auszugeben.

»PC Laura Dowds, Sir«, sagte die Beamtin und stellte den Becher vor Bone ab. »Vom DCI. Nicht meine Kreation.« Sie sah auf und lächelte.

»Das ist DI Walker«, meinte Bone und nickte seiner Kollegin zu.

Dann wies er auf die leeren Stühle und Laura Dowds setzte sich.

Nach ein paar kurzen Fragen, die der Beamtin helfen sollten, sich zu entspannen, kam Bone zur Sache. Die Polizistin erzählte die Ereignisse so detailliert, wie Bone es von einer Kollegin erwartete. Die Party war von Sergeant Fiona Crawford – Garveys Vorgesetzter und langjährigen Freundin – organisiert worden, um ihren eigenen vierzigsten Geburtstag zu feiern. PC Dowds erinnerte sich daran, dass Garvey bereits vor Ort gewesen war, als sie angekommen war, und abgesehen von einem kurzen Gespräch auf der Toilette über Gerüchte hinsichtlich von Stellenstreichungen bei der Polizei, konnte sie sich nicht daran erinnern, direkt mit ihr gesprochen zu haben. Aber sie hatte bemerkt, dass sie sehr schnell betrunken gewesen war.

Die zweite Kollegin, PC Bethany Ross, eine achtunddreißigjährige eingefleischte Polizistin, weinte sofort, als sie den Mund öffnete, und nach einigen gescheiterten Versuchen, ihr zwischen den Schluchzern Informationen zu entlocken, gab Bone auf. Er bat sie, ihn zu kontaktieren, sollte ihr etwas einfallen, was bei den Ermittlungen helfen könnte.

Bone fuhr fort und befragte als nächstes PC John Davenport, der genau bestätigte, wann Garvey die Bar verlassen hatte. Als Bone sein erstaunliches Gedächtnis infrage stellte, erklärte Davenport, dass er die Uhrzeit unmittelbar nach Garveys Weggang überprüft hatte, weil er sich Sorgen gemacht hatte, seinen Babysitter zu lange allein zu lassen.

Zwei weitere Partygäste waren noch übrig, also machte Bone eine kurze Pause und rief Baxter an.

»Gibt es etwas Neues?«

»Nichts, Sir«, antwortete Baxter. »Wie läuft's da drüben?«

»Es geht voran. Irgendetwas über Meiklejohn Senior?«

»Wir suchen noch.«

»Okay. Sagen Sie Mullens, er soll Andy vom *Fells* ausquetschen. Wir benötigen den genauen Zeitpunkt von Meiklejohns Aufbruch. Das könnte entscheidend sein.« Bone legte auf und wandte sich an Walker: »Ich weiß, dass Andy davon gesprochen hat, wie blau Meiklejohn gewesen sein soll. Aber er könnte seinen Suffzustand auch nur vorgetäuscht haben. Wer hätte wirklich genug darauf geachtet, um den Unterschied zu erkennen?«

»Das ist durchaus möglich«, stimmte Walker zu.

Sie setzten die Befragungen fort. Zuletzt erschien Harveys Vorgesetzte, Sergeant Fiona Crawford, die so gespannt war wie eine Feder. Sie marschierte herein, blieb vor dem Tisch stehen und wartete, bis Bone sie aufforderte, sich zu setzen. Nachdem sie Platz genommen hatte, musterte sie Bone und Walker, dann schob sie ihre zitternden Hände in ihren Schoß.

»Sie ist tot, nicht wahr?«, fragte sie, bevor Bone etwas sagen konnte.

»Wie kommen Sie darauf?«

»Der Kuckuck-Fall. Ich habe mich informiert.«

»Das ist nicht der Kuckuck-Fall, Sergeant Crawford«, erwiderte Bone, während Crawford ihn weiter anstarrte. »Sie hatten an besagtem Abend Geburtstag, ist das richtig?«

»Ja, und den werde ich nicht noch einmal feiern«, sagte sie, wobei ihre Lippen schmaler wurden.

»Wie ich höre, sind Sie sehr gut mit PC Garvey befreundet?«, fuhr Bone fort.

»Hazel sieht zu mir auf. Wissen Sie, dass sie ihre Eltern verloren hat, als sie noch ein Kind war?«

»Nein, das wusste ich nicht. Wie sind sie gestorben?«

»Autounfall. Ihr Auto ist mit einem entgegenkommenden Lastwagen kollidiert. Hazel wurde aus dem Fahrzeug geschleudert und hat überlebt, aber ihre Eltern waren auf der Stelle tot.«

»Das ist furchtbar. Wie alt war sie?«

»Sechs, glaube ich.«

Bone seufzte. »Und wer hat sich um sie gekümmert?«

»Ihre Großmutter. Sie lebt noch, ist aber jetzt in einem Pflegeheim. Demenz.«

»Es klingt, als wäre es gut, dass PC Garvey Sie hat«, meinte Bone in seinem Versuch, die aufgebrachte

Polizistin auf seine Seite zu ziehen. »Können Sie mir von jener Nacht erzählen?«

»Hazel war anders als sonst. Das wusste ich sofort, als sie angekommen ist.«

»Inwiefern?« Bone blätterte eine Seite in seinem Notizbuch um und schrieb mit.

»Sie vertraut sich mir an, wissen Sie? Wie einer großen Schwester.«

»Oder einer Mutter?«, ergänzte Bone.

»So alt bin ich noch nicht!« Crawford schreckte zurück. »Sie hat mit mir über alles gesprochen – über ihr Leben und ihre Beziehungen, über all die persönlichen Dinge eben.«

»Hat sie in jener Nacht auch mit Ihnen gesprochen?«

»Sie hat versucht, es zu verbergen, weil ich Geburtstag hatte und sie mich wahrscheinlich nicht verärgern oder die Stimmung verderben wollte. Aber ich habe es in ihrem Gesicht gesehen.«

»Was gesehen?«

»Angst.«

»Angst wovor?«

»Vor wem, um genau zu sein.« Crawford löste ihre geballten Fäuste und ließ die Hände an ihre Seiten fallen. »Das ist kompliziert. Ich möchte weder in Schwierigkeiten geraten noch die Vertraulichkeit verletzen oder so.«

»Nur zu, das geht in Ordnung. Wenn es wichtig ist, könnte es uns helfen, Hazel zu finden«, fügte Walker hinzu.

»Ihr Ehemann, Advocate McLean.« Sein Name sprudelte aus Crawfords Mund wie ein übel schmeckendes Gift.

»Hatten sie Probleme?«, riet Bone.

»Probleme? Er ist derjenige, der das Problem hat.«

»Was meinen Sie damit?«

»Als sie geheiratet haben, schien alles großartig zwischen ihnen zu sein. Hazel hat uns mit ihren Erzählungen von romantischen Abendessen und schicken Urlauben zu Tode gelangweilt. Aber das hat nicht lange angehalten.«

»Was ist passiert?«

»Die romantischen Geschichten haben aufgehört, und Hazel wurde immer ernster und verschlossener. Und dann stand sie eines Abends vor meiner Tür und brach einfach zusammen.«

»Hat McLean sie misshandelt?«

»Er hat sie nicht mehr glücklich gemacht, wenn man so will.«

»Hat er sie geschlagen?«

»Das hat sie nie gesagt, aber es würde mich nicht wundern. Aber er ist mehr Typ für psychologische Folter. Missbrauch hat nicht immer mit Fäusten zu tun.«

»Was hat er mit ihr gemacht?«

»Er hat sie untergraben, sie wie Scheiße behandelt. Ihr Selbstvertrauen war am Boden. Er hat sie kontrolliert – oder es versucht.«

»Haben Sie jemals erlebt, dass er sich ihr gegenüber so verhalten hat?«

»Nein, aber an jenem Abend hat sie mir erzählt, dass sie sich ihm widersetzt hat, um zu meiner Party zu kommen. Es war so erschütternd, sie so zu sehen … geradezu erdrückt von diesem monströsen Arschloch.« Sie blickte auf. »Tut mir leid, ich bin einfach so wütend.«

»Glauben Sie, er könnte etwas mit ihrem Verschwinden zu tun haben?«

»Es wäre falsch, das zu sagen, aber Hazel hätte gewollt, dass ich Ihnen von ihm erzähle.«

»Ich danke Ihnen, Sergeant. Sie haben uns sehr geholfen.« Bone lächelte.

»Ich möchte nicht diejenige sein, die mit dem Finger auf ihn zeigt. Er ist zu mächtig und ich brauche meinen Job. Ich habe Kinder.« Ein Anflug von Besorgnis legte sich auf ihre Stirn.

»Keine Sorge, Sergeant Crawford«, antwortete Bone. »Wir werden Ihren Namen vorerst aus unseren Ermittlungen heraushalten.«

»Danke, das weiß ich zu schätzen.«

»Aber zu einem späteren Zeitpunkt werden wir Sie eventuell bitten müssen, eine Aussage zu machen.«

Crawford seufzte und nickte dann. »Wenn Hazel dadurch Gerechtigkeit widerfährt, wie könnte ich mich da weigern?«, antwortete sie und blinzelte die Tränen zurück.

Als Bone und Walker durch das Foyer nach draußen gingen, trat ein großer Mann in einem eleganten Anzug aus einer Seitentür und sprach sie an.

»DCI Bone?«

»Ja?«

»Ich bin DS Sanjit Mohan. Könnte ich kurz mit Ihnen sprechen?«

»Kein Problem. Das ist DI Walker«, sagte Bone.

Walker nickte.

»Ich verstehe, dass die Einheit für ländliche Kriminalität in dieser Sache hinzugezogen worden ist, und ich respektiere das in jeder Hinsicht. Aber PC Garvey ist unsere Kollegin und von diesem Revier, und wir möchten alle dabei helfen, den Mistkerl zu fassen, der dahintersteckt.«

»Danke, DS Mohan, und es tut mir sehr leid. Ich bin sicher, PC Garvey war eine hervorragende Beamtin.«

»Eine der besten und eine sehr liebe Kollegin.« DS Mohan runzelte die Stirn. »Ich habe mit den Beamten gesprochen, die an jenem Abend anwesend gewesen sind, und nach dem, was sie über PC Garveys Zustand beim Verlassen des Pubs gesagt haben, hört es sich für mich sehr danach an, als sei ihr Getränk mit etwas versetzt worden.«

»Warum sagen Sie das?«, fragte Bone.

»Ich kenne Hazel seit einigen Jahren. Und um ehrlich zu sein, war sie nicht die Art von Person, die sich dem Alkohol hingab. Sie ist – Entschuldigung, war – sehr besonnen. Ihr Verhalten an diesem Abend scheint nicht ihrem Naturell zu entsprechen, es ist einfach nicht richtig.«

»Könnten Frust oder Wut irrationales Verhalten bei ihr ausgelöst haben?«, fragte Walker.

»Wie ich schon sagte, war sie nicht der Typ, der auf diese Weise die Kontrolle verlor. Das hat nicht ihrem Wesen entsprochen, verstehen Sie?«

»Das ist eine äußerst nützliche Information«, meinte Bone.

»Wie schon gesagt, ich möchte helfen, Sir. Das wollen wir alle.«

»Sie und Ihre Kollegen hier haben unschätzbares Wissen und Verständnis für PC Garveys Arbeitsleben und vielleicht auch für ihre Welt außerhalb des Reviers. Das wird uns helfen, diese Untersuchung so schnell wie möglich abzuschließen. Bleiben wir also in Kontakt, ja?«

»Natürlich.« DS Mohan nickte und kehrte in das Hinterzimmer zurück.

Zurück im Auto, rief Bone erneut Baxter an.

»Gibt es etwas Neues zur Identifizierung der Leiche?«

»Die Spurensicherung ist noch dran, aber ich denke, dass sie die Identität bald bestätigen können«, sagte Baxter. »Ich habe einen Haftbefehl für John Meiklejohn gefunden, der drei Monate alt ist.«

»Worum geht es?«

»Man hat ihn aufgegriffen, weil er im Stadtgarten uriniert hat. Aber ein paar Teenager-Mädchen haben sich auch darüber beschwert, dass er sich vor ihnen entblößt hat.«

»Reizend.«

»Alle Anklagen wurden fallen gelassen.«

»Okay, danke. Jagen Sie weiter!« Bone legte auf.

»Wohin jetzt?«, fragte Walker und stieg widerwillig in Bones todbringende Zeitmaschine.

»Ich finde, wir sollten Mr Meiklejohn Senior unsere Aufwartung machen, du nicht?«

»Gute Güte!« Walker schnallte sich an und vergewisserte sich, dass der Gurt fest saß.

DREIZEHN

John Meiklejohns verfallenes Schauermärchen von einem Häuschen befand sich ganz am Ende der Back Brae Lane, etwa fünf Kilometer außerhalb von Kilwinnoch, eingebettet in die unteren Hänge der Campsie Fells. Wenn Hollywood jemals einen geeigneten Schauplatz für den nächsten *Texas-Chainsaw-Massacre*-Film brauchte, dann wäre Meiklejohns Anwesen eine erstklassige Wahl. Verrostete Skelette aus verbogenem Schrott und zerbrochenem Glas, ausgeweidete Automotoren und leere Fahrgestelle stapelten sich vor einem bedrohlich wirkenden Metallgreifer, der hin und her schwang und jeden Moment umzustürzen drohte.

»Was für eine Müllhalde!« Walker zog eine Grimasse, als Bone den Saab parkte.

»*Aye*, es ist kein Palast, das ist sicher«, antwortete er und betrachtete das Chaos. Der Ort beunruhigte ihn und die unbehagliche Stimmung bereitete ihm Übelkeit.

Die beiden wappneten sich für das, was ihnen bevorstand, und traten hinaus in einen Sumpf aus Schlamm und Motoröl.

»Nicht schon wieder«, stöhnte Walker, als ihr Fuß in einem kleinen Schlammloch verschwand. »Gott, ich hasse meinen Job.«

Meiklejohns verrottender Trümmerhaufen lag direkt vor ihnen, die Fenster waren mit Brettern vernagelt oder mit Müllsäcken zugeklebt, die Hälfte der Dachziegel fehlte, und eine kleine Eiche wuchs aus einem der schiefen Schornsteine. Bone deutete auf den beißenden beigefarbenen Rauch, der aus dem Schornstein stieg und aus klaffenden Löchern in der Seite desselben entwich.

»Sieht so aus, als wäre jemand zu Hause.«

Gemeinsam taumelten sie zu einer mit Bitumen bestrichenen Sperrholzplatte, die gegen ein klaffendes Loch im Stein gelehnt war, wo eigentlich die Tür hätte sein sollen. Bone klopfte gegen die Platte und sie kippte zur Seite. Walker fing sie gerade noch rechtzeitig auf. Als von drinnen keine Antwort kam, klopfte Bone erneut gegen das Holz.

»Wer ist da?«, rief eine raue Stimme aus dem abscheulichen Schrecken, der sie erwartete.

»DCI Bone. Dürfen wir reinkommen?«

»Nein!«, erwiderte Meiklejohn.

Bone schob das Brett zur Seite, löste seine Hände von der klebrigen Oberfläche und drängte sich hinein. Walker folgte ihm zögernd. Das Erste, was ihm auffiel, war der penetrant süßliche Geruch von verfaulendem Fleisch. Der Raum vor ihm war fast stockdunkel, und er brauchte ein paar Sekunden, um sich an den plötzlichen Lichtverlust zu gewöhnen.

Meiklejohn hockte am anderen Ende des Raums vor einer kleinen Gaslampe. Bone war schockiert. Der Mann hatte sämtliche Haare verloren, seit er ihm zuletzt begegnet war, und sah unglaublich abgemagert aus – wie eine albtraumhafte Hitchcock'sche Erscheinung. Bizarrerweise trug er auch etwas, das wie ein Hausmantel aus den Sechzigern aussah.

»Was hat es mit dem Gestank auf sich, John?«, fragte Bone, fast bereit, ihn auf der Stelle zu verhaften.

»Welcher Gestank?«

»Als wäre jemand gestorben«, fügte Walker hinzu.

»Oh. *Aye.* Das ist mein armer Dug.« Er drehte sich um und zeigte auf etwas in der hinteren Ecke. »Er ist einfach umgekippt.«

Bone blinzelte in die Dunkelheit. Ein dunkler Haufen lag auf dem Boden neben der Wand.

»Sieh dir das mal an«, flüsterte er Walker zu.

»Ich?« Sie zuckte zurück.

Bone nickte, und Walker wagte sich zögernd an den unidentifizierbaren Klumpen heran.

»Hast du keinen Strom mehr?« Bone stolperte über einen weiteren unbekannten Gegenstand auf dem Boden.

»Die Mistkerle haben mich vom Netz genommen.«

Drüben in der Dunkelheit stieß Walker ein lautes Stöhnen aus. Als sie zurückkehrte, hielt sie ihre Hand über Nase und Mund.

»Dug ist richtig. Halb Labrador, halb Maden.«

»Meinst du nicht, dass dein Hund begraben werden sollte, John?« Bone wagte sich näher an ihn heran.

Meiklejohn zerriss eine Zeitung in Streifen und schnürte die Bündel zu engen Kegeln.

Der alte Mann hielt einen Moment inne. »Ich begrabe gar nichts«, sagte er trotzig.

»Nun, ich bin mir sicher, dass es deinem Hund lieber wäre, ein anständiges Begräbnis zu bekommen, anstatt als Festmahl für die Schmeißfliegen zu enden.« Bone lehnte sich bis auf wenige Zentimeter an Meiklejohn heran und musterte seine dreckigen, pockennarbigen Gesichtszüge. »Ich muss sagen, du bist nicht mehr das Prachtexemplar von einem Kerl, das ich kennengelernt habe, als dein Sohn noch Leute umgebracht hat«, bemerkte er.

Meiklejohn schlug mit den Fäusten auf den Tisch. »Bist du gekommen, um mich zu belästigen? Bekommst du so deinen Kick? Indem du alte Männer verängstigst?«

»Oh, ich glaube, wir wissen beide, dass das nicht stimmt. Du würdest Freddie Krueger in ein frühes Grab ängstigen, John«, schaltete sich Walker ein.

»Wie geht's dir denn so? Hast du irgendetwas Aufregendes gemacht?« Bone lächelte.

»Verpisst euch!«

»Das ist nicht sehr nett, John. Überhaupt nicht nett.«

Meiklejohn starrte weiter vor sich hin und weigerte sich, Augenkontakt herzustellen.

»Wo warst du Dienstagabend?«

»Kein Kommentar.«

Bone lachte. »Das ist kein formelles Verhör. Nur zwei Kumpels, die ein bisschen plaudern. Also?«

»Hier«, antwortete Meiklejohn schließlich. »Wie immer.«

»Und kann jemand für deinen Aufenthaltsort bürgen? Abgesehen von Lassie da drüben?«

»Nö.«

»Okay. Vielen Dank für deine Zeit.«

Meiklejohn blickte überrascht zu Bone auf. Dann war es an Bone, mit der Faust auf den Tisch zu schlagen. Er lehnte sich so nah an Meiklejohns Gesicht, dass er ihm einen Kopfstoß hätte versetzen können.

»Das war ein ziemliches Spektakel«, flüsterte Bone in das schmutzig-schwarze Ohr des Manns.

Meiklejohn drehte den Kopf leicht. »Was?«

»Als meine Kollegin kurz rausgegangen ist und du dich auf mich gestürzt hast.«

»Ich hab dich nicht angefasst.«

»Und ich muss sagen, für einen Neunundsechzigjährigen hast du dich recht gut geschlagen, aber weißt du, versuchter Angriff auf einen Polizeibeamten – nun, das bedeutete nichts Gutes, richtig, Detective Walker?«

»O ja, und mit deinem Vorstrafenregister, John, würde ich auf mindestens fünf Jahre tippen.«

»Das ist nicht richtig. Ich zeige euch an. Wegen Belästigung.«

»Nein, ich werde dich anzeigen, John.« Bone kam noch näher. »Beim Staatsanwalt.«

Meiklejohn zog sich zurück und hob die Hände. »Ach, verdammt! Was wollt ihr?«

»Dienstagabend, John. Versuch es noch einmal!«

Meiklejohn richtete sich auf und wandte sich wieder seinem Streifen zu, aber dieses Mal zitterten seine Hände. »Ich war auf einen Pint im *Fells.*«

»Siehst du? Das war doch nicht so schwer, oder? Um wie viel Uhr war das?«

»Weiß nicht. Ich habe weder eine Uhr noch einen Wecker. Es war schon dunkel.«

»Abenddämmerung?«

»*Aye.* Ich bin rübergelaufen, hab ein paar getrunken und bin dann zurück.«

»Wer stand an diesem Abend an der Bar?«

»Ich kann mich nicht erinnern. Vielleicht der große Kerl.«

»Andy Coates?«, fragte Bone. Er blickte zurück zu Walker, aber sie war verschwunden.

»*Aye.*«

»Wer war noch da? Hast du mit jemandem gesprochen?«

»Niemand spricht mit mir.«

Bone klopfte mit seinem Fingerknöchel auf den Tisch.

»Ich habe ein paar Worte mit Dobson gewechselt«, sagte Meiklejohn.

»Ein paar Worte?«

»Er hat gesagt, dass ich ihm Geld schulde, und ich habe ihm gesagt, wo er sich das hinschieben kann.«

»Du hast dich also geprügelt?«

»Mit Davie Dobson? Soll das ein Witz sein? Ich bin einfach gegangen, bevor es unangenehm geworden ist.«

»Sonst noch jemand?«

»Nee.«

Bone trat gegen den Tisch und Meiklejohn sprang überrascht zurück.

»Sicher?«, fragte Bone.

»Niemand sonst. Nur Dobson.«

»Und wann bist du gegangen?«

»Weiß ich nicht. Nach zwei Pints.«

»Andy hat dich rausgeworfen, nicht wahr?«

»Ich bin einfach gegangen.«

»Wohin bist du danach gegangen?«

»Hab ich dir doch gesagt. Ich bin nach Hause gegangen. Nein …« Er hielt plötzlich inne, als würde er sich an etwas erinnern. »Ich hatte noch ne Tüte Pommes.«

»Wo?«

»In der Pommesbude, wo sonst? Ich war am Verhungern.«

»Und dann bist du nach Hause gegangen?«

»Na ja, ich bin hier, also wahrscheinlich.« Meiklejohn grinste.

»Bone?«, rief Walker.

Bone drehte sich um, konnte sie aber nicht sehen. »Wo bist du?«

»Hier hinten.«

Bone vermutete, dass sie sich am Kadaver und dem Chaos vorbei bis in den hinteren Teil des Raums durchgeschlagen hatte. Meiklejohn hatte aufgehört, mit dem Papierstreifen zu spielen, und sich stattdessen umgedreht, um zuzuschauen.

»Wo?«, rief Bone erneut.

»Hier entlang«, wiederholte Walker.

Bone entdeckte eine schmale Holztür und stieß sie mit der Faust auf. Drinnen war es stockdunkel, aber Walker leuchtete mit der Taschenlampe ihres Handys an den Wänden und auf dem Boden hin und her, um ihm zu helfen, sie zu finden. Bone erhaschte einen Blick auf eine Matratze in der Mitte des Raums und ein paar Flaschen und Dosen auf dem Boden.

»Sieh dir das an«, sagte Walker und richtete den Lichtstrahl auf die Rückwand.

Das Licht illuminierte eine behelfsmäßige Galerie von Bildern und Zeitungsausschnitten, die notdürftig auf den abblätternden Putz geklebt worden waren. Schnappschüsse von Robert Meiklejohns erschreckendem Fahndungsfoto, Pressefotos der Opfer, Schlagzeilen und Artikel, und dann – endlich – fiel das Licht auf ein Bild des Explosionsortes und ein altes Foto von Bone aus der Zeit, als er noch ein uniformierter Polizist gewesen war. Walker richtete die Taschenlampe schnell wieder auf den Boden.

»Tut mir leid«, sagte sie.

Bone schüttelte den Kopf und stapfte vorsichtig zurück zu Meiklejohn. Walker bahnte sich ebenfalls einen Weg durch die Trümmer, um ihm zu folgen.

»Das ist eine beträchtliche Kunstausstellung, die du da hast«, schnauzte Bone den alten Mann an.

»Meine Sache. Ich breche keine Gesetze.«

»Abgesehen von den Gesetzen des Anstands oder des Respekts vor den Opfern deines Sohnes«, sagte Walker.

»Mein Sohn ist tot. Ich bin sein Vater.«

»Ja, das bist du. Und ich kann mir nicht einmal ansatzweise vorstellen, wie er zu dem Monster geworden ist, das er war. Du etwa, DI Walker?«

»Keinen Schimmer«, antwortete Walker achselzuckend.

»Hat es einen weiteren Mord gegeben oder so etwas?«, fragte Meiklejohn.

Bone lehnte sich wieder vor und Meiklejohn zog sich zurück.

»Das ist ja interessant, John. Warum fragst du das?«

»Nun, du bist hier und belästigst mich, nicht wahr?«

»Gutes Argument, Klugscheißer.« Bone grinste. Er richtete sich auf. »Wir gehen jetzt für ein kleines Mittagessen in die Frittenbude, aber keine Sorge, wir kommen bestimmt bald wieder.«

Auf dem Weg nach draußen blieb Bone am Eingang stehen. »Und begrab deinen verdammten Hund!«

VIERZEHN

Sandinos Pommesbude und Eisdiele war eine Legende in Kilwinnoch, und der durchschnittliche BMI der Stadt zeugte von deren Beliebtheit. Die Familie Sandino war seit über achtzig Jahren ein fester Anlaufpunkt – seit die erste Welle italienischer Einwanderer in den Dreißigern und Vierzigern angekommen war und die schottische Kultur für immer verändert hatte. Signore Carlo Sandino – der dritte Besitzer des Lokals und Urenkel des Gründers Paulo Sandino – war ein fröhlicher, beliebter Charakter, der lieber plauderte, als Essen zu verkaufen. Das Etablissement hatte einen guten Ruf für kulinarische Innovationen. Carlos Großvater hatte die Stadt mit Spaghetti-Fritters – einem Snack aus gekochten Spaghetti, die in Kräutern gewälzt und in der Pfanne zu knusprig-goldenen Küchlein gebraten wurden – bekannt gemacht, und der Ruhm der Familie war endgültig besiegelt worden, als Carlo, in die Fußstapfen seines Großvaters tretend, frittierte Bridies – schottische Pasteten mit Fleisch und Zwiebeln gefüllt – auf die Speisekarte gesetzt hatte.

Besonders an Samstagabenden waren die bei den Gästen sehr beliebt.

Bone setzte Walker vor dem Laden ab, wo sich bereits eine Schlange für die erste Portion des Tages gebildet hatte. Mr Sandino stand in seinem weißen kurzärmeligen Kochhemd mit hochgeknöpftem Kragen an der Fritteuse – ganz oldschool eben.

Walker drängte sich an der Schlange der ausgehungerten Rentner vorbei in den Laden. Mr Sandino war damit beschäftigt, einen großen Eimer geschnittener Kartoffeln in blubberndes Fett zu schütten, das zischend und spuckend den Laden in eine Rauchwolke von atomarer Größe hüllte. Der zierliche Besitzer blickte mitten im Geschehen auf.

»Zehn Minuten noch.« Er wischte die heißen Fettspritzer von seinen vernarbten Armen. Dann sah er wieder auf. »Miss Walker!«, rief er mit fast opernhafter Begeisterung. *»Bella signora degli Altopiani!«*, setzte er seine Arie fort. »Wie geht es Ihnen?«

»Guten Tag. Mir geht es gut, danke«, rief Walker über das ohrenbetäubende Zischen von kochendem Fett hinweg.

»Und wie geht es Ihren Eltern? Ihrer Mutter? Sind sie immer noch auf dieser wunderschönen Insel?« Er rührte energisch in der Fritteuse.

»Meine Mutter ist im September verstorben.«

»Tut mir leid, das zu hören. Es war der Krebs, ja?«, fragte Mr Sandino, wobei sein melodiöser italienischer Singsang tapfer mit dem breiten

Glasgower Akzent kämpfte. »Das muss hart für Ihren Vater sein.«

»Er ist jetzt in Oban. Die Farm auf Lewis war zu viel für ihn.«

»Das ist gut. Er braucht jetzt etwas Gesellschaft, aber es ist hart, nicht wahr?«

Walker nickte.

»Die Fritten sind in weniger als zehn Minuten fertig, Miss Walker.« Er rührte die Fritteuse noch einmal kräftig um. »Dieses verdammte Mittagsangebot bringt mich noch in ein frühes Grab.« Er deutete auf die nicht enden wollende Schlange draußen.

»Ich bin beruflich hier«, fuhr Walker fort.

»Ach?« Sandino hielt in seinem Rühren inne. »Wie kann ich Ihnen helfen?«

»Kümmern Sie sich zuerst um die Pommes, das ist kein Problem«, sagte Walker. »Wir wollen die da draußen doch nicht verärgern, was?«

Mr Sandino, der im Kampf mit der Fritteuse inzwischen stark schwitzte, rührte die Fritten noch ein paar Mal um und hielt dann inne. »Okay, jetzt lassen wir den Zauber wirken«, sagte er mit einem zufriedenen Grinsen.

»Riecht schon richtig gut hier.« Walkers Magen knurrte.

»Sie bekommen die erste Portion. Geht aufs Haus.«

Es klopfte an der Tür und ein übereifriger älterer Mann steckte seinen Kopf herein.

»Noch fünf Minuten, Mr Robertson«, brüllte Mr Sandino.

Der Rentner zog sich an den Anfang der Warteschlange zurück, während der Koch den Kopf schüttelte. »Mein Gott! Jeden Tag das Gleiche.«

»Sie haben eine Stadt voller Süchtiger geschaffen.« Walker lachte.

»*Aye,* also worum geht es?« Er öffnete die Klappe und gesellte sich zu ihr in den Verkaufsraum.

»War John Meiklejohn vergangenen Dienstagabend in Ihrem Laden? So gegen 23.30 Uhr?« Walker blickte auf den Mann hinunter und war überrascht, wie klein Mr Sandino aus der Nähe war.

»Vergangenen Dienstag, sagen Sie?« Er kratzte die Fettwunden auf seinen Armen.

»Achtundzwanzigster September«, fügte Walker hinzu.

»Ah, dann muss Marco hier gewesen sein. Ich spiele La Scopa.«

Walker schüttelte den Kopf.

»Karten, wissen Sie, auf italienische Art. Ich spiele im Bowlingclub mit meinen Freunden. Wir wetten ein bisschen, aber das sollte ich Ihnen nicht erzählen, was?« Er lachte.

»Ist Marco hier?«

»Er ist hinten am Gefrierschrank, zumindest war er das, als ich das letzte Mal nach ihm gesehen habe. Aber wahrscheinlich ist er wieder in diesem verdammten Hof und telefoniert.« Er kehrte hinter den Tresen zurück und rührte im Vorbeigehen kurz die Fritteuse um.

Er verschwand durch die Hintertür und rief nach seinem Sohn. Kurz darauf kamen sie zusammen zurück und Marco, der etwa sechzehn Jahre alt sein musste, hob hinter dem Rücken seines Vaters Zeige- und Mittelfinger beider Hände zum V.

»Wie ich schon sagte – an seinem verdammten Telefon.«

Mr Sandino drehte sich um und beschimpfte seinen Sohn auf Italienisch, wobei Walker nur ein einziges Wort heraushörte, das sie erkannte: *idiota*.

»Hallo Marco«, sagte Walker mit einem Lächeln.

»*Aye*«, murmelte Marco.

»Ich bin Detective Inspector Walker. Ich muss Ihnen ein paar Fragen stellen, okay?«

Marco zuckte mit den Schultern.

»Antworte ihr, Marco!«, fuhr Mr Sandino seinen Sohn an.

»Ihr Vater sagt, dass Sie vergangenen Dienstagabend Dienst hatten, ist das richtig?«

»Ja, das ist richtig. Habe ich etwas falsch gemacht?«, fragte Marco ohne den geringsten Anflug eines italienischen Akzents.

»Nein, ganz und gar nicht. Ich möchte nur, dass Sie mir etwas bestätigen.«

»Ach so. *Aye*, kein Problem.«

»Können Sie sich daran erinnern, ob John Meiklejohn gegen 23:30 Uhr eine Tüte Pommes gekauft hat?«

»Wer?«

»John Meiklejohn, der Vater von Robert Meiklejohn.«

»Der Kuckuck-Verrückte«, erklärte Mr Sandino zu seinem Sohn.

»Ich bin mir nicht sicher.« Marco kratzte sich am Scheitel.

»Er könnte ziemlich betrunken gewesen sein«, fügte Walker hinzu.

»Alle sind immer ziemlich betrunken«, scherzte der Sohn. »Es war viel los. Es ist immer viel los, und ich bin immer total fertig. Ich habe nicht mal Zeit, um …« Er hielt inne und schaute zu seinem Vater hinüber.

»Arbeitsscheu, das ist sein Problem«, stöhnte Mr Sandino. »Was für eine Generation! Die haben doch alle keine Ahnung. Sein Großvater hat Achtzehn-Stunden-Schichten gearbeitet, um diesen Laden zu führen. Alles, was er tut, ist mit Mädchen zu telefonieren.«

»Dad!« Marcos runde Wangen färbten sich tiefrot.

Mr Sandino drehte sich plötzlich um und erinnerte sich offensichtlich an den Mittagsansturm. »*Fanculo!*«, rief er. Er schnappte sich einen Korb, holte die frisch frittierten Pommes aus der Fritteuse und schob sie in den Behälter. »Entschuldigung, aber ich muss jetzt aufmachen. Marco!«

Marco half seinem Vater, die Pommes aus dem Öl zu heben. Er blieb stehen und drehte sich wieder zu Walker um.

»Ist er ein Obdachloser? Ich meine, sieht er so aus?«, fragte er.

»Das wüssten Sie, wenn Sie ihn gesehen hätten«, antwortete Walker. »Er ist fortwährend schmutzig, als wäre der Schmutz auf seine Haut tätowiert. Er ist ein Skelett auf Diät und trägt jede Art von Kleidung, die er aus Abfallhaufen ausgraben oder von Wäscheleinen klauen kann.«

»Jetzt erinnere ich mich an ihn. Er ist der Typ, der nicht genug Geld für die Pommes hatte und total ausgeflippt ist, als ich ihm keine geben wollte. Am Ende habe ich nachgegeben, um ihn loszuwerden und schließen zu können.«

»Sind Sie sicher, dass er es war?«

»Definitiv. Er war wirklich seltsam. Da waren zwei Frauen in der Schlange und er hat etwas zu ihnen gesagt.«

»Was denn?«

»Ach, Sie wissen schon, abstoßendes Zeug. Die haben ihm gesagt, er soll sich verpissen.«

»Marco!«, rief Mr Sandino. »Was habe ich dir gesagt?«

»Ich habe nur den genauen Wortlaut zitiert, Dad.« Marco schnaubte.

»Und um wie viel Uhr war das?«, bohrte Walker weiter.

»Ungefähr halb zwölf. Kurz vor Schluss, also vielleicht zwanzig nach elf?«

Er schielte zu seinem Vater und Mr Sandino schüttelte den Kopf.

»Das ist wirklich hilfreich, Marco. Danke. Haben Sie Überwachungskameras, die Meiklejohn an diesem Abend im Laden gefilmt haben könnten?«

»Dad?«

»Ja, da oben.« Mr Sandino zeigte auf ein kleines Objektiv in der Ecke. »Aber die Aufnahmen werden automatisch nach zwei oder drei Tagen gelöscht, also sind sie vielleicht schon weg.«

»Wenn Sie nachsehen könnten, wenn Sie nicht beschäftigt sind, wäre das großartig. Rufen Sie mich einfach auf dem Revier an!«

Mr Sandino nickte. »Okay, Marco. Hol ein halbes Dutzend Bridies und ein paar Filets aus dem Kühlschrank. Und vielleicht ein paar Haggis und Würstchen.« Er schaufelte noch mehr Pommes in den Behälter. »Ich lasse die hungernde Meute rein.«

»Vielen Dank, Mr Sandino«, sagte Walker.

»Es war schön, Sie zu sehen, Miss Walker«, sagte Mr Sandino an der Tür. »Und bitte grüßen Sie Ihren Vater von uns. Sagen Sie ihm, dass hier ein Bridie-Abendessen auf ihn wartet, wenn er jemals nach Kilwinnoch kommt.«

»Das werde ich, Mr Sandino, danke. Er würde Ihre Spezialitäten lieben.«

»Ich hoffe, Ihre Untersuchung verläuft gut, und ich werde nach dem Video suchen.«

Er öffnete die Tür und Mr Robertson schob sich hindurch.

»Das wird aber auch Zeit. Da draußen ist es eiskalt, Carlo.« Ihm folgte ein Schwarm gefräßiger Achtzigjähriger, die aufgeregter waren als eine Schar Teenager-Mädchen bei einem Beatles-Konzert.

»Vergessen Sie das nicht!«, rief Mr Sandino, reichte Walker eine Tüte dampfend heißer Fritten und kämpfte sich zurück zum Tresen.

»Gut, wer ist der Erste?«, rief Mr Sandino und vermied absichtlich den Blickkontakt mit Mr Robertson, der seine Ellbogen auf dem Tresen abgestützt hatte, um sich die Poleposition zu sichern.

»Ich bin der Erste, verdammt!«, bellte Mr Robertson.

»Haha, jedes Mal«, strahlte Mr Sandino seinen treuesten, aber auch streitlustigsten Kunden warm an.

FÜNFZEHN

»Geschenk für dich«, sagte Walker und ließ die noch warme Pommestüte auf Mullens' Schreibtisch fallen. Auf dem kurzen Weg zum Revier hatte sie tapfer gekämpft, um der Versuchung zu widerstehen, und nur drei Fritten gegessen – eine persönliche Bestleistung.

Mullens unterbrach sofort seine Arbeit. »Ist es das, was ich glaube?« Er öffnete langsam die fettige Tüte und schnupperte daran. »O guter Gott! Ich liebe dich. Willst du mich heiraten?«

»Unfassbar auf so vielen Ebenen«, höhnte Walker. »Wo ist der DCI?«

»Hier.« Bones Kopf tauchte unter der Kaffeemaschine auf. »Ich suche nach Kaffeepulver. Hat jemand kürzlich welches gekauft?«

Stille.

»Die Bezeichnung *elende Idioten* kommt nicht mal annähernd hin.«

»Ich gehe welchen holen«, bot Harper an.

»Machen Sie sich keine Umstände. Ich könnte nur einen schnellen Schluck vertragen, bevor ich mich ins

Leichenschauhaus wage.« Bone richtete sich auf. »Aber dann eben kalter Entzug.«

»Soll ich mitkommen?«, fragte Walker.

»Nein, ist schon in Ordnung. Wie ist es dir bei Sandino ergangen?«

»Spektakulär gut«, murmelte Mullens durch einen Mundvoll gesättigter Fette.

»Carlos Sohn war vergangenen Dienstagabend vor Ort. Er hat bestätigt, dass Meiklejohn um etwa dreiundzwanzig Uhr zwanzig Fritten geholt hat«, sagte Walker.

»Verdammt! Schauen wir mal, was der Mann in Schwarz sagt. Serienmörder Senior kommt noch nicht von der Pinnwand runter.«

Walker warf einen Blick auf die Tafel, die sich mit Namen, Notizen, Überschriften und kreuz und quer verlaufenden Pfeilen füllte. Als sie sich umdrehte, war Bone schon gegangen.

Das Leichenschauhaus befand sich im Keller des städtischen Krankenhauses. Obwohl es klein war, reichte es normalerweise für die meisten Untersuchungen. Als Bone eintraf, wartete Cash schon an der Tür auf ihn.

»Anziehen!«, sagte er und reichte Bone eine Maske, Gummihandschuhe und ein weiteres Paar entzückender Überschuhe.

Nach einem kurzen Kampf mit einer Reihe von Gummibändern folgte Bone ihm ins Innere.

PC Garveys abgedeckter Körper lag auf dem Untersuchungstisch, die sterile weiße Plastikhülle wurde von einem hellen LED-Strahler angestrahlt. Bone zuckte zusammen. Das war das Schlimmste an seinem Job, und selbst nach fast zwanzig Jahren Polizeiarbeit ging ihm das immer noch unter die Haut.

»Da liegt sie also«, sagte Cash, als er die Abdeckung zurückzog.

Bone holte scharf Luft.

»Die Todesursachen sind höchstwahrscheinlich Schädelfraktur und Gehirnverletzung durch mehrfachen Kontakt mit Erde und Steinen.« Cash neigte den Kopf des Opfers leicht nach links, wodurch eine große offene Wunde in der Kopfhaut zum Vorschein kam. »PC Garvey hat außerdem drei gebrochene Rippen, die sie sich möglicherweise dann zugezogen hat, als das Loch zugeschüttet wurde. Aber die Prellungen deuten eher auf einen Sturz oder einen Stoß hin. Vielleicht durch ihren Angreifer?«

»Was ist mit dem Todeszeitpunkt?«

»Etwas schwieriger, wie immer. Aber die Verfärbung um den Unterleib herum deutet auf ein frühes Stadium der Verwesung hin.«

Bone schluckte schwer.

»Alles klar?«, fragte Cash.

»Ja, mach weiter.«

»Sie lag mindestens sechs Tage unter der Erde.«

»Also war die Zeitspanne zwischen der Vermisstenmeldung und ihrem Tod kurz?«

»Das würde ich so sagen, ja. Wir haben eine Reihe von Tests mit dem Blut der Verstorbenen durchgeführt und signifikante Spuren von

Gammahydroxybuttersäure gefunden.« Er blickte auf. »GHB.«

»Die Vergewaltigungsdroge?«

»So nennt sie die Boulevardpresse, aber wir haben keine Anzeichen für einen sexuellen Übergriff gefunden. Außerdem Alkohol, wie zu erwarten war, und Diazepam.«

»Um sie vollständig außer Gefecht zu setzen?«

»Vielleicht hatte sie auch ihr eigenes Rezept gegen Angstzustände oder Schlafstörungen.«

Cash hob behutsam Garveys linke Hand, die Fesselspuren am Handgelenk waren noch sichtbar, und richtete ihre Finger gerade.

»Wir haben noch etwas gefunden. Siehst du das?«, fragte er und isolierte den Zeigefinger, wobei er den Nagel nach oben drehte.

Bone beugte sich nach vorn. An den Nägeln haftete noch ein Rest Schmutz, die Spuren von lilafarbenem Lack waren fast völlig verblasst.

»Wir haben unter dem abgebrochenen Nagel Nylonfasern gefunden. Vielleicht vom Angreifer, von einem Teppich, einem Möbelstück – oder sogar von der Polsterung des Autos, das sie zum Tatort gebracht hat.«

»Oder aus ihrer eigenen Wohnung?«

»Ja, oder das. Wir lassen einen Abgleich laufen und werden hoffentlich in den nächsten Stunden Ergebnisse haben.« Cash schob Garveys schlaffen Arm zurück auf den Tisch. »Das war's.« Er schüttelte den Kopf. »Das Leben ist so kostbar, so unendlich zerbrechlich, nicht wahr? In der einen Minute sind wir hier und in der nächsten sind wir weg.«

O Gott, jetzt geht das wieder los, dachte Bone und erwartete eine weitere von Cashs berüchtigten existenziellen Tiraden.

»Und in ein paar Jahren wird sich niemand mehr an uns erinnern.« Cash fuhr fort und zog das Laken über Garveys Körper. »So viele Leben sind vorbeigegangen, einfach ausgelöscht und verschwunden.« Er stand einen Moment lang regungslos da und starrte auf das Plastikleintuch. »Die Sinnlosigkeit der Existenz.«

»Bist du sicher, dass du den richtigen Job hast, Andrew?« Bone lächelte.

»Meine Arbeit dient dazu, mich an diese völlige Sinnlosigkeit zu erinnern. Und daran, dass wir besser zur Sache kommen sollten. Denn sonst ist es vorbei, bevor es überhaupt angefangen hat.«

»Gut, okay, danke, Andrew«, unterbrach Bone ihn. »Ich gehe dann mal besser und mache das Beste aus der wenigen Zeit, die mir noch bleibt.«

Cash begleitete Bone zur Tür.

»Es tut mir leid, Duncan. Das muss hart sein. Nach dem Kuckuck-Fall, meine ich.«

»Ich hatte schon bessere Tage«, gab Bone zu.

»Ich werde dir die Ergebnisse so schnell wie möglich zukommen lassen.« Cash hielt die Tür auf.

Bone nickte höflich, aber sobald Cash verschwunden war, rannte er die Treppe hinauf und zur nächsten Toilette. Er stolperte in eine Kabine, knallte sie zu und verriegelte die Tür. PC Garveys gebrochener Körper auf dem Tisch hatte einige der dunkelsten Erinnerungen an den Kuckuck-Fall wachgerufen. Erinnerungen, die er monatelang versucht hatte, aus seinem Gedächtnis zu streichen, groteske Bilder von sterbenden und toten Polizeibeamten, von trauernden und wütenden Angehörigen, die ihm ins Gesicht geschrien hatten. Und von Meiklejohns höhnischem Grinsen – Sekunden, bevor die Rohrbombe explodiert war.

Er fummelte in seiner Hosentasche nach einem Taschentuch und hielt es vor Gesicht und Mund. Er atmete fünf oder sechsmal kurz und panisch ein und zählte langsam von zwanzig rückwärts, eine Technik, die er in der Therapie gelernt hatte. Nach mehreren weiteren Durchgängen verlangsamte sich sein Herzschlag, und seine Atemzüge wurden tiefer. Er zählte weiter. Zwölf … elf … zehn. Allmählich beruhigte sich seine Atmung. Er wischte den Schweiß von seiner Stirn, schloss die Tür auf und taumelte zum Waschbecken. Er drehte den kalten Wasserhahn auf und spritzte sich Wasser ins Gesicht, um sich zu sammeln und das Dröhnen in seinem Kopf zu lindern. Als er zu seinem hageren, gequälten Gesichtsausdruck aufblickte, entdeckte er eine Kapuzengestalt direkt hinter sich. Sie hob den Kopf und entblößte dabei einen nun vertrauten verkohlten Wangenknochen und eine leere Augenhöhle.

»Mein alter Freund«, zischte die Kreatur.

Bone drehte sich entsetzt um, aber statt der Erscheinung stand der erschrockene Gerichtsmediziner vor ihm.

»Geht es dir gut?« Cash wagte sich auf Bone zu.

Bone stand halb gelähmt da, als die reale Welt in sein Gehirn zurückkrachte wie ein Auto gegen eine Mauer. Er lehnte sich am Waschbecken zurück und rieb unbewusst an seiner Narbe.

»Ja«, murmelte Bone. »Ich habe das von Zeit zu Zeit. Es ist nichts weiter. Nur eine Nebenwirkung der Operation«, log er, und dem Gesichtsausdruck des Leichenbestatters war anzusehen, dass auch er dies für eine Lüge hielt.

»Diese ganze Trittbrettfahrerei ist der schlimmste Albtraum für jeden Detective, aber für dich ist es wie ein Wiedersehen mit der Hölle.«

»Mir geht es gut. Es ist wichtig, dass wir dieses Monster fangen, bevor wir noch einen Polizisten verlieren.«

»Aber deine Gesundheit ist auch wichtig.«

»Mir geht es gut, wirklich«, sagte Bone, und mit dem Versuch eines beruhigenden Nickens verließ er die Toilette.

Mit etwas Glück wird Cash das nicht eine Etage weiter oben melden, dachte er und machte sich auf den Weg an die frische Luft.

SECHZEHN

Advocate McLeans grandioses Haus befand sich in der Horsewalk Avenue, der wahrscheinlich einzigen Straße in Kilwinnoch, die als nobel eingestuft werden konnte. Für die ehrgeizigen Bürger der Stadt – und davon gab es nur wenige – war sie das Ziel ihres Strebens. Der Rest des Pöbels betrachtete die Bewohner dieses von Bäumen gesäumten Doppelhausparadieses entweder mit echter Verachtung oder als Aladinhöhle voller potenzieller Imitationen. Als Bone und Walker sich dem imposanten edwardianischen Backsteinbau näherten, wurden sie von zwei Uniformierten am Eingangstor beäugt. »DCI Bone und DI Walker.« Sie ließen ihre Ausweise erkennen.

Einer der Uniformierten nickte.

»Ist er da?«, fragte Bone.

»*Aye,* aber er empfängt niemanden«, sagte Uniform Eins und trat mit seinem Doc Martens gegen den Asphalt.

Der andere rückte das Funkgerät zurecht, das lose an seiner gelben Jacke hing.

»Okay«, antwortete Bone. Er ging weiter durch das Tor und folgte der Auffahrt zum Haus.

Ein dritter Uniformierter lungerte an der makellos lackierten Eichentür herum.

»DCI Bone«, sagte Bone zu dem Beamten.

»Sir. Ma'am. Ich bin PC Willits, einer der zugewiesenen Verbindungsbeamten der Abteilung für Familienangelegenheiten. Mr McLean lehnt unsere Hilfe ab.«

»Ich weiß. Tweedledee und Tweedledum an der Pforte haben mich schon aufgeklärt.«

Willits versuchte, ein Lächeln zu verbergen.

»Sind Sie allein?«, fragte Bone.

»Nein, mein Kollege ist an der Hintertür.«

»Und wie lange ist McLean schon da drin?«

»Ein paar Stunden, Sir, vielleicht zwei. Ich bin mir nicht sicher.«

»Und er ist ganz sicher da drin?«

»Er hat das Grundstück nicht verlassen.«

»Und er lebt? Ich meine – er hat doch nichts Dämliches getan?«

»Oh, daran habe ich gar nicht gedacht …«

»Verdammt noch mal!« Bone schüttelte ungläubig den Kopf und hämmerte mit dem schweren Messingklopfer gegen die massive Tür. Nach einem Moment klopfte er erneut, dann ein drittes Mal. Jeder Schlag war kräftiger als der letzte. Keine Antwort. Er kniete sich hin, drückte den verschnörkelten Messingbriefkasten durch und spähte hinein. Ein beeindruckend geräumiger Flur führte zu einer großen Mahagonitreppe, die sich in den ersten Stock hinauf schlängelte. Doch von McLean war nichts zu sehen.

Bone drückte sein Gesicht an den Briefkasten und rief durch die Öffnung: »Advocate McLean, hier ist Detective Chief Inspector Duncan Bone.«

Bone hielt inne und lauschte. Von irgendwo auf der anderen Seite des Hauses drangen Geräusche. Dann ertönte ein lauter Knall, gefolgt von unzusammenhängenden Schreien. Bone versuchte es erneut.

»Mr McLean, hier ist die Polizei, machen Sie auf!« Bone erhöhte die Autoritätsstufe, aber ahnte bereits, dass das nicht den geringsten Unterschied machen würde. »Können wir hinten rein?«, fragte er den Verbindungsbeamten.

»*Aye*, Sir, hier entlang.«

Die Detectives folgten dem Uniformierten um das Haus herum, einen Seitenweg hinauf und zwängten sich dann zwischen den Mülltonnen hindurch durch ein schmales Tor in einer hohen Backsteinmauer, in deren Rand Glasscherben eingelassen waren.

»Hat das Haus ein Sicherheitssystem, eine Videoüberwachung oder so etwas in der Art?«, fragte Bone den Verbindungsbeamten, während sie sich um die Seite eines Gewächshauses herum vorarbeiteten.

»Ich bin mir nicht sicher, Sir. Da müssen Sie Tweedledee und – äh – die beiden Beamten am Tor fragen. Die könnten das wissen.«

Schließlich fanden sie sich in einem großen schön angelegten Garten mit gestutzten Beeten, einem riesigen gepflegten Rasen und einem Teich, der ein Binnengewässer imitierte, wieder.

»Wir haben definitiv den falschen Beruf gewählt«, sagte Walker.

Als sie die hintere Ecke eines modernistischen Glasanbaus erreichten, spähte Bone durch eine der riesigen Flügeltüren, die sich über die gesamte Höhe und Breite der Rückwand erstreckten.

»Da ist er«, sagte Willits.

»Wo?«, fragten Bone und Walker unisono und pressten ihre Gesichter an die Glasscheibe.

»Durch die Tür da hinten in der Küche.« Willits klopfte mit dem Finger gegen die Scheibe.

»Ah, ja«, sagte Bone. McLean, der am Schreibtisch saß, den Kopf in die Hände gestützt, lehnte sich vor.

Bone schlug mit seinem Fingerknöchel gegen die Scheibe. McLean ignorierte ihn. Er klopfte erneut, dieses Mal mit mehr Kraft. McLean blickte einen Moment auf, sein Gesicht war ausdruckslos.

»Es ist DCI Bone«, murmelte der Detective.

McLean erhob sich schließlich.

Einen Moment später öffnete sich langsam eine Tür an der Seite des Anbaus.

»Advocate McLean«, sagte Bone.

McLean marschierte zurück ins Haus. Auf halbem Weg durch die Küche blieb er stehen.

»Und?«, rief der Anwalt aus.

»Warten Sie erst einmal hier!«, sagte Bone zu dem Verbindungsbeamten. »Ich rufe Sie, wenn ich Sie brauche.«

Er winkte Walker zu sich und sie folgten McLean hinein.

»Bevor Sie mit Ihrer *Es tut uns sehr leid, Sie zu informieren*-Rede beginnen«, sagte McLean und kehrte an seinen Schreibtisch im hinteren Teil eines großen Büros zurück, »kann ich Ihnen gleich sagen, dass ich weiß, dass meine Frau tot aufgefunden worden ist. Und um ehrlich zu sein, habe ich kein anderes Ergebnis erwartet.« Er wühlte in den Papieren, die auf dem Schreibtisch verstreut lagen.

»Ihr Verlust tut uns sehr leid«, sagte Bone, trotz McLeans Warnung. »Wir hatten gehofft, dass …«

»Gehofft?«, bellte McLean.

Bone bemerkte eine halbleere Flasche Macallan auf dem Schreibtisch.

»Wir können nur *hoffen,* dass sie augenblicklich gestorben ist und nicht gelitten hat«, sagte McLean.

»Wir glauben, dass das wahrscheinlich der Fall ist, Sir«, erwiderte Bone.

»Das ist alles so verzwickt«, sagte McLean, dessen Bewegungen immer hektischer wurden. Plötzlich hielt er inne. »Wer ist diese Frau?« Er deutete anklagend auf Walker.

»DI Walker, Sir. Wir sind uns neulich kurz begegnet.« Sie starrte ihn an.

»Ich dachte, Sie wären einer dieser verdammten Verbindungsbeamten für Familienangelegenheiten. Gott bewahre mich vor ihren nichtssagenden Plattitüden.« Er hielt inne. »Sie haben mit ihm den Meiklejohn-Fall bearbeitet, nicht wahr?«, fragte er, wobei sein anklagender Tonfall weiter eskalierte.

»Ja, Sir.«

»Gut, dann wissen Sie ja, dass Ihr Chef die Staatsanwaltschaft komplett in die Scheiße geritten hat.« Er nahm die Flasche und goss einen großen Doppelten in ein klobiges Kristallglas.

»Der Verdächtige hatte seine Wohnung mit einer Sprengfalle versehen, Sir«, gab Walker zurück. »Und DCI Bone wurde bei der Explosion fast getötet.«

»Und ist jetzt wieder im Dienst.« McLean nahm einen großen Schluck Whisky. »Bei bester Gesundheit und einsatzbereit.«

»Ja, Sir«, erwiderte Walker verärgert und warf ihrem Chef einen Blick zu.

»Und jetzt haben wir einen Märtyrer, der Fanatiker inspiriert, in seine Fußstapfen zu treten. Sehen Sie das auch so, Inspector Bone?«

»Unsere Ermittlungen laufen, Sir, und wir werden Sie natürlich über alle Entwicklungen auf dem Laufenden halten«, antwortete Bone, der sich weigerte, den Köder zu schlucken.

McLean trank seinen Whisky aus und schenkte ein weiteres Glas ein.

»Sind Sie sicher, dass Sie …?«, fragte Bone.

»Was? Dass ich weiter trinken sollte?« McLean grinste. »Sie erwarten von mir, dass ich den Mord an meiner Frau nüchtern verarbeite?« Er nahm noch einen Schluck. »Kann ich Ihnen noch mit irgendetwas anderem helfen? Oder sind Sie nur gekommen, um mich über Ihre anhaltende Inkompetenz zu informieren? Wie Sie sehen, bin ich sehr beschäftigt.

Ich muss vor dem morgigen Gerichtstermin meine Schriftsätze durchgehen.«

»Ich bin mir nicht sicher, ob Sie arbeiten sollten, Sir«, sagte Bone.

McLean stieß ein lautes zynisches Lachen aus. »Das ist doch lächerlich.«

»Ich fürchte, man wird Sie bitten, die Identität Ihrer Frau im Cottage Hospital zu bestätigen.«

»Das ist mir bewusst, DCI Bone. Ich bin der Oberstaatsanwalt. Ich weiß, wie das alles funktioniert.« Er hob sein Glas und knallte es dann auf den Schreibtisch. »War das alles? Mir wäre es lieber, Sie gingen jetzt.«

»Ihr Verlust tut mir …«, begann Bone.

»Sparen Sie sich das!« McLean hob seine Hand. Die Polizisten wandten sich zum Gehen, aber Bone blieb stehen.

»Nur noch eine Frage«, sagte er.

McLean seufzte und stützte seine Hände ungeduldig auf den Schreibtisch.

»In der Nacht des Verschwindens Ihrer Frau …«

»Und Ihres brutalen und vermeidbaren Todes, Inspector«, erwiderte McLean scharf.

»Haben Sie gestritten?« Bone blieb hartnäckig.

»Was?« McLean zuckte zusammen.

»Hatten Sie Streit? Vielleicht waren Sie wütend, weil sie ausgegangen ist?«

»Was soll das?«

»Wir versuchen nur, den Gemütszustand Ihrer Frau an jenem Abend herauszufinden. Wenn sie verärgert war, könnte das ihr Verhalten beeinflusst haben.«

»Wir streiten nicht, Inspector«, erwiderte McLean.

»Alle Paare streiten, das gehört zu einer gesunden Beziehung, nicht wahr?«, schaltete sich Walker ein.

»Wir haben uns nie gestritten. Ich weiß nicht, worauf Sie hinauswollen, aber Ihre Anwesenheit in meinem Haus und die Tatsache, dass Sie an diesem Fall arbeiten, gehen mir zunehmend auf die Nerven. Bitte gehen Sie auf der Stelle und nehmen Sie Ihre«, er hielt inne, um seine Worte zu überdenken, »Kollegin mit.«

»Uns ist zu Ohren gekommen, dass Ihre Frau an jenem Abend im Pub ein Gespräch mit einer engen Freundin geführt hat«, fuhr Bone unbeirrt fort.

»Wer? Was soll das?«

»Wir versuchen, Fakten zu schaffen, Sir. Die enge Freundin hat ausgesagt, Ihre Frau habe ihre Beziehung zu Ihnen als«, er wandte sich an Walker, die theatralisch ihren Notizblock aufklappte und nach kurzem Überfliegen sagte, »toxisch bezeichnet.«

»Ich habe genug von all dem hier!«, sagte McLean und sprang auf.

»Sie hat außerdem beschrieben, wie Sie versucht haben, ihr die Teilnahme an der Geburtstagsfeier zu verbieten. Und dass Sie sie systematisch untergraben, schikaniert und kontrolliert haben.«

»Ich möchte, dass Sie jetzt gehen!«, wütete McLean.

»Würden Sie sich selbst als missbräuchlichen Ehemann bezeichnen, Advocate McLean?«

»Wenn Sie nicht sofort verschwinden, rufe ich Ihren Chef an und lasse Sie von meinem Grundstück entfernen«, knurrte McLean. Er marschierte zu seiner Bürotür; sein ganzer Körper zitterte vor Wut oder vielleicht auch vor Angst. »Sie haben soeben jede Chance verspielt, Ihren Job zu retten, DCI Bone. Auf Wiedersehen.«

Er hielt die Tür auf, und mit einem knappen Nicken ließ Bone ihn zurück, um in seiner eigenen Schuld zu schmoren.

Zurück im Garten steckte Walker die Fäuste in ihre Manteltasche. »Ich hätte ihm am liebsten eine geknallt.«

»Ja, ein absolutes Arschloch.«

»Aber bist du sicher, dass es eine gute Idee war, ihn zu provozieren? Ich meine, er ist ein ziemlich mächtiger Feind.«

»Ich möchte, dass er weiß, dass wir wissen, wer er ist. Wenn er mit dem Mord an PC Garvey zu tun hat, könnte seine Wut auf mich ihn dazu bringen, über seine eigenen Lügen zu stolpern.«

»Und wenn nicht?«

»Selbst wenn er nichts damit zu tun hat, verdient unsere scheinheilige, frauenverachtende Stütze der Gesellschaft alles, was ihm blüht.«

»Ich hoffe nur, wir sind noch Teil der Truppe, um das zu erleben«, sagte Walker.

»Tyrannen landen am Ende immer auf dem Bauch«, entgegnete Bone und machte sich auf den Weg zum Tor.

SIEBZEHN

Nach einer weiteren langen und anstrengenden Schicht konnte Bone es nicht ertragen, in seine leere Wohnung zurückzukehren. Stattdessen machte er einen Umweg zum Kinloch Hotel, einem langweiligen Drei-Sterne-Hotel, das ungünstig am äußersten Rand der Stadt und nahe genug an der Kläranlage lag, um seinen duftenden Reiz zu verstärken. Für Geschäftsreisende und verirrte Touristen konzipiert, war es in der Regel verlassen und ein ideales Versteck für Bone, um ungestört einen Drink zu genießen.

Der Barmann blickte überrascht von dem Glas, das er gerade polierte, auf, als Bone die einsame Lounge betrat.

»Guten Abend, Sir«, sagte der übertrieben herausgeputzte und stark parfümierte junge Mann enthusiastisch, aber mit einem Hauch von Verzweiflung.

»Ein Flasche Eighty Shilling bitte …« Bone lehnte sich an den Tresen, um das grellgelbe Namensschild des Barkeepers zu lesen. »Zak.«

»Äh, tut mir leid, Sir, Eighty Shilling ist aus.«

»Guinness?«

»Ist auch aus.«

»Mein Gott«, murmelte Bone. »Hat man euch die Bude eingerannt? Fußballtrainer oder so?«

»Nein, Sir, es ist nur nicht auf Lager, weil niemand es trinkt.«

»Nicht gerade die beste Werbung für die Bar.« Bone grinste.

»Nein, *aye*, ha!« Zak gluckste nervös. »Wir haben Tennent's und dieses neue helle Bier aus …« Er steckte den Kopf über den Tresen, um die Zapfplakette zu lesen, und ein Hauch von Aftershave traf Bone mitten ins Gesicht. »Estland, glaube ich. Um ehrlich zu sein, sind Sie der erste Kunde seit der Mittagspause, und das war ein Bauarbeiter, der nur mal aufs Klo wollte. Es ist totaler Schwachsinn, aber sie bezahlen mich dafür, dass ich diese sauberen Gläser reinige, also stört es mich nicht«, antwortete er, wobei sein künstlicher South-Side-Akzent nachließ.

»Tennent's ist in Ordnung«, sagte Bone.

»Setzen Sie sich, ich bringe es Ihnen.«

»Wow, welch Luxus«, spöttelte Bone. »Brechen Sie sich auf dem Weg dorthin keinen ab.«

Zak lachte und wählte ein sauberes Glas aus der riesigen Auswahl hinter sich. Bone zögerte einen Moment, welchen leeren Stuhl er wählen sollte, und entschied sich für einen am künstlichen Kamin.

»Bitte sehr«, sagte Zak kurz darauf.

»Das ging aber schnell.«

»*Aye*, ich verschwende mein Talent in einem Laden wie diesen.« Er schielte wieder zu Bone. »Bulle, nicht wahr?«

»Korrekt. Ist das so offensichtlich?«

»Nein, ich erkenne Sie. Inspector Bone?«

»Wieder richtig. Haben Sie darüber nachgedacht, der Polizei beizutreten?«, scherzte Bone.

»*Aye*, nein, ha!« Zak gluckste wieder. »Sie sind der Kuckucks-Kerl, nicht wahr?«

»So definiere ich mich nicht gerade«, gab Bone zurück.

»Ich wette, Sie können es nicht glauben.«

»Was?«

»Dass dieser Verrückte wieder frei herumläuft.«

»Wovon sprechen Sie?«

»Sie müssen doch davon gehört haben, nicht wahr?« Zak zog ein Gesicht, das ihn noch jünger aussehen ließ.

»Was gehört?« Die Begeisterung des Barkeepers irritierte Bone zunehmend.

»Warten Sie!« Er huschte hinter den Tresen und kam mit einer Zeitung zurück. »Hier.«

Bone schnappte sie ihm aus der Hand und faltete sie auf. Die Titelseite schrie ihn förmlich an:

Der Kuckuck tötet wieder

Und auch die Zwischenüberschrift war so subtil wie ein Panzer:

Hirngeschädigter Polizist führt Jagd auf Psychopathen an

Darunter befand sich ein Bild von Bone bei einer der ersten Pressekonferenzen im Kuckuck-Fall und ein zweites von ihm, wie er aus der bombenzerstörten Wohnung von Robert Meiklejohn getragen wurde.

»Scheiße!«, brüllte er und warf die Zeitung auf den Tisch.

»Alles in Ordnung?«, fragte Zak alarmiert.

Bone knallte einen Zehner auf die Theke und stürmte hinaus.

»Was ist mit dem Wechselgeld?«, rief Zak zurück.

Aber Bone war schon weg.

ACHTZEHN

Archivbeamter Sam Tozier sah auf seine Uhr: 21.48 Uhr. Er stellte seine Angelausrüstung im Flur ab und ging die Treppe hinauf. »Ich mach mich dann mal auf zum See«, sagte er zu seiner Frau und steckte seinen Kopf durch die Schlafzimmertür, aber Carol, eine leidgeprüfte Anglerwitwe, wie sie glaubte, schlief bereits, die Hände immer noch an ihre Bettlektüre geklammert. Er beugte sich vor, löste das Buch aus ihrem Griff, entfernte die Kissen, die hinter ihr aufgeschichtet waren, und sah zu, wie sie zurück in die Tiefen des Schlafes sank. Er schaltete das Licht aus und schlich sich hinaus.

Am Auto angekommen, packte er seine Angelausrüstung in den Kofferraum und kletterte hinters Lenkrad. Er stellte eine Tasche auf dem Beifahrersitz ab, öffnete sie und überprüfte schnell den Inhalt. Nach einem Blick in den Rückspiegel wischte er mit zitternden Fingern etwas getrockneten Speichel aus seinem Mundwinkel, wobei er darauf achtete, den Blickkontakt mit sich selbst zu vermeiden. Die Scham in seinem Blick war unerträglich. Er fuhr los und machte sich auf den Weg in Richtung Braebank Loch.

Als er die Abzweigung zum See erreichte, prüfte er noch einmal die Uhrzeit: 22:12 Uhr. *Verflucht!* Er trat das Gaspedal fester durch und fuhr weiter in die vor ihm liegende Hügellandschaft.

Als er sich dem Foresthills-Parkplatz näherte, etwa fünf Kilometer weiter in den Campsies, wurde er langsamer. Nachdem er sich vergewissert hatte, dass der Parkplatz leer war, hielt er an und fuhr bis an den äußersten Rand des Zauns. Er schaltete Motor und Licht aus, und der Parkplatz versank in Dunkelheit.

Sein Atem beschleunigte sich, während die Angst immer größer wurde. Aus seiner Tasche holte er einen Aktenordner und stieg aus dem Fahrzeug. Er fummelte an seinem Handy herum, schaltete die Taschenlampe ein und schlich über den Parkplatz, wobei der Lichtstrahl dank seiner zitternden Faust hin und her flimmerte. Als er die gegenüberliegende Seite erreicht hatte, bewegte er das Handy, bis der Lichtstrahl auf einem wettergegerbten Holzunterstand zwischen den hohen Nadelbäumen landete. Er schlurfte hinüber, trat ein und schob den Aktenordner unter die Holzbank auf der Rückseite.

Auf dem Rückweg zum Parkplatz drehte er sich um; sein Taschenlampenlicht hüpfte in der Dunkelheit. »Ich habe getan, was du wolltest«, rief er, doch der Wind trug seine Stimme mit sich.

Er drehte sich wieder um, lenkte das Licht bis in die hintersten Ecken und dann wieder zurück zum

Eingang. Aber er war allein. Einen Moment lang dachte er daran, die Dokumente zu holen und sich der Verantwortung zu stellen, doch dann sprang er zurück in seinen Wagen und ließ den Motor an. Eine flatterhafte Bewegung in seinem Rückspiegel ließ ihn aufmerken. Er wollte sich gerade umdrehen, als sein Kopf mit Wucht gegen die Lehne geschleudert wurde. Instinktiv warf er eine Faust zur Verteidigung nach oben, aber er schaffte es lediglich, sich selbst einen Schlag gegen die Wange zu verpassen. Etwas schlang sich um seinen Hals, drückte gegen seine Luftröhre und würgte ihn. Er trat gegen die Pedale, um an Kraft zu gewinnen, aber der Motor des Wagens heulte auf und der Griff um seine Kehle wurde fester. Ein scharf brennender Schmerz breitete sich in seinem Hals aus, und er erhaschte einen Blick auf eine Spritze in der behandschuhten Faust des Angreifers. Er würgte ein gedämpftes *Hilfe* hervor, aber seine Lunge stand in Flammen. Die behandschuhte Hand bewegte sich ein wenig, sodass er nach Luft schnappen konnte, aber die Sauerstoffversorgung war nur von kurzer Dauer. Etwas Raues wurde in sein Gesicht gerammt, und seine Nase und sein Mund füllten sich mit etwas Giftigem, Übelriechenden. Seine Sicht verschwamm und innerhalb von Sekunden war er bewusstlos.

NEUNZEHN

Am darauffolgenden Morgen stürmte Bone, noch immer wütend von der Lektüre der letzten Nacht, in die Einsatzzentrale.

»Wer ist hier das Großmaul?«, brüllte er das Team an.

Sie drehten sich alle überrascht um.

»Hat niemand die Schlagzeilen gesehen?«, fuhr er fort.

»Ein schockierender Haufen Mist.« Mullens meldete sich als Erster zu Wort. »Ich war es sicherlich nicht. Ich nähere mich diesen Schmierfinken nicht. Ich würde sie nicht mal anpinkeln, wenn ihre Eier in Flammen stünden.«

Der Rest des Teams schüttelte den Kopf und zuckte mit den Schultern.

»Niemand hier hat ein Wort verlauten lassen«, meinte Walker, um die Situation zu beruhigen.

»Das war dieses Wiesel, McKinnon. Jemand füttert ihn mit Informationen, und dann schnappt die ganze Bande von Ratten diese auf«, knurrte Bone.

»Nun, von hier dringt nichts nach draußen. Wir halten einander den Rücken frei – auch deinen«, erwiderte Walker mit Nachdruck.

Bone beruhigte sich. »Und so muss es auch bleiben.«

»Ich glaube, wir müssen erneut mit ihnen reden, um sie noch ein bisschen länger in Schach zu halten«, fügte Walker hinzu. »Ich kann das übernehmen.«

»Noch nicht. Wir haben heute Morgen schon genug zu tun. Ich werde später mit ihnen sprechen.« Er zog sich zur Kaffeemaschine zurück.

Walker folgte ihm.

»Bist du okay?«, fragte sie.

»Als wäre es nicht schon schwer genug, sich mit dem wichtigsten Staatsanwalt des Landes anzulegen.« Er versuchte sich an einem Lächeln. »Danke fürs Angebot. Aber sie müssen es von mir hören.«

Er ging zur Pinnwand und betrachtete die bisherigen Anhaltspunkte: eine grausige Galerie früherer Opfer, PC Garveys zerquetschte Leiche, miserable Aufnahmen von Meiklejohn Senior und Advocate McLean und, ganz oben auf der Pyramide, der Kuckuck selbst, der mit selbstgefälliger Empörung auf sie herabblickte. Bone berührte seine Narbe, betrachtete einige Augenblicke lang die Verbindungen und Gedankengänge und wandte sich dann wieder dem Raum zu.

»Harper, sind die Akten schon aufgetaucht?«

»Ich warte immer noch auf eine Rückmeldung aus dem Archiv, Sir«, antwortete Harper. »Als ich das letzte Mal nachgesehen habe, waren die Beamten dort immer noch auf der Suche nach ihnen.«

»Die ganze Ladung ist verschwunden?«

»Offenbar.«

»Das wird ja immer besser«, rief Bone aus und stürmte zur Tür hinaus.

Unten im Keller wandte sich Bone an den Sachbearbeiter, der mit seinem Handy beschäftigt zu sein schien. Er wartete ein paar Sekunden, dann verlor er die Geduld.

»Entschuldigen Sie!«, sagte er forsch.

Der Beamte hob die Hand und setzte sein Gespräch fort. Bone knallte die Handfläche auf den Schreibtisch. Der Beamte blickte überrascht auf.

»Jetzt habe ich Ihre Aufmerksamkeit«, knurrte er. »Handy runter – sofort!«

Der Beamte verabschiedete sich schnell und legte auf. »Ja?«, fragte er und schaute über seine Gleitsichtbrille zu Bone.

»DCI Bone. Wo ist Sam Tozier?«

»Oh, tut mir leid, Sir«, sagte der Beamte verlegen. »Mr Tozier ist seit ein paar Tagen krankgeschrieben. Ich bin vom Archiv in Denny rübergeschickt worden, um ihn zu vertreten.« Er schob sein Handy unter einen Stapel Papiere auf dem Schreibtisch. »Was kann ich für Sie tun?«

»Mein Kollege war vorhin unten und hat nach der Akte Meiklejohn gefragt. Haben Sie die schon gefunden?«

Der Beamte spielte mit den Papieren auf dem Schreibtisch herum. »Tut mir leid, Sir, habe ich nicht, nein.«

Bone seufzte. »Wo ist das Logbuch?«

»Ja, es ist, äh …« Der Beamte kramte auf dem Schreibtisch herum und suchte unter einer Ausgabe von *Good Homes* – einer Zeitschrift für Einrichtungsinspirationen –, aber er konnte das Buch nicht finden. Er hielt eine Sekunde lang inne und dachte offensichtlich nach.

Bone wippte auf den Fußballen vor und zurück. »Lassen Sie sich Zeit.« Er seufzte.

»Ah, ja«, sagte der Angestellte mit einem erleichterten Lächeln. Er schoss unter den Schreibtisch, als wäre er in das Loch gefallen, das er sich selbst gegraben hatte. Augenblicke später kam er mit dem vergrabenen Schatz wieder zum Vorschein. »Bingo«, sagte er mit einem verlegenen Grinsen. Er räumte einen Platz auf dem Schreibtisch frei, legte das Buch hin und drehte es um, damit Bone es lesen konnte.

Bone schlug das Buch auf und blätterte bis zu den jüngsten Einträgen, die er in umgekehrter Chronologie verfolgte. Auf halber Höhe der Seite hielt sein Finger inne.

»Wer ist das?« Bone tippte auf ein unleserliches Gekritzel.

Der Angestellte beugte sich über den Schreibtisch und verrenkte den Hals, um etwas sehen zu können. Bone drehte das Buch ungeduldig um.

»Ich bin mir nicht sicher«, sagte der Beamte. »Montag, der siebenundzwanzigste …« Er schob seine Brille höher auf den Nasenrücken. »Ich bin erst seit ein paar Tagen hier. Der Eintrag ist von letzter Woche.« Er sah sich das Gekritzel noch einmal genau an. »Ich glaube, da steht R. Gallacher? Was für eine schreckliche Signatur.«

Bone blickte wieder auf den Eintrag hinunter. »Was hat er verlangt?«

»Das weiß ich wirklich nicht.«

»Verdammt noch mal, ich habe nicht den ganzen Tag Zeit«, schnauzte Bone. »Ich stecke mitten in einer wichtigen kriminalistischen Untersuchung.«

»Lassen Sie mich die Eintragnummer aufschreiben, dann kann ich das für Sie herausfinden«, sagte der Beamte, während er die sechsstellige Nummer abschrieb. »Ich muss den Computer benutzen, Sir.«

»Die Einträge werden also von Hand in ein Buch geschrieben und dann in den Computer übertragen?«

»Das ist das System. Ich weiß, es ist ziemlich archaisch. Ich glaube, es hat etwas mit einem einzigen Ausfallpunkt oder so etwas zu tun.«

»Tun Sie es einfach!«, forderte Bone.

Der Angestellte verschwand durch eine Tür und Bone fuhr fort, das Logbuch durchzugehen. Ein paar Minuten später kam der Beamte zurück, errötet und leicht außer Atem.

»Okay, tut mir leid, dass es so lange gedauert hat. Ich musste ein neues Passwort beantragen und …«

»Was hat Detective Superintendent Gallacher verlangt?«

»Entschuldigung. Ja. Ich habe die Aufzeichnung gefunden. Er hat eine Personalakte angefordert.«

»Welche?«, gab Bone zurück.

»Ich habe den Namen aufgeschrieben.« Der Mann hielt den Post-it-Zettel hoch und las. »Es geht um die Personalakte von …« Er hielt inne und sah auf. »Detective Chief Inspector Bone. Sie, Sir.«

»Ich?«

»So ist es vermerkt.«

Bone starrte den Beamten eine Sekunde lang an und wandte sich dann zum Gehen. »Finden Sie die Meiklejohn-Akten!«

ZWANZIG

Bone stieß Gallachers Tür mit solcher Wucht auf, dass sie gegen die angrenzende Wand krachte. Er wollte sich gerade zu einer Anschuldigung hinreißen lassen, als er eine Frau in schickem Anzug auf einem Stuhl am Schreibtisch des DSU sitzen sah.

Gallacher lehnte sich überrascht zurück und schnitt Bone das Wort ab, bevor dieser überhaupt anfangen konnte. »DCI Bone, das ist Special Investigator Tennyson. Sie kommt von der Zentrale in Edinburgh.«

Bone blickte zu Tennyson hinüber, die aufstand und ihm knapp zunickte.

»Tennyson? Wirklich? Wie DCI Jane Tennison aus der Krimiserie *Prime Suspect*?«

»Ich fürchte, ja. Sarah Tennyson. Meine Kollegen nennen mich Saint Mirren«, antwortete sie ohne den Anflug eines Lächelns.

Er musterte die hochgewachsene Fremde mit dem gestylten Bürstenschnitt, die seinen Blick mit entsprechender Schärfe erwiderte. »Welchem

Umstand verdanken wir das Vergnügen eines Besuchs aus der Innenrevision?«

»Setzen Sie sich, DCI Bone!«, befahl Gallacher.

Bone ließ sich langsam auf den Stuhl gegenüber sinken und bereitete sein Gehirn auf den Ausgang dieses Gesprächs vor.

»Als Sonderermittlerin für Polizeiarbeit und Revision wurde ich vom Staatsanwalt beauftragt, eine Beschwerde zu überprüfen«, erklärte SI Tennyson.

Bone erkannte den säuselnden Akzent Morningsides, eines Distrikts südlich von Edinburgh. *Privatschule,* dachte er. Der hochgeschlagene Blusenkragen, der aus ihrem Jackett hervorlugte, deutete auf eine privilegierte Erziehung hin, jedenfalls in seinen Augen.

»Was für eine Beschwerde?«, schnauzte er.

Sie griff in ihre Tasche und holte einen Umschlag heraus. »Ich wurde angewiesen, Ihnen eine Abmahnung zuzustellen«, sagte sie, wobei sich ihre Lippen im Anflug eines Lächelns kräuselten.

»Was?« Bone wurde wütend. »Weshalb?«

»Wie gesagt, gegen Sie wurde eine Beschwerde eingereicht. Wir folgen dem üblichen Verfahren, DCI Bone«, fuhr Tennyson fort.

»Lassen Sie mich raten, wer sich beschwert hat!« Bone rollte mit den Augen.

»Es steht uns nicht frei, diese Information weiterzugeben.«

»Nun, man muss kein Detective sein, um das herauszufinden. Ich nehme an, Sie haben deshalb in meiner Akte herumgeschnüffelt?« Bone warf seinem Chef einen vernichtenden Blick zu.

»Wir haben Bedenken, was Ihre Handhabung in diesem Fall angeht, DCI Bone«, schaltete sich Tennyson ein, bevor Gallacher antworten konnte.

»Ich dachte, wir sprechen hier über eine konkrete Beschwerde?«, fragte Bone.

»Sie sind erst kürzlich an Ihren Arbeitsplatz zurückgekehrt, nachdem Sie zeitweise krankgeschrieben waren, ist das richtig?«

»Also ist das jetzt ein Verhör?«, feuerte Bone zurück.

»DCI Bone. Die Sonderermittlerin ist hier, um sicherzustellen, dass die laufenden Ermittlungen zügig und ohne unnötigen Führungswechsel fortgesetzt werden«, meldete sich schließlich Gallacher zu Wort.

Sein Versuch der Beruhigung blieb ohne Wirkung. »Die Ermittlungen laufen und werden auch weiterlaufen, wenn Sie aufhören, meine Zeit hier zu verschwenden.«

»Ich werde Sie und Ihr Team befragen müssen, aber ich habe nicht die Absicht, die Ermittlungen zu behindern«, sagte Tennyson.

»*Meine* Ermittlung. Wir sind alle ziemlich beschäftigt damit, einen Polizistenmörder zu fangen, falls Sie das noch nicht bemerkt haben.«

»Ich fürchte, Sie haben keine andere Wahl, als zu kooperieren. Wenn ich in einer Angelegenheit ermittle, die von der Staatsanwaltschaft angeordnet wurde, habe ich die Befugnis, Personen zu befragen, zu verhaften, festzuhalten und zur Strafverfolgung zu melden«, beharrte Tennyson.

»Welch eine Farce!« Bone stand auf.

»Setzen Sie sich, DCI Bone!«, forderte Gallacher. Dann wandte er sich an Tennyson. »Ich danke Ihnen, Constable Tennyson. DCI Bone wird sein Team anweisen, bei Ihren Ermittlungen voll zu kooperieren.«

Tennyson nickte, nahm ihre Aktentasche und verließ den Raum.

»Was zum Teufel ist hier los, Duncan?«, fragte Gallacher und feuerte seine erste verbale Rakete ab.

»Ich könnte dir die gleiche Frage stellen«, schnauzte Bone zurück.

»Erst bedrohst du Robert Meiklejohns Vater, dann beschuldigst du Advocate McLean – den verflucht noch mal trauernden Ehemann des Opfers – der häuslichen Gewalt. Und ich werde die Schlagzeile im *Chronicle* von heute Morgen nicht einmal erwähnen.«

»Wer von diesen reizenden Stützen unserer Gesellschaft hat denn nun diese verdammte Sonderermittlerin hergeschickt?« Bone konnte sich jetzt nicht mehr zurückhalten.

»Ich hatte dich gewarnt, die Sache zurückhaltend anzugehen. Ich dachte, du wärst bereit, aber offensichtlich ist dieser Fall zu viel für dich, und deine Rückkehr zur Arbeit kam zu früh.«

»Meiklejohn und McLean sind Personen von Interesse. Wir machen unseren Job, etwas, das du offensichtlich verlernt hast.«

»Übertreib's nicht, Bone! Du hast keine Ahnung, unter welchem Druck ich stehe, wenn ich dich weiterhin mit diesem Fall betraue. Es geht nicht nur um deinen Hals, weißt du.«

Bone setzte sich wieder hin. »Ich befürchte, dass dieser Nachahmungstäter bald wieder zuschlagen könnte. Wir verfolgen diesen Fall so schnell wie möglich und versuchen, den Bastard zu stoppen. Wenn du mich jetzt abziehst, machst du beim Team die Pferde scheu. Der Fall könnte aus dem Ruder laufen.«

»Vergiss die Pferde, Duncan! Es handelt sich bereits um ein verdammtes Zugunglück.« Gallacher sackte an seinem Schreibtisch zusammen. »Du musst dich beruhigen und Advocate McLean in Ruhe lassen. Er hat es auf dich abgesehen. Und ich werde nicht in der Lage sein, ihn oder einen seiner Söldner aufzuhalten.«

»Wir haben Beweise für Missbrauch.«

»Woher?«

»Von einer Kollegin von PC Garvey, die zufällig eine ihrer besten Freundinnen war.«

»Das sind Indizien. Das weißt du. McLean weiß das ganz sicher auch. Und wenn die Presse, die offenbar über jeden unserer Fürze Bescheid weiß, Wind davon bekommt, dass du den Ehemann des Opfers belästigst, werden die Schreiberlinge diese Einheit auseinandernehmen.«

»Als ich zugestimmt habe, zurückzukommen, hast du versprochen, dass du uns in Ruhe unsere Arbeit machen lassen würdest. Menschlicher Schutzschild, erinnerst du dich?«, erwiderte Bone.

»Wir sind hier im verdammten Hiroshima, Duncan. Lass den Staatsanwalt einfach Staatsanwalt sein. Bitte!«

Bone schüttelte den Kopf. »Ich gehe besser und informiere das Team, dass Mary Poppins vorbeikommen wird, um die wenige Zeit zu verschwenden, die wir haben.«

»Ruhig Blut bewahren, okay?«, warnte Gallacher.

Bone schlug die Tür hinter sich zu.

Als Bone dem Team die Nachricht überbrachte, dass die Innenrevision gelandet war, betonte er vorsichtig, dass es ausschließlich seine Eier waren, die in der Pfanne lagen, aber seine Kollegen ließen das nicht gelten. Mullens rief sofort den Dritten Weltkrieg gegen Edinburgh Central aus und erklärte in anschaulichen und beunruhigend blutigen Details, was er mit den Beamten dort anstellen wollte. Bone war dankbar, dass sie sich an seine Seite stellten, aber der Druck auf die Ermittlungen wurde immer größer und die Zeit knapper. Sie brauchten einen Durchbruch, und zwar bald, bevor die Welt um sie herum zusammenbrach. Den Druck auf Meiklejohn und McLean zu verringern, wie Gallacher es gefordert hatte, war daher keine Option.

Er bat Baxter, McLeans Telefonaufzeichnungen aus jener Nacht, in der Garvey verschwunden war, zu überprüfen und nach neuen Hinweisen auf Meiklejohn zu suchen.

»Aber verhalten Sie sich unauffällig, okay? Wir wollen nicht noch mehr Staub aufwirbeln, zumindest nicht im Moment.«

Er trat an die Pinnwand und musterte noch einmal das wohlgeordnete Spinnennetz aus Bildern, Verdächtigen und Hinweisen – und hoffte auf ein Wunder. Etwas fehlte, aber er konnte es nicht ausmachen. Er blickte auf das Fahndungsfoto des jugendlichen Meiklejohns, das ein paar Jahre vor seiner Pièce de Résistance aufgenommen worden war. Er wandte sich an Baxter: »Sehen Sie Meiklejohns Gefängnisunterlagen durch und besorgen Sie mir die Namen seiner Zellengenossen und Besucher.«

»Von allen?« Baxters Augen weiteten sich entsetzt.

»Eine vollständige Liste«, antwortete Bone. »Das Ganze geht vielleicht weiter zurück, als wir denken.«

***

Eine Stunde nach Bones erster Begegnung mit ihr lud Tennyson ihn zu einem Gespräch vor. Sie hatte sich in einem der Verhörräume niedergelassen, ein Versuch der Einschüchterung, dachte Bone. Als er eintrat, saß Tennyson mit dem Gesicht zur Tür hinter einem Schreibtisch. Sie lächelte kurz und lud ihn ein, sich ihr gegenüber auf einen Stuhl zu setzen, den sie ein Stück vom Schreibtisch entfernt aufgestellt hatte.

»Ich werde Sie nicht länger als nötig aufhalten, DCI Bone«, sagte Tennyson, die Hand über einem Tablet, dessen Bildschirm ihr Gesicht beleuchtete.

»Dann mal los«, erwiderte Bone, nahm seinen Platz ein und zog den Stuhl an den Schreibtisch, um der Einschüchterung entgegenzuwirken.

»Sie haben sich im Juni vergangenen Jahres krankschreiben lassen, nachdem Sie sich bei einer Explosion eine schwere Kopfverletzung zugezogen haben, ist das richtig?«

»Sie wissen, dass das richtig ist«, sagte Bone.

»Und Sie haben das Team in der Mordsache Robert Meiklejohn geleitet?«

»Ja. Himmel!«

»Als Sie also ein Päckchen erhalten haben, das ein Video des Todes von PC Garvey enthielt, muss Sie das sehr beunruhigt haben.«

»Hören Sie, ich habe keine Zeit für Spielchen«, entgegnete Bone.

»Im polizeiärztlichen Bericht steht, dass Sie unter einer schweren PTBS litten, die teilweise durch die Hirnverletzung verursacht worden ist.«

»Jetzt geht das schon wieder los.« Bone seufzte.

»Wie steht es jetzt um Ihre PTBS?«

»Fragen Sie mein Team aus Therapeuten!«

»Das haben wir. Ich wollte Sie fragen.«

»Gegenwärtig? Über dem messbaren Bereich. Wer weiß also, wozu ich fähig bin?«, knurrte Bone.

»Ich versuche nur, Ihren Gesundheitszustand zu bestimmen, DCI Bone.«

»Meinen psychischen Gesundheitszustand.«

»Am Dienstag dieser Woche haben Sie John Meiklejohn besucht, ist das richtig?«

»Er ist eine Person von Interesse. Meine Kollegin und ich waren im Rahmen unserer laufenden Ermittlungen auf seinem Grundstück, wenn man das so bezeichnen kann.«

»Was ist dort passiert?«

»Wir haben ihm ein paar Fragen gestellt. Dann sind wir gegangen.«

»Und haben Sie den Verdächtigen in irgendeiner Weise bedroht oder physisch manipuliert?«

»Ein ausgezeichneter Vorschlag, aber nein. Wir haben unsere Befragung mit der größtmöglichen Professionalität durchgeführt, Special Investigator Tennyson.«

»Und dann haben Sie Advocate McLean verhört?«

»Es war kein Verhör.«

»Eine Befragung?«

»Wir haben Informationen zu seiner Ehe und der Beziehung zu seiner Frau erhalten. Wir mussten ein paar Dinge klären.«

»Mit einem trauernden, verzweifelten Ehemann? Halten Sie das für professionell?«

»Dafür sind wir ausgebildet«, antwortete Bone. »Möglichen Hinweisen nachzugehen.«

»Und haben Sie dieses Verhör fortgesetzt, obwohl Advocate McLean Sie gebeten hat, sein Grundstück zu verlassen?«

»Nennen Sie es nicht so! Es war kein verdammtes Verhör.«

»Verlieren Sie oft die Beherrschung, DCI Bone? Ist das eines der Symptome einer posttraumatischen Belastungsstörung?«

»Sehr gut. Zehn von zehn Punkten. Sie verschwenden Ihre Talente in der Innenrevision, Sie sollten zu uns in die Einheit für ländliche Kriminalität kommen. Wir würden uns freuen, Sie bei uns begrüßen zu dürfen.«

»Nur noch eine letzte Frage für den Moment.«

»Für den Moment? Wird es noch mehr von diesem Scheiß geben?«

»Ich habe Ihnen meine Rolle erklärt, DCI Bone. Wenn ich zufrieden bin und über genügend Details verfüge, werde ich es Sie wissen lassen.« Ein kleines Lächeln umspielte ihre Lippen. »Warum hat dieser sogenannte Nachahmungstäter Ihrer professionellen Meinung nach so detaillierte Kenntnisse zum Fall? Und warum hat er Ihnen die Aufnahme geschickt?«

»Das sind zwei Fragen, meiner professionellen Meinung nach.«

»Kommt Ihnen das nicht auch etwas merkwürdig vor?«

Bone schüttelte den Kopf, dann machte es Klick. »Oh, ich verstehe!« Er lachte lauthals über die Absurdität des Gedankens. »Sie denken, ich habe etwas damit zu tun, ist es das?«

Tennyson fuhr fort, auf ihrem Tablet herumzutippen.

»In meinem posttraumatischen und hochaggressiven Zustand habe ich in einem meiner verrückten Momente beschlossen, die Frau eines Kollegen lebendig zu begraben.« Er stand auf. »Und vielleicht stecke ich auch hinter all den anderen Morden und habe Meiklejohn, einem unschuldigen

Opfer meiner Psychose, alles angehängt. Und jetzt brauche ich einen weiteren Mord. Ist es das?«

»Das ist alles für den Moment, DCI Bone. Wenn ich noch einmal mit Ihnen sprechen muss, melde ich mich«, sagte Tennyson und kehrte zu ihrem Tablet zurück.

»Ich bin sicher, dass Advocate McLean mehr als glücklich wäre, in meinem Prozess als Staatsanwalt aufzutreten und zu beenden, was er hier begonnen hat«, fügte Bone hinzu.

Tennyson sah auf und lächelte wieder. »Danke für Ihre Mitarbeit, DCI Bone.«

EINUNDZWANZIG

Die Presse vor dem Revier vergessend, verließ Bone das Gebäude durch den Haupteingang – und die Reporter stürzten sich auf ihn wie ein schreiendes Rudel gefräßiger Hyänen. Kameras blitzten und klickten. Er drängte sich durch, während die hysterischen Schmierfinken um ihre Positionen kämpften und gleichzeitig so viele Fragen abfeuerten, dass diese zu einem konstanten Rauschen wurden. Wieder einmal war McKinnon ganz vorn mit dabei.

»Verlieren Sie die Kontrolle, DCI Bone?«, rief er durch die Kakofonie. »Sind Sie stabil genug, um die Untersuchung zu leiten?«

Bone packte McKinnon am Kragen seiner schmuddeligen Wachsjacke und stieß ihn mit voller Wucht zurück ins Getümmel. Der Mann stolperte und fiel seitwärts in den Weg. Einige der Journalisten drehten sich um und fotografierten ihn, wie er am Boden lag, herumfuchtelte und das Drama voll ausnutzte. Jemand stieß Bone von hinten an, und er stürzte durch die Pressemeute nach vorn und erreichte rasch die andere Straßenseite.

»Hier entlang«, sagte Walker, die Bone nun anführte.

Sie marschierten zu einem nahe gelegenen Auto, die Journalisten auf den Fersen, und sprangen hinein. Walker verriegelte die Türen.

»Siehst du das? Zentralverriegelung. Das ist diese neue Technik, über die Autos heutzutage verfügen«, sagte sie und startete den Audi. Sie legte den ersten Gang ein und ließ die Reporter hinter sich her stolpern.

»Danke«, sagte Bone.

»Was hast du dir dabei gedacht, den Reporter zu schubsen?« Sie schaltete den Wagen in den dritten Gang.

»Das war nicht irgendein Reporter – das war diese Mistmade Colin McKinnon vom *Chronicle.*«

Sie fuhr mit hoher Geschwindigkeit durch die Stadt und in Richtung Braebank Loch.

»Wohin fahren wir?«, fragte Bone.

»Kaffeepause«, antwortete sie.

Als sie den nächstgelegenen Parkplatz des Sees erreicht hatten, hielt sie an. Sie stieg aus und er folgte ihr hinunter zum Ufer. Der kleine See war völlig ruhig, die Oberfläche glich einer perfekten Glasscheibe und wurde von einer Reihe sanfter grüner Hügel umrahmt, weit entfernt von dem Tohuwabohu, dem sie beide gerade entkommen waren. Walker sprang auf den kleinen Kieselstrand und atmete tief und lange ein. Nach ein paar weiteren Atemzügen reinigenden Sauerstoffs wandte sie sich an Bone.

»Was ist los?«, fragte sie schließlich.

»Ich glaube, dieser Mistkerl, McLean, hat seine Spitzel angesetzt.«

»Auf dich?«

»Ja!« Bone kickte einen Kieselstein über den Strand.

»Darf ich ehrlich sein?«, fragte Walker.

»Ich erwarte nichts anderes von dir.«

»Ich kenne dich schon lange und ich habe dich noch nie so irrational gesehen.«

»Es waren ein paar harte Tage.«

»Was hast du denn erwartet? Dass diese Situation zum Albtraum wird, war doch klar, aber es ist unser Job, mit Albträumen umzugehen. Dafür sind wir tagein, tagaus ausgebildet worden.«

Bone kniete nieder und hob einen flachen Stein auf. »Vielleicht hatte Gallacher recht und ich bin nicht bereit.« Er ließ den Stein über die Oberfläche gleiten. Der Kiesel hüpfte vier- oder fünfmal und verursachte mehrere Wellen auf dem See, dann sank er unter die Oberfläche.

»Wenn du das denkst, dann solltest du tatsächlich das Weite suchen.«

Bone schaute auf. Walker starrte ihn immer noch an.

»Ich meine es ernst.«

Er sah zu, wie die Wellen wieder verschwanden. »Das kann ich nicht.« Er hob einen zweiten Stein auf.

»Und warum nicht?«

»Ich muss beenden, was nie beendet worden ist.«

»Genau, und deshalb musst du einen klaren Kopf behalten.« Sie tippte sich an die Stirn. »Ich kann nicht glauben, dass ich dir sagen muss, dich zu beherrschen. Was sagst du immer zu uns?«

»Emotionen sind der Feind der Ermittlungen«, erwiderte Bone.

»Korrekt. Und du benimmst dich wie ein emotionaler Trottel.« Sie blickte in Richtung einer Holzhütte am anderen Ende des Parkplatzes.

»Komm, ich geb dir einen aus«, sagte sie.

Das winzige hölzerne Café war menschenleer und mit einem halben Dutzend billiger Plastiktische und -stühle ausgestattet. Sie setzten sich, und ein junger bärtiger Mann mit langen ungekämmten Haaren trat aus dem hinteren Teil der Hütte. Er sah etwas erschrocken aus.

»Guten Morgen, Fergus«, sagte Walker, als er sich ihrem Tisch näherte, wobei ihn der stechende Geruch von Kräuterzigaretten verfolgte.

»Detectives«, sagte er mit leichtem Entsetzen. »Was kann ich Ihnen bringen?«

»Ich nehme das, was Sie rauchen«, sagte Bone.

»Wie bitte?«, erwiderte Fergus mit Panik in den Augen.

Walker schritt ein, um ihn zu retten. »Zwei Kaffee, beide schwarz, einer mit zwei Stück Zucker.«

»*Aye*, kommt sofort«, sagte Fergus und machte sich an der Kaffeemaschine zu schaffen.

Wenige Augenblicke später war er zurück und stellte die Getränke vorsichtig auf den Tisch. Er verweilte einen Moment, als wollte er etwas sagen, dann rieb er seine Augen und zog sich zurück.

»Trink!«, befahl Walker.

Bone nahm einen Schluck. »Danke.« Er blickte auf. »Gott, ist der gut.«

»Fergus ist der beste zugedröhnte Barista der Stadt.«

»Nein, ich meine, danke für das hier.«

»Ich habe nur gesagt, was du selbst schon weißt.«

»Hinterwäldler?«

»Die besten.« Walker lächelte und nahm einen Schluck. »Gott, du hast recht. Ich frage mich, wie seine Kuchen sind.«

»Wahrscheinlich verboten gut.«

»Ich habe noch einmal über unsere beiden Verdächtigen nachgedacht. Und um ehrlich zu sein, bin ich von keinem von ihnen überzeugt.« Walker wandte sich wieder ihrem Fall zu.

»Nicht überzeugt?«

»Von ihrer Schuld.« Sie stellte die Tasse ab. »Meiklejohn ist nichts weiter als ein trauriger, gebrochener, alter, alkoholkranker Verrückter. Und McLean – na ja, zugegeben, er ist ein übler Kerl, und ich habe keinen Zweifel daran, dass er seine Frau misshandelt hat. Aber nichts spricht dafür, dass er sie auch getötet hat.«

»Was, wenn er versucht, mich zu belasten?«

»Was?«

»Das ist der Grund, nun ja, einer der Gründe, warum ich so aufgewühlt war. Diese Ermittlerin aus

Edinburgh hat mich praktisch beschuldigt, die ganze Sache inszeniert zu haben.«

»Das ist Wahnsinn.«

»Nicht, wenn der Oberstaatsanwalt ihnen weismachen will, dass ich nicht ganz richtig im Kopf bin.«

Walker rührte in ihrem Kaffee.

»Und vielleicht hat er Meiklejohn irgendwie in die Sache hineingezogen. Ihn benutzt«, fuhr Bone fort.

»Wow, das ist eine ziemliche Theorie.«

»Manchmal muss man es so weit hinausschieben, wie es geht, um zu wissen, wie weit man es wieder hereinholen kann.«

»Unglaublich.«

»Was?«

»Der unfassbare Mist, der manchmal aus deinem Mund kommt«, scherzte sie. »Und was jetzt?«

»Wir graben in aller Ruhe weiter in McLeans Geschichte.«

»Aber wenn es stimmt, dass er dich manipuliert, wie willst du dann verhindern, dass er uns alle zu Fall bringt?«

»Die Wahrheit kommt raus. Das tut sie immer.«

»Ich bin mir nur nicht sicher, ob du mit McLeans Motiven richtig liegst. Ich denke, sein Verhalten hat eher mit Schuldgefühlen und der Verschleierung seiner Frauenfeindlichkeit zu tun. Aber wie du schon sagst, lohnt es sich, in der Vergangenheit dieses Scheißkerls herumzustochern. Er muss gestoppt werden, egal, wie es weitergeht.«

Sie tranken ihren Kaffee aus. Fergus kam aus dem Hinterzimmer zurück und sah noch zugedröhnter aus.

»*Cheers!* Einen schönen Tag, Detectives«, sagte er mit einem breiten, verträumten Strahlen.

»Ihnen auch«, erwiderte Walker.

Sie und Bone standen auf, um zu gehen.

»Ich bin mir ziemlich sicher, dass er da oben ein ultraviolettes Gemüsebeet hat«, sagte Walker und zeigte auf die Dachbodenluke.

»Nun, ich werde nicht derjenige sein, der sich zwischen West Stirlingshire und den besten Kaffee der Gegend stellt. Du etwa?« Bone lächelte.

»Der Kopf funktioniert also wieder?« Walker tippte erneut an ihre Schläfe.

»Kurzzeitiger Signalverlust. Der knallharte Cop ist wieder da.«

»Okay, freut mich, zu hören. Aber er ist ziemlich blass, wenn du meine ehrliche Meinung willst.«

»Wir machen besser weiter, bevor noch jemand diesen Fall komplett versaut.«

»Es ist eine Frage der Ehre, wer von uns das zuerst schafft«, erwiderte Walker.

Zurück am Auto, klingelte Bones Handy. Er hörte einen Moment zu und wandte sich dann an Walker. »Es ist Baxter. Sie hat den Namen eines ehemaligen Häftlings, der fast zwei Jahre lang eine Zelle mit Meiklejohn geteilt hat.«

»Wissen wir, wo diese Person jetzt ist?«

»Willst du raten?«, fragte Bone.

Walker startete den Wagen.

ZWEIUNDZWANZIG

Das zerbröckelnde viktorianische Gebäude des Braefells-Hochsicherheitsgefängnisses war ebenso hässlich wie der Siebzigerjahre-Klotz des Polizeireviers in Kilwinnoch. Beide hätten sie sich vermutlich um den Preis für das hässlichste Gebäude des Landes schlagen können. Das Gefängnis war von einem presbyterianischen Psychopathen entworfen worden, um jene körperlichen Strafen zu verhängen, die die Kirche jedem Lebewesen auferlegen konnte. In den vergangenen Jahren hatte die schottische Gefängnisverwaltung versucht, das Gefängnis zu modernisieren, um einen kompletten Neubau zu vermeiden. Das Ergebnis war weniger ein polierter Scheißhaufen als eine Bremsspur aus Exkrementen – nicht einmal den unmenschlichsten Menschen würdig. Bone betätigte den Sicherheitssummer mit der Aufschrift »Nur für Gäste«, der neben einer stahlverstärkten Tür angebracht war.

»Bist du okay?« Bone blickte zu Walker hinüber, die etwas beunruhigt wirkte.

»Ich hasse Gefängnisse«, sagte sie mit einer Grimasse.

»Sie sind nicht dafür gemacht, gemocht zu werden«, erwiderte Bone. »Besonders nicht dieses hier.«

Der Summer kreischte und zischte, und eine gackernde Stimme ertönte durch den winzigen Lautsprecher.

»Tut mir leid, das habe ich nicht verstanden«, sagte Bone.

»Du musst den Knopf drücken, wenn du sprichst«, sagte Walker und zeigte auf das Bedienfeld.

Bone versuchte es erneut.

»Name und Gefangener, den Sie besuchen, bitte«, unterbrach die Stimme das Rauschen.

»DCI Bone und DI Walker. Wir möchten zu Derek Grechan.«

Der Summer schrillte erneut, dann klickte die Tür und schwang langsam auf. Ein stämmiger Gefängniswärter in einem weißen Kunstfaserhemd erschien.

»Ausweise, bitte!«, sagte er streng.

Bone und Walker hielten pflichtbewusst ihre Identifikationen hoch. Der Wärter musterte sie einen Moment lang, dann ließ er die beiden eintreten. Sie folgten ihm durch einen schmalen Korridor, der vollständig von Stahlwänden umgeben war. Als sie sich der Sicherheitskontrolle im Flughafenstil näherten, erkannte Bone einen der Beamten am Durchleuchtungsgerät.

»Bob, wie geht es Ihnen?«, fragte Bone, stellte seinen Rucksack auf ein Tablett und leerte seine Taschen.

»Ah, Inspector Bone. Sie sehen gut aus, wenn man bedenkt …«, sagte der stämmige Beamte und nickte Bones Narbe zu. »Was führt Sie ins Hotel California?«

»Wir wollen zu Derek Grechan.«

»Gott, das ist ein übler kleiner Kerl. Viel Glück.« Bob verzog das Gesicht.

»Wir brauchen ein paar Informationen und ich hoffe, die Sache ein bisschen zu erleichtern«, sagte Bone mit einem Blick auf seine Tasche.

Der Wachmann lächelte, schob das Tablett durch das Röntgengerät und sprach kurz mit dem Mann, der den Bildschirm überprüfte, bevor er Bone durch den Scanner winkte.

»Alles klar, Inspector«, sagte Bob und reichte ihm seine Tasche. »Sammeln Sie den Rest auf dem Weg nach draußen wieder ein.«

»*Cheers*, Bob. Ich schulde dir was.«

Bob grinste. »Viel Spaß! Ich kann nicht sagen, dass ich dich beneide.«

Sie folgten dem ersten Wärter weiter in die Eingeweide des Gefängnisses. Als sie eine dritte Tür erreichten, tippte er einen Code ein, und sie gingen weiter. Ein erneutes Tor führte sie in ein Atrium mit Zellen auf verschiedenen Ebenen auf beiden Seiten und einem Zwischengeschoss, das von freiliegenden Trägern gestützt wurde, die an das viktorianische Mauerwerk geschraubt waren, das bedrohlich über ihren Köpfen schwebte. Seltsamerweise waren hier keine Gefangenen zu sehen.

»Wo sind die Häftlinge?«, fragte Bone.

»Sie machen gerade Mittagspause in ihren Zellen«, antwortete der Wärter.

Sie durchquerten die Etage, gingen durch ein viertes Sicherheitstor und gelangten in einen nüchternen fensterlosen Besuchsraum mit Tischen und Stühlen in regelmäßigen Abständen und durchsichtigen Schirmen, die die Tische in zwei Teile trennten. Über die gesamte Länge des Raums verliefen grelle Lichtbänder, die den Raum mit einem brutalen gelb-weißen Licht erfüllten und dem Besuchsraum die Atmosphäre eines Schlachthofs verliehen.

»Nehmen Sie Platz, ich bringe Grechan runter.« Der Wächter verschwand durch das Tor.

»Nett hier«, sagte Walker und sah sich um.

»Ich habe nicht den Eindruck, dass Rehabilitation bei irgendjemandem hier hoch im Kurs steht, du?« Bone setzte sich an den nächstgelegenen Tisch und holte sein Notizbuch aus dem Rucksack.

Walker gesellte sich zu ihm, und einen Moment lang saßen sie schweigend da und ließen die Atmosphäre auf sich wirken, während sie auf Grechan warteten. Ein paar Minuten später rasselte der Käfig, und ein ungepflegter Mann mittleren Alters in einem verschwitzten Oberteil und einer herunterhängenden Trainingshose betrat den Raum. Er wurde von dem Gefängniswärter und einem von zwei weiteren Wärtern begleitet, die sich der Gruppe angeschlossen hatten.

»Setzen Sie sich bitte«, sagte Bone, ohne mit dem Häftling Blickkontakt aufzunehmen.

»Verdammt noch mal, was ist denn mit Ihrer Rübe passiert?« Grechan musterte Bones Verletzungen. »Verwandeln Sie sich gleich in einen von diesen formlosen Terminator-2-Typen?«

»Benimm dich, Grechan!«, unterbrach ihn der Wächter.

»Was soll das alles? Ich habe keinen Besuch angefordert«, brummte Grechan.

»Das ist kein Freundschaftsbesuch«, sagte Walker. »Wir wollen Ihnen ein paar Fragen stellen.«

»Ich habe keine Lust mehr, mit euch Schwänzen zu reden. Ich bin mir nicht sicher, ob ich den Geruch ertragen kann.«

»Pass auf, was du sagst!«, wiederholte der Beamte und beugte sich vor, um Grechan gegen die Schulter zu stoßen.

»Schon gut, Officer«, mischte sich Bone ein und bedeutete dem Wächter, sich zurückzuziehen. Er griff wieder in seine Tasche und holte erst eine Schachtel Zigaretten hervor, dann eine zweite, und legte sie auf den Tisch.

Grechans Augen weiteten sich. »Wie haben Sie …?«, fragte er, hielt aber inne, als Bone eine dritte Schachtel auf den Tisch legte und lächelte. Grechan ließ sich langsam auf den Platz ihm gegenüber gleiten.

Der Wächter positionierte sich etwa zwei Meter hinter ihm, nah genug, um ihn notfalls zu überwältigen.

»Ich bin DCI Bone und das ist DI Walker«, fuhr Bone fort.

Grechan grinste Walker an. »Ich mag Ihre Gesellschaft, Inspector.«

Bone nahm eine der Zigarettenschachteln und schob sie zurück in seinen Rucksack. Grechan schnaubte und schüttelte den Kopf.

»Sie sind wegen Mordes und mehrfacher schwerer Körperverletzung angeklagt, ist das richtig?«

»Selbstverteidigung«, erwiderte Grechan.

»Sie haben in einer Nacht drei Mitglieder derselben Familie ermordet«, fügte Bone hinzu.

»Es war eine Töten-oder-getötet-werden-Situation.«

»Im Jahr 2008 sind Sie wegen Körperverletzung verurteilt worden und saßen zwei Jahre im Gefängnis von Balmalloch.«

»Was? Das ist ewig her«, antwortete Grechan. »Irgendein Penner hat mir in einer Kneipe eine reingehauen.«

»Sagen Sie bloß, das war auch Selbstverteidigung?«, fragte Bone.

Grechan zuckte mit den Schultern.

»Während Ihrer Zeit in Balmalloch haben Sie sich eine Zelle mit Robert Meiklejohn geteilt, ist das richtig?«

Die Farbe wich augenblicklich aus Grechans Gesicht. »Was ist mit ihm?«

»Wie ist das gelaufen?«

»Ich spreche nicht gern über ihn.«

»Wir wissen, dass er nicht so nett ist wie Sie.«

»Vergleichen Sie mich nicht mit ihm!«, zischte Grechan. »Ich habe möglicherweise ein kleines Wutproblem, aber er hatte Probleme damit, ein menschliches Wesen zu sein. Die Art und Weise, wie er weitergemacht hat, war erschreckend.«

»Wissen Sie, ob er viele Besucher hatte?«, fragte Walker müde.

»Sein alter Herr hat ihn immer besucht«, meinte Grechan. »Ich erinnere mich an ihn, er hat die gleichen Gene wie er.«

»Sonst niemand?«

Grechan beäugte die Zigaretten, und Bone legte die Schachtel zurück auf den Stapel.

»Er hatte eine Freundin, wenn man sie so nennen kann.«

»Wirklich?«, fragte Walker.

»Ja. Ich weiß. Kaum zu glauben. Sie hat ihn ziemlich oft besucht. Er hatte einen Namen für sie. Wie war der noch gleich …« Er hielt inne und dachte nach. »Sein Mentalgefäß, das war es. Verdammter Spinner! Er hat immer mit mir über sie gesprochen und ziemlich hässliches Zeug von sich gegeben. Er hat gesagt, er würde sie brechen wie Glas.«

»Er wollte sie umbringen?«, unterbrach Walker ihn.

»Nein. Ich weiß nicht. Vielleicht hat er das getan, als er rausgekommen ist, wer weiß? Nein, er wollte in ihre Gedanken eindringen und sie mit seinem Unsinn füttern. Eine Art von Gehirnwäsche.«

»Was hat er ihr aufgetragen?«, drängte Bone.

»Keine Ahnung, wahrscheinlich ziemlichen Bullshit. Er hat immer einige der Briefe vorgelesen, die sie ihm geschrieben hat. Mein Gott! Die würde jeden und alles für ihn ficken. Er hat sich kaputtgelacht. Er hat sie nach Strich und Faden verarscht.«

»Können Sie sich an ihren Namen erinnern?«

»Er hat sie immer nur sein Mentalgefäß genannt.«

»Wie sah sie aus?«

»Ein junges Mädchen, viel zu jung für ihn und sehr hübsch, aber sie schien ein bisschen …«

»Ein bisschen was?«

»Na anders eben. Von der anderen Seite.«

»Eine Katholikin?«, fragte Bone.

»Nee, andersrum, verstehen Sie?«

»Eine Lesbe?«, wiederholte Walker.

»*Aye.*«

»Und wie genau sieht eine Lesbe aus?«, hakte Walker nach.

»Na ja, einfach wie jemand, der auf Frauen steht.«

»Ausgezeichnet, danke für die Klarstellung«, antwortete Walker knapp.

»Ich habe immer gewusst, dass der Idiot eines Tages jemanden ermorden würde«, fuhr Grechan fort.

»Ein Esel schimpft den andren Langohr, was?«, erwiderte Walker schnippisch.

»Und wie lange ging das zwischen den beiden?«, schaltete sich Bone ein.

»Keine Ahnung, er wurde nach acht Monaten versetzt.«

»Also mindestens acht Monate, oder?«

»*Aye*, mindestens. Genug Zeit, um sie total von sich abhängig zu machen.«

»Und sonst hat ihn niemand besucht?«

»Nicht, dass ich wüsste. Er war nicht gerade beliebt, oder?«

Bone stand auf. »Das ist alles für den Moment.«

»Ist es das?«, fragte Gechan. »Also keine Begnadigung für mich?«

Der Gefängniswärter an der Tür näherte sich.

»Hallo Liebling, hast du mich vermisst?«, neckte Grechan den Beamten, der ihn aufforderte, aufzustehen.

Auf seinem Weg um den Tisch herum schnappte sich der Häftling die Zigarettenschachteln und stopfte sie in die Taschen seines Trainingsanzugs. Beim Verlassen des Raums quiekte er laut wie ein Schwein, das durch den Fleischwolf gedreht wurde, dann lachte er lauthals und folgte dem Wärter zurück in seine Zelle.

DREIUNDZWANZIG

Zurück auf dem Revier rief Harper Bone an seinen Schreibtisch.

»Vor ein paar Tagen habe ich dem Archiv eine Erinnerungsmail geschickt, um die Meiklejohn-Akten, einschließlich der Videos, herauszusuchen«, sagte Harper. »Nun, ich habe gerade eine Antwort von Sam Tozier erhalten.«

»*Aye.* Er ist der Verantwortliche da unten – oder sollte es zumindest sein«, antwortete Bone.

»Das Nachrichtenfeld war leer, aber er hat zwei Dateien angehängt«, sagte Harper. »Ein PDF und das hier.« Er wollte auf die Datei klicken, hielt aber inne; sein Finger schwebte über der Maus.

»Los!«, drängte Bone.

Harper öffnete die Datei und betätigte die Abspieltaste.

Ein Video lief auf Harpers Bildschirm ab. Das Bild wirkte zunächst abstrakt, und Bone legte den Kopf schief, um zu erkennen, was er vor sich hatte. Dann begriff er. Es war die Nahaufnahme eines Kopfes, der ganz in schwarzes Klebeband eingewickelt war. Zu sehen war lediglich ein entsetzlich vertrautes linkes Auge, das heftig blinzelte. Innerhalb weniger Sekunden füllte Rauch den Bildschirm, begleitet von einem dumpfen Schrei. Dann erschienen winzige Flammen an den Rändern des mit Klebeband umwickelten Kopfes. Das Stöhnen wurde lauter und das Feuer größer, bis der Kopf vollständig in Flammen stand, die Oberfläche des Klebebands sich löste und darunter schmelzende Haut und blubberndes Fleisch zum Vorschein kamen. Ebenso wie ein klaffender Mund, ein freiliegender geschwärzter Wangenknochen und ein Augapfel, der brutzelte und schrumpfte wie ein Pilz in der Bratpfanne.

Bone streckte die Hand aus und hämmerte auf Harpers Tastatur herum. »Stopp!«, schrie er.

Harper pausierte das Video und sah zu Bone auf, der entsetzt sein Gesicht hielt.

»Ist das ein weiterer Mord?«, fragte Harper schockiert.

»Sie haben von einem PDF gesprochen?«, fragte Bone schließlich.

»Äh, ja«, stotterte Harper.

»Gut, dann zeigen Sie es mir!«

Harper schüttelte sich aus seiner Verblüffung, fand die Datei, lud sie herunter und öffnete sie. Es war eine Kopie von Sam Toziers Dienstausweis, und darunter standen die Worte *Kuckuck, der Zweite.*

»Verdammtes Schwein!«, brüllte Bone.

»Was ist los?«, fragte Walker und kam auf ihn zu.

»Zeigen Sie Rhona das Video«, sagte Bone zu Harper. »Ich brauche frische Luft.«

Oben auf dem Dach schlug Bone die Feuerschutztür hinter sich zu. Sie prallte am Schloss ab und schwang erneut auf, also schlug er sie wieder und wieder zu und trat dann dagegen. Er lief bis zum Rand des Gebäudes und lehnte sich über das Geländer. Nach einigen Augenblicken, in denen er den Himmel anbrüllte, wandte er sich wieder dem Revier zu. Eine Gestalt lauerte in den Schatten neben der Klimaanlage. Er näherte sich ihr, doch der Schatten schien sich weiter hinter das Metallgehäuse zurückzuziehen.

»Wer ist da?«, rief er.

»Mein alter Freund«, raunte die Gestalt.

Bone erkannte sofort Meiklejohns vertraute näselnd dünne Stimme.

»Ich bin nicht dein verdammter Freund!«, brüllte Bone seine Halluzination an.

Die Kreatur beugte sich nach vorn ins Licht und entblößte ihren zerbombten Schädel, der teilweise unter einer tiefschwarzen Kapuze verborgen war.

»Du bist in meinem Kopf!«, brüllte Bone.

»Mit wem sprichst du?« Walkers Stimme durchbrach seine unwillkommene Trance.

Er drehte sich um. Sie stand direkt hinter ihm und spähte in die Dunkelheit.

»Walker. Mein Gott!«, rief Bone aus.

»Mit wem sprichst du?«, fragte Walker wieder.

Bone rieb seine pochende Schläfe. »Mit meinem Gewissen.« Er holte tief Luft. »Ich nehme an, du hast das Video gesehen?«

»Schrecklich«, antwortete Walker und schielte ein zweites Mal in Richtung Wand. »Die Aufzeichnungen bestätigen, dass sich Sam Tozier letzten Donnerstag, also vor fünf Tagen, krankgemeldet hat.«

»Was hat er angegeben?«

»Migräne. Ausgerechnet.«

»Verheiratet?«

»Ich habe keine Ahnung, aber ich werde es herausfinden.«

»Wir müssen seine Bewegungen während seiner Abwesenheit nachverfolgen.« Bone knallte die Tür zum Notausgang erneut zu. »Scheiße! Wir müssen diesen Wahnsinnigen aufhalten. Und zwar jetzt, verdammt noch mal!«

Bone eilte zurück ins Gebäude und, mit einem letzten Blick übers Dach, folgte Walker ihm nach unten.

Gallachers Reaktion auf die verheerende Nachricht war seltsam zurückhaltend, und zu Bones Erleichterung war Tennyson nicht in der Nähe. Aber er nahm an, dass es nur eine Frage der Zeit war, bis sie die Hunde auf ihn hetzen würde. Also setzten sie die Ermittlungen fort, entschlossener denn je, den Schuft zu erwischen und das Töten zu beenden.

In den folgenden Stunden wurde Harper damit beauftragt, Toziers Laptop nach Hinweisen auf seine Aktivitäten vor seinem Verschwinden zu durchforsten. Doch seine Suche brachte einige beunruhigende Details über Toziers Privatleben ans Licht. Ein Suchverlauf ergab, dass Tozier des Öfteren eine Website namens *The Pet Shop* besucht hatte, die sich als berüchtigtes Portal für Dogging – einer Spielart von Exhibitionismus – entpuppte, auf dem sich Gleichgesinnte über nächtliche Vergnügungen austauschen konnten.

Als Bone und Walker Toziers verzweifelte Lebensgefährtin befragten, erzählte diese ihnen, dass Sam in der Nacht seines Verschwindens angeln gegangen war, was er je nach Wetterlage ein- bis zweimal im Monat tat. Aber Bone vermutete, dass es bei seinen nächtlichen Angelabenteuern um etwas ganz anderes gegangen war als darum, den großen Fang zu machen.

»Mein Gott, seine arme Lebensgefährtin«, rief Walker aus, nachdem Harper sie aufgeklärt hatte.

»*Aye*«, sagte Bone und wandte sich der Pinnwand zu. »Nicht gerade ein gutes Zeugnis für die männliche Spezies, was?«

»Könnte Tozier erpresst worden sein, die Kuckuck-Akten zu stehlen?«

»Das ist durchaus möglich«, stimmte Bone zu. »Tozier hatte eine Menge zu verlieren.« Er wandte sich an Harper. »Sie haben einen Ort erwähnt, an dem sich die hiesigen Dogger treffen – nennt man die so?«

»Sie meinen die LA Dodgers«, scherzte Mullens.

»Am Foresthills-Parkplatz, Sir«, antwortete Harper.

»Das ist sehr kenntnisreich, Will.« Mullens grinste.

»Die Treffpunkte sind in Toziers Computer aufgeführt. Außerdem ist das doch allgemein bekannt, oder nicht?«

Mullens verdrehte die Augen.

»Das Naturschutzgebiet?«, unterbrach Bone. »Es ist wunderschön da oben. Was sind das für kranke Leute, die einem so besonderen Ort so etwas antun?«

»Verdammte Hundebesitzer!«, warf Mullens zurück.

Auf dem Parkplatz war es ruhig. Zwei Autos und ein weißer Lieferwagen standen vor der atemberaubenden Aussicht auf das Campsie-Tal.

»Geht es nur mir so, oder fühlt sich dieser Ort ein bisschen *bäh* an?«, fragte Walker.

»Ja, leider.« Bone stieg aus.

Walker folgte ihm. Der weiße Lieferwagen sprang an und verließ den Parkplatz.

»Habe ich etwas Falsches gesagt?«, fragte Walker scherzend.

Sie trennten sich. Walker steuerte auf einen geparkten Fiesta am rückwärtigen Zaun zu, und Bone machte sich auf den Weg zum Unterstand. Als Walker sich dem Fahrzeug näherte, öffnete sich das Beifahrerfenster einen Spalt und eine dicke Rauchwolke strömte heraus. Der stechende Geruch von Gras schlug ihr ins Gesicht. Sie klopfte gegen die Windschutzscheibe. Drinnen saßen zwei Halbstarke in Trainingsanzügen. Walker drückte ihren Ausweis gegen die Scheibe, und nach ein paar Sekunden panischen Herumfuchtelns öffnete sich das Fenster.

»Hallo, Jungs«, sagte Walker. »Was macht ihr denn da?«

»Äh, was?«, fragte einer der Typen, der offensichtlich versuchte, seine Lippen mit seinem Gehirn zu koordinieren.

»Was treibt ihr hier?«, versuchte Walker es aufs Neue.

»Wir genießen die Aussicht«, fuhr der Junge fort.

Der andere hustete.

»Ich verstehe. Ihr nehmt nicht zufällig an unzüchtigen Aktivitäten teil, oder?«

»Was?«, erwiderte der erste Junge schockiert, während sich das Husten des zweiten verstärkte.

»Ihr wisst, dass diese Gegend unter polizeilicher Beobachtung steht?«, log Walker.

»Richtig, äh, nein, das wussten wir nicht.« Der Junge schüttelte den Kopf, aber er sah aus, als würde ihn die Paranoia übermannen. »Dann machen wir mal die Fliege.«

»Tut das, aber bevor ihr geht …« Walker machte eine bedeutungsschwere Pause.

Der Junge starrte sie direkt an. Offenbar erwartete er das Schlimmste.

»Ihr zwei wart Samstagnacht nicht auch hier oben, oder?«

»Nachts?«, fragte der Junge.

»So gegen Mitternacht?«

»Himmel, nein! Ich würde mich hier nachts nicht blicken lassen.«

»Du stehst also nicht auf so etwas?«

»Was? Gott, nein!« Der zweite Junge lachte nervös. »Das ist doch totaler Stuss.«

»Aber die Kamera da oben«, Walker deutete vage auf die Bäume, »könnte denken, dass ihr genau das tut. An eurer Stelle würde ich mich jetzt verziehen, bevor ich euch wegen Drogenbesitzes verhafte, okay? Und sagt euren Kifferkumpels, dass sie sich ebenfalls fernhalten sollen!«

»Scheiße!«, sagte der erste Junge. Er schloss das Fenster, ließ den Motor an, drehte den Wagen herum und raste so schnell wie möglich mit seiner Klapperkiste vom Parkplatz.

Walker ging bis zur Ecke und als sie sich umdrehte, um Bone zu suchen, knirschte etwas unter ihren Füßen. Es war eine winzige Flasche – ein Injektionsfläschchen.

»Junkies«, murmelte sie. Sie schaute genauer hin, um das Label zu lesen, das an der Seite klebte. *Verdammt!* Sie pfiff nach Bone, der aus dem Unterstand herauskam und zu ihr lief. »Propofol.« Sie deutete auf das Fläschchen.

»Perverse Sexspielchen?«, fragte Bone.

»Oder Zwangssedierung?«

»Ich rufe das Einsatzteam. Ich glaube, wir haben Toziers bevorzugten Angelplatz gefunden.«

VIERUNDZWANZIG

Auf dem Weg zur Einsatzzentrale entdeckte Bone Baxter hustend im Korridor – sie kam wohl gerade von ihren regelmäßigen Bemühungen, ihre Lunge zu teeren, zurück. Als sie ihn sah, winkte sie.

»Sir«, keuchte sie.

»Haben Sie die Liste von Meiklejohns Besuchern schon erhalten?«, fragte Bone.

»Ja, und es hat verdammt lange gedauert. Der schottische Strafvollzugsdienst ist ungefähr so effizient wie ein schottischer Zug. Ich habe noch etwas anderes Interessantes gefunden.« Sie nickte enthusiastisch. »McLeans Telefonaufzeichnungen haben etwas zutage gefördert.« Ihre Stimme schallte durch den Korridor.

»Sschh! Gute Güte.« Bone deutete auf das Büro von Gallacher.

»Tut mir leid, Sir.«

Gemeinsam gingen sie zurück in die Einsatzzentrale, wo sie das Spreadsheet öffnete.

»Also, zunächst einmal habe ich die Besucherlisten zu der Zeit, in der Meiklejohn gesessen hat, überprüft. Während eines Zeitraums von sieben Monaten hat er häufige Besuche von einer Frau namens Jennifer Bailey erhalten.«

»Wie häufig?«, fragte Bone.

»Wöchentlich, manchmal zweimal wöchentlich.«

»Haben wir Informationen zu ihr?«

»Noch nicht, was sehr merkwürdig ist. Ich kann absolut keinen Hinweis auf ihre Existenz finden, außer ihrem Namen in den Gefängnisunterlagen.«

»Suchen Sie weiter!«

»Natürlich.« Sie lächelte. »Jetzt McLean.« Sie wechselte den Bildschirm und öffnete eine weitere Akte. »Ich habe seine Anrufe am Dienstagabend überprüft. Er hat dreimal dieselbe Nummer angerufen, um achtzehn Uhr siebenunddreißig, um zwanzig Uhr zwölf und dann noch einmal um zwanzig Uhr dreiunddreißig. Der letzte Anruf dauerte über eine Stunde.« Sie scrollte nach oben. »Als ich dann weiter zurückgegangen bin, ist diese Nummer immer wieder aufgetaucht.«

»Ist es eine geschäftliche Nummer?«

»Nein, ein Handy, registriert auf eine Adresse in Bearsden.«

»Name?«

»Jawohl«, sagte Baxter triumphierend. »Eine Ms Claire Shaw.«

»Arbeitet sie für seine Kanzlei?«

»Nein, auch das habe ich überprüft. Sie hat früher für eine kleine Marketingfirma gearbeitet, ist aber vor vier Jahren gegangen.«

»Okay, ich denke, wir müssen herausfinden, wer diese Ms Shaw ist.«

»Harper, ich habe einen Job für Sie«, rief Bone.

Harper, der den Kopf halb in seiner Tastatur vergraben hatte, fiel vor Überraschung fast vom Stuhl.

»Ich möchte, dass Sie zu Advocate McLeans Haus fahren und ein Auge auf ihn werfen. Benutzen Sie Ihren eigenen Wagen!«

»Ich, Sir?«

»Ja, Sie.«

»Ich soll sein Haus beobachten? In meinem Auto?«

»Verdammt noch mal, Harper, das nennt man Polizeiarbeit. Ich erkläre es Ihnen, wenn wir weniger zu tun haben.«

»Ich soll ihn beschatten?«

»Wenn Sie es so nennen möchten. Parken Sie einfach in einem diskreten Abstand und schreiben auf, wann er kommt. Wenn er geht, folgen Sie ihm!«

»Ja, Sir«, sagte Harper und versuchte, seine Aufregung zu zügeln.

»Er kennt Sie nicht, und Sie sehen nicht gerade wie ein Polizist aus, vor allem nicht in diesem Defibrillator von einem Auto.«

»Sie haben gut reden«, unterbrach Mullens.

»Ich bin schon auf dem Weg, Sir.« Harper strahlte.

»Und rufen Sie mich an, wenn er sich bewegt, okay?«

»Sir.« Er eilte zurück zu seinem Schreibtisch, schnappte sich seine Jacke und stürmte hinaus.

»Mullens?«, fuhr Bone fort.

»Aye?«

»Sie beobachten Meiklejohn, aber sorgen Sie dafür, unentdeckt zu bleiben. Ich weiß, das ist eine unmögliche Bitte. Ein Blinder in einem Schneesturm würde Sie kommen sehen.«

Die Doppelhaushälfte von McLeans geheimnisvoller Anruferin befand sich in einer begrünten Allee am Rande von Bearsden, einem der geselligeren Vororte Glasgows. Walker parkte den unauffälligeren Wagen des Fuhrparks drei oder vier Häuser weiter und Bone nahm das Anwesen in Augenschein.

»Dann warten wir mal auf ein Lebenszeichen«, wies er an. Doch nach etwa zwanzig Minuten blies er seine Backen auf und öffnete die Tür. »Du bleibst hier und behältst die Straße im Auge.«

Er ging langsam auf das Haus zu. Die Jalousien im Erdgeschoss waren zugezogen, aber vor der Haustür stand eine volle Milchflasche. Er ging den Weg hinauf und spähte an der Seite des Hauses vorbei, wo ein Nissan Micra in einem Carport stand. Er klopfte an die Tür und trat zurück. Keine Antwort. Er wollte gerade erneut klopfen, als sein Handy klingelte.

»Verdammt«, murmelte er. Er kramte in seinem Mantel und ging schnell ran.

»McLean ist im Anmarsch«, warnte Walker.

»Himmel, Herrgott, Sakrament!« Er eilte zum Carport und versteckte sich hinter einem Mülleimer, als ein champagnerfarbener Mercedes vorfuhr.

McLean erschien mit Supermarktblumen in der Hand. Er strich ein paar verirrte Locken glatt und marschierte den Weg zum Haus hinauf. Bone duckte sich tiefer. Die Tür öffnete sich, bevor er sie erreichte, und eine Frau mit einem Kleinkind im Arm stand im Türrahmen. McLean streckte ihr die Blumen entgegen, doch als sie versuchte, ihm die Tür vor der Nase zuzuschlagen, streckte der Anwalt seinen Fuß aus, trat die Tür auf und verschwand im Haus.

Bone kroch hinter dem Mülleimer hervor und schlich sich zum Fenster, um zu lauschen. Kurzzeitig war alles still, doch dann hörte er Stimmen – eine Frau schrie, gefolgt von McLeans dröhnendem Bariton. Bone konnte nicht verstehen, was gesagt wurde, also ging er näher an die Tür und presste sein Ohr an die Oberfläche. Mit einem lauten Klicken schwang sie auf und er sprang zurück. Die Tür fiel kraftvoll wieder zu. Schnell zog er sich hinter den Mülleimer zurück.

Die Tür polterte und klapperte in den Angeln, als versuchte jemand, sie entweder zu öffnen oder geschlossen zu halten. Er wollte gerade zurückkehren und anklopfen, weil er befürchtete, McLean könnte die Frau belästigen, doch in dem Moment flog die Tür aufs Neue auf und McLean stürmte heraus – gefolgt von seinem Blumenstrauß, der ihn direkt am Hinterkopf traf. Er ignorierte die Blumen und zog sich zu seinem Auto zurück, wobei eine einzelne Rose noch immer in seinen Haaren hing. Die Frau schlug die Tür zu und mit quietschenden Reifen raste McLean die Straße hinauf. Als die Luft rein war, kam Bone hinter der Mülltonne hervor und kehrte zu Walker zurück, die besorgt im Auto wartete.

»Sieht so aus, als hätte unser Ehrenmann eine Geliebte, die nicht besonders verliebt in ihn zu sein scheint.«

»Dieser schleimige Scheißkerl«, sagte Walker.

»Und ein Kind gibt es auch noch.«

»Seins?«

»Das müssen wir herausfinden. Komm!« Bone stieg bereits wieder aus.

»Wir statten ihr einen Besuch ab?«, fragte Walker überrascht.

»Natürlich.«

»Aber sollten wir uns nicht zurückhalten? Schließlich geht es um McLean?«

»Ich bin gerade nicht in der Stimmung, vor diesem widerwärtigen Menschen zurückzuschrecken, du etwa?«

Walker lächelte und folgte ihm nach draußen.

Nachdem sie mehrmals geklopft hatten, flog die Tür auf.

»Ich hab dir doch gesagt, dass du wegbleiben sollst!«, rief die Frau, aber als sie die erschrockenen Polizisten sah, verzog sie das Gesicht. »Oh, Entschuldigung«, sagte sie verlegen.

»Guten Tag. Ich bin DCI Bone und das ist DI Walker. Könnten wir uns kurz unterhalten?« Bone hielt seinen Ausweis hoch.

»Entschuldigung, wer?«, fragte die Frau, deren Mascara verschmiert war. Sie war deutlich jünger als McLean, vielleicht Ende zwanzig.

»Wir sind vom Revier Kilwinnoch«, fügte Bone hinzu.

»Worum geht es hier? Ich muss mich um meinen Sohn kümmern …«

»Es wird nicht lange dauern. Wir würden Ihnen nur gern ein paar Fragen stellen.«

»Warum? Ich meine, habe ich wieder vergessen, das Benzin an der Tankstelle zu bezahlen oder so?«

»Nein, nichts dergleichen. Es geht um eine laufende Untersuchung. Wir müssen ein paar Dinge überprüfen. Können wir reinkommen?«

»Äh …« Sie sah die beiden misstrauisch an.

Walker schenkte ihr ein beruhigendes Lächeln und sie ließ sie eintreten.

»Entschuldigen Sie die Störung«, sagte Bone, als sie den mit einer Vielzahl von Spielsachen übersäten Flur durchquerten. »Könnten Sie uns Ihren Namen bestätigen?«

»Ich bin Claire Shaw.«

»Danke.«

Sie führte sie ins Wohnzimmer, das sich in einem ähnlich verwüsteten Zustand befand. Der Junge saß neben dem Fernseher und malte mit einem riesigen blutroten Stift an die Wand.

»David, nein!«, rief Claire. Sie eilte zu ihm und riss ihm den Buntstift aus der Hand.

Er fing an, zu weinen.

»Tut mir leid«, sagte sie.

Sie verschwand für einen Moment und ließ Bone und Walker mit dem schreienden Jungen zurück.

»Ist das ein Haus, das du da gemalt hast?« Bone zeigte auf das Gekritzel an der Wand.

Der Junge hielt kurz inne und musterte Bone, dann nahm er sein ohrenbetäubendes Geschrei wieder auf.

»Das ist gut gelaufen«, flüsterte Walker.

Claire kam mit einem KitKat zurück, brach ein Stück ab und reichte es dem Jungen, der sofort aufhörte, zu kreischen, sich die Schokolade in den Mund steckte und lauthals schmatzte.

»Bitte setzen Sie sich«, sagte die junge Mutter.

Bone schaute sich um, aber alle Sitzgelegenheiten waren mit Spielzeug und anderem Kleinkindkram übersät.

»Oje!«, sagte die Frau, schnappte sich Spielzeug, Teddys und eine Handvoll Legosteine und ließ sie auf den Boden fallen.

Bone und Walker setzten sich, aber Walker sprang abrupt wieder auf, als etwas unter ihr quietschte. Sie förderte einen Spielzeugclown zutage und legte ihn auf den Teppich.

»Also, wie schon gesagt, führen wir im Rahmen unserer Ermittlungen Nachforschungen durch«, fuhr Bone fort.

»Wie kann ich Ihnen helfen?«

»Kennen Sie einen Mann namens Ross McLean?«

Der Gesichtsausdruck der Frau schien nicht zu wissen, welche Emotion er ausdrücken sollte.

»Nein, ich glaube nicht …«, begann sie und ihre Stimme zitterte. »Ich kenne ihn nicht, nein«, sagte sie schließlich wenig überzeugend.

»Ms Shaw, wir haben Advocate McLean vor zehn Minuten Ihr Grundstück verlassen sehen«, meinte Bone.

»Oh, Advocate McLean?«, fragte die Frau mit gespielter Überraschung. »Er hat gerade vorbeigeschaut, weil er mir bei … dem eventuellen Kauf einer Immobilie hilft.«

»Advocate McLean ist nicht diese Art von Anwalt.«

»Er ist ein Freund der Familie.«

»Bringt Ihnen Ihr Anwalt oft Blumen?«, fragte Walker.

Die zunehmend verstörte Mutter sah erst Bone an, dann Walker, dann wieder Bone. Die Tränen kullerten.

»Es ist in Ordnung, Claire. Sie können vertraulich mit uns sprechen«, sagte Walker.

Die Frau, unfähig, ihre Emotionen zu unterdrücken, schluchzte. Ihr Kopf fiel in ihre Hände. Bone blickte zu Walker hinüber, nickte ihr diskret zu und stand auf.

»Tut mir leid, Ms Shaw, ich muss diesen Anruf entgegennehmen«, sagte er – eine Ausrede, um Walker übernehmen zu lassen. Er umschiffte das Chaos und trat in den Vorgarten hinaus.

»Ich will nichts Falsches sagen«, murmelte Claire unter einem Schwall von Tränen.

»Das ist okay, lassen Sie sich Zeit.« Walker lächelte.

»Ich habe es so satt«, fuhr Claire fort.

Walker fischte ein sauberes Taschentuch aus ihrer Tasche und reichte es ihr. »Woher kennen Sie Mr McLean?«

Die Frau putzte ihre Nase. »Es hätte nie so sein sollen – mein verpfuschtes Leben.«

Walker schwieg und ließ die Frau erzählen.

»Alles war prima. Ich hatte einen tollen Job, Freunde … und dann ist *er* passiert.«

»Was ist passiert?«

»David.« Sie blickte zu ihrem Jungen hinüber, dessen Gesicht nun fast vollständig mit geschmolzener Schokolade bedeckt war.

»Ross und ich haben uns vor vier Jahren auf einer Konferenz kennengelernt. Es war nicht mal dieselbe Veranstaltung, ich habe an der jährlichen Tagung der Firma teilgenommen, für die ich gearbeitet habe.«

»Was machen Sie beruflich, Claire?«

»Ich habe damals für eine kleine Marketingfirma gearbeitet. Es war wundervoll.« Sie biss sich auf die Lippe.

»Die Konferenz fand also in einem Hotel statt?«

»Ja. Seine Veranstaltung war eine viel extravagantere Angelegenheit. Kostenlose Getränke, gutes Essen, Band, Party. Meine Kollegin und ich haben uns reingeschlichen.« Sie schnäuzte sich erneut. »Sie wissen sicherlich, wie so etwas abläuft. Zu viel Alkohol und alle verlassen ihre Komfortzone. Als Nächstes unterhalte ich mich mit Advocate McLean, dem Oberstaatsanwalt für ganz Schottland.« Sie verzog das Gesicht, als sie seinen Namen aussprach. »Oder besser gesagt, er hat mich angequatscht, und ich bin voll auf seinen Bullshit reingefallen.« Sie hielt inne, seufzte und fuhr fort. »Eins hat zum anderen geführt – und mein Leben hat sich für immer verändert.«

»Ist der Junge sein Sohn?«

Sie blickte auf. »Was hat er getan?«

»Wir versuchen nur, herauszufinden, was für ein Mann Advocate McLean ist.«

»Oh, das kann ich Ihnen sagen.« Claire runzelte die Stirn. »Er ist ein absolutes Arschloch. Ja, das ist sein Sohn. Er hat die Vaterschaft zunächst geleugnet und mich sogar gezwungen, einen DNA-Test zu machen.«

»Vielleicht sollten Sie …«, meinte Walker plötzlich und nickte in Richtung des Jungen, der gerade Schokolade auf den Fernsehschirm schmierte.

»David!«, rief die Mutter erneut, aber er ignorierte sie weiterhin. Sie schüttelte den Kopf. »Ich hatte keine Ahnung, dass er verheiratet ist, wirklich nicht.«

»Ich weiß, ist schon gut«, antwortete Walker.

»Und er hat monatelang gelogen, verdammt. Ich war so dumm. Seine Frau steht auf Wikipedia, um Himmels willen!«

»Er hat Ihnen also das Leben schwer gemacht?« Walker führte sie sanft an einem weiteren emotionalen Abgrund vorbei.

»Zuerst hat er gedacht, er könnte mich einfach zum Schweigen bringen. Seine kleine schmutzige Affäre«, wütete Claire. »Aber ich kenne meine Rechte, und Advocate McLean kennt sie auch sehr gut. Ich wollte sein schmutziges Geld nicht, aber ich hatte meinen Job verloren und stand kurz davor, auch das Haus zu verlieren. Also habe ich den monatlichen Zahlungen zugestimmt.«

»Hat er sich an die Vereinbarung gehalten?«

»Oh, anfangs schon.« Claire hielt wieder inne.

»Ist schon gut, Sie müssen nicht darüber sprechen.«

»Nein, ich möchte es aber«, sagte Claire. »Er hat angefangen, bestimmte Bedingungen zu stellen, und wenn ich mich beschwert habe, wurden die Zahlungen eingestellt.«

»Was für Bedingungen?«, fragte Walker, obwohl sie ahnte, was kommen würde.

»Ach, wissen Sie, ich musste nett zu ihm sein.« Sie schnitt eine Grimasse. »Meistens zu einer Zeit, zu der seine Frau abends nicht zu Hause war.«

»Schrecklich.« Walker schüttelte den Kopf.

»Und wenn ich mich geweigert habe, ist er aggressiv geworden und hat gedroht, mir das Geld zu streichen. Oder Schlimmeres. Er hatte mich in der Hand.«

»Hat er Sie geschlagen?«

»Nein, aber er ist sehr nahe dran gewesen. Und als ich erklärt habe, sein Geld nicht mehr zu wollen, habe ich sogar gedacht, er könnte mich oder David umbringen. Er macht mir Angst. Er ist ein fieser Typ.«

»Wir werden dem ein Ende bereiten, das verspreche ich.« Walker nahm die zitternde Hand der Mutter. »Ich kann Sie mit einer Organisation in Verbindung bringen, die Ihnen helfen und Sie unterstützen wird.«

Claire wimmerte wieder.

»Möchten Sie, dass ich das tue?«

»Ich möchte einfach nur frei von ihm sein.«

»Das werden Sie«, sagte Walker und drückte sanft ihre Hand. »Soll ich einen Verbindungsbeamten bitten, vorbeizukommen?«

»Ich komme schon zurecht. Er wird heute nicht mehr zurückkommen.«

Walker stand auf. »Okay, ich melde mich wegen der nächsten Schritte.«

Die Mutter folgte ihr und die Last auf ihren Schultern schien nun etwas leichter zu sein.

»Wenn er zurückkommt, rufen Sie mich sofort an!« Walker reichte Claire ihre Karte. »Sie sind nicht mehr allein. Wir stehen hinter Ihnen.«

»Ich danke Ihnen.« Claire umarmte Walker fest.

»Ich werde mich selbst hinausbegleiten«, sagte Walker.

Die junge Mutter kehrte zu ihrem Sohn zurück, der die Vorhänge zu seiner persönlichen Leinwand für seine Schokoladenmalereien gemacht hatte.

Draußen atmete Walker tief ein und stieß dann all ihre angesammelte Wut aus.

»Und?«, fragte Bone.

»Ich erkläre es dir im Auto.« Sie seufzte erneut. »Ich brauche eine Minute, um mich zu beruhigen.«

FÜNFUNDZWANZIG

Mullens griff nach seinem Mantel auf dem Rücksitz und kramte in den Taschen, verzweifelt auf der Suche nach etwas zu essen. Fehlanzeige. *Scheiße!* Als Nächstes durchsuchte er die Innentaschen. Immer noch nichts. Er hatte einen Bärenhunger. Er überprüfte das Handschuhfach und dann die Seitenfächer der Autotür.

»Bingo!« Er zog eine halb verzehrte Packung Rolos heraus. »Gott sei Dank!«, sagte er und stopfte sich gleich zwei in den Mund. »Und danke demjenigen, der zuletzt mit dem Auto unterwegs war.« Ein langer Streifen karamellfarbener Speichel tropfte auf seinen Anzug.

»Fuck«, murmelte er und stopfte sich zwei weitere Pralinen in den Mund, wobei seine Backen nun so dick waren wie die eines Hamsters.

Ein Stück Schokolade war noch übrig. Zum Glück war er allein und musste nicht teilen. Er schob es in den letzten verbleibenden Platz in seiner linken Backe. Mampfend und schmatzend warf er einen

Blick auf Meiklejohns Bruchbude am Ende der Gasse, aber weder er noch sonst jemand war zu sehen.

Er schluckte das halbe Pfund flüssigen Zucker, das sich in seinem Mund angesammelt hatte, kletterte aus dem Auto und ging die Straße hinauf. Als er am Tor ankam, kauerte er sich hinter eine bröckelnde Steinmauer. Während er einen Klumpen Karamell von einem seiner verkronten Backenzähne pflückte, hörte er ein Geräusch. Jemand bewegte sich hinter dem Haus. Wenige Augenblicke später erschien eine Rauchwolke über dem Dach und das Knistern von Flammen war zu hören.

Er hielt sich bedeckt und wagte sich weiter vor. Als er die Hausseite erreichte, rannte er schnell über den Hof und verschwand hinter einem verrosteten Anhänger, dem ein Rad fehlte. Als er sich vorwärtsbewegte, sah er, wie Meiklejohn Gegenstände in ein Lagerfeuer warf. Meiklejohn verschwand, doch nur wenige Augenblicke später war er mit noch mehr Müll zurück. Mullens näherte sich, um zu sehen, was Meiklejohn verbrannte, aber in dem Moment klingelte sein Handy.

»Scheiße«, murmelte er und kramte in seiner Jackentasche nach dem Gerät. Es war mal wieder sein Vater. *Nein!* Er hatte versehentlich abgenommen, anstatt den Anruf abzulehnen. Meiklejohn wirbelte herum.

»Wer ist da?«, rief er und war kurz davor, einen Blick auf Mullens zu erhaschen. Doch dann zuckte er mit den Schultern und fuhr fort, den Inhalt einer

Schublade auf den Scheiterhaufen zu leeren, gefolgt von der Schublade selbst.

»Ich arbeite, Dad«, flüsterte Mullens ins Handy.

»Ich stecke im Klo fest, Junge.«

»Nicht jetzt, Dad.«

»Es ist ein Notfall«, stöhnte sein verzweifelter Vater.

Mullens blickte zu Meiklejohn hinüber, der sich jetzt auf einen Stock stützte und den lodernden Scheiterhaufen betrachtete, den er geschaffen hatte.

»Du steckst im Klo fest?«, fragte Mullens und ärgerte sich über sich selbst, dass er sich darauf eingelassen hatte.

»Nicht drin. Drauf.«

»Oh, gute Güte!«, stöhnte Mullens. »Kannst du nicht Bill anrufen, damit er kommt und dir hilft?«

»Wen?«

»Ich geb's auf.« Er zog sich zurück und stieg wieder ins Auto. »Ich bin in ein paar Minuten da.«

»Beeil dich, Junge, ich kann meine Beine nicht mehr spüren.«

Mullens legte auf, startete den Wagen und fuhr rückwärts die Straße hinunter.

Als er am Haus seines Vaters ankam, war die Tür unverschlossen, und er ließ sich selbst hinein.

»Dad?«, rief er.

»Hier drin«, rief sein Vater von oben.

»Ja, ich weiß, wo dein verdammtes Klo ist«, antwortete Mullens und hüpfte die Treppe hinauf, wobei er immer zwei Stufen auf einmal nahm. Er versuchte, die Tür zu öffnen, aber sie war verschlossen. »Dad, kannst du mich reinlassen?«

»Ich stecke fest, wie zum Teufel soll ich dich da reinlassen?«

»Na gut, na gut«, antwortete Mullens. »Ich werde das Schloss aufbrechen müssen.«

»Mach es nicht kaputt, verdammt!«, warnte sein Vater.

»Na gut, dann schiebe ich mich durch den Spalt, ja?«

»Deine Scherze sind überflüssig«, fauchte sein Vater.

»Gut, bleib zurück!«

»Soll das ein Witz sein?«, rief sein Vater.

Mullens verpasste der Tür einen kräftigen Stoß mit seiner Schneepflugschulter. Die Tür flog auf, das Schloss und die Bruchstücke des Türrahmens verteilten sich auf dem Boden vor den aufgedunsenen nackten Füßen seines Vaters.

»Ich habe dir doch gesagt, dass du es nicht kaputt machen sollst.«

»Soll ich dich hier drin lassen, damit die Kanalratten aus der Schüssel klettern und an deinen Eiern knabbern können?«

Mullens betrachtete die missliche Lage seines Vaters. Die massigen Arschbacken seines Vaters wölbten sich über beide Seiten des Klositzes, und seine Beine färbten sich vor Mullens' Augen in ein tieferes Violett.

»Mein Gott, Dad, steh einfach auf und zieh deine Hose hoch!«

»Ich kann nicht, Junge. Ich stecke fest. Als ich gespült habe, muss ich wohl eine Art Vakuum erzeugt haben. Mein Hintern wurde regelrecht angesaugt.« Sein Vater sah zu ihm auf wie ein verirrter kleiner Junge, dessen Gesicht vom Versuch, den wütenden Klauen des Klos zu entkommen, gerötet war.

»Wie lange bist du schon hier?«

»Ungefähr eine Stunde. Ich dachte, wenn ich eine Weile warte, bricht das Siegel vielleicht.«

»Du bist unglaublich«, sagte Mullens verzweifelt. »Komm, ich helf dir hoch!«

Er legte die Arme um seinen Vater und zog. Nichts rührte sich. Wenn überhaupt, dann verstärkte sich der Sog. Er versuchte es erneut. Beide keuchten und schnauften ein paar Mal kräftig und versuchten es dann erneut, aber immer noch ohne Ergebnis.

»Warte!«, sagte Mullens. Er suchte im Bad nach der Rückenbürste seines Vaters.

»Hebelkraft«, erklärte er und rammte das Ende der Bürste zwischen die Beine seines Vaters.

»Hey, pass auf meine Kronjuwelen auf!«

Mullens drehte und wendete die Bürste hin und her, und mit einem Zischen und einem Furz gelang es ihm, etwas Luft zwischen den Hintern seines Vaters und den Toilettensitz zu bringen.

»Gut, versuchen wir es noch einmal«, sagte Mullens, ließ die Bürste fallen, schlang seine Arme um die Schultern seines Vaters und hob ihn mit voller Kraft vom Sitz.

Mit einem lauten Plopp flogen beide rückwärts und landeten mit einem dumpfen Knall auf dem

Badezimmerboden. Mullens' Vater landete wie ein riesiger Heuballen auf dem erröteten Mullens, ihre angestrengten Gesichter aneinander gepresst. Ein oder zwei Sekunden lang lagen sie einfach nur da und keuchten vor Erleichterung, dass der Albtraum vorbei war. Doch dann lösten sie sich langsam voneinander, wie ein Paar gestrandeter Riesenschildkröten, die auf die Rückkehr der Flut warteten. Mullens' Vater drehte sich um und fiel auf den Rücken, sodass seine Nacktheit nun für alle tieffliegenden Flugzeuge sichtbar war. Mullens setzte sich auf, griff nach einem Handtuch und warf es über seinen entblößten Vater.

»Meine Beine sind immer noch am Arsch«, sagte er.

»Meine Geduld ist am Arsch«, gab Mullens zurück. »Du brauchst Hilfe, Dad. Professionelle Hilfe.«

»Ich lasse keine verdammte Krankenschwester und keinen Pfleger hier rein. Die werden mich ausrauben.«

»Du hast nichts zu rauben.«

»Ich traue ihnen einfach nicht.«

»Aber ich kann nicht ständig vorbeikommen. Ich bin ein vielbeschäftigter Detective, schon vergessen? Wir stecken mitten in einem Fall.«

»Ich werde dich nicht mehr belästigen. Ich bin ohnehin bald weg vom Fenster.«

»Oh, um Himmels willen, Dad! Komm schon«, sagte Mullens und half seinem Vater auf, indem er den größten Teil seines Gewichts trug. »Halt dich fest und wisch dir den Hintern ab!«

»Das mach ich schon allein, du kannst gehen.«

»Da gibt es nichts, was ich nicht schon gesehen hätte.«

Sein Vater machte sich sauber, und Mullens half ihm, seine Pyjamahose hochzuziehen.

»Gut. Wasch dir die Hände und ich mache dir eine Tasse Tee!«

»Ich bin okay. Geh du zurück zu deiner Verfolgungsjagd oder was auch immer du gerade gemacht hast!«

»Erst der Tee, komm.«

Gemeinsam schlurften Vater und Sohn ins Wohnzimmer. Mullens setzte seinen Vater auf seinen Sessel und schaltete den Fernseher ein. Als er mit dem Tee zurückkam, schlief sein Vater fest und schnarchte wie ein verstopfter Abfluss.

SECHSUNDZWANZIG

»Hey, Columbo!«, meinte Bone und stupste Harper von hinten an.

Harper löste sein Gesicht von seinem Computerbildschirm und drehte sich um.

»Danke für die McLean-Warnung.«

»Was?«, erwiderte Harper.

»Schon gut.«

»Ich bin ihm gefolgt. Er ist um zehn Uhr dreiundvierzig losgefahren, und ich habe ihn bis zum Gericht beschattet …«

»Beschattet?«, unterbrach ihn Bone. »Der Junge ist zehn Minuten draußen und fühlt sich schon wie Dirty Harry persönlich.«

»Er ist reingegangen, und ich habe etwa eine Stunde gewartet, aber dann bin ich gegangen. Ich habe angenommen, dass er den ganzen Tag dort sein würde.«

»Oder auch nicht.« Bone schüttelte den Kopf.

Harper fuhr fort: »Es war ein bisschen seltsam, aber ich bin mir ziemlich sicher, dass mir ein Auto dorthin und dann den ganzen Weg zurück zum Revier gefolgt ist.«

»Und *Miami Vice* ist wieder im Saal«, scherzte Bone.

»Ich meine es ernst, es war ein weißes Fahrzeug – Sie wissen schon, das französische Spritzige?«

»Das französische Spritzige?«, wiederholte Bone sarkastisch. »Haben Sie schon über einen alternativen Karriereweg nachgedacht?«

Er drehte sich zu Walker um und verzog das Gesicht. »Weißer Citroën – spritzig?«

»C3?«, meinte Walker.

»Danke, Detective Inspector Walker. Gute Arbeit.« Bone lächelte. »Sind Sie sich da absolut sicher, Harper?«

»Auf jeden Fall. Ich habe es ein paar Minuten nach Beginn meiner Verfolgungsjagd bemerkt. Es war die ganze Zeit direkt hinter mir.«

»Sir?«, warf Baxter von ihrer Position am Fenster ein.

Bone und Harper traten zu ihr.

»Wie der da?« Sie zeigte hinunter auf den rückwärtigen Parkplatz.

Ein weißer Citroën stand in der Nähe der Einfahrt.

»Genau wie der«, antwortete Harper erstaunt.

»Wem gehört der?«, fragte Bone.

»Das ist der Wagen von Special Investigator Tennyson«, bestätigte Baxter. »Ich habe sie darin ankommen und wegfahren sehen, als ich draußen war, um …« Sie griff nach ihren Zigaretten. »Entschuldigen Sie mich einen Moment«, sagte sie und sog die Wangen ein, als würde sie die Luft nach Nikotinresten absuchen.

»Tatsächlich?« Bone schäumte vor Wut. »Constable Tennyson geht mir langsam echt auf den Sack.«

»Sir«, mischte sich Harper ein.

»Was?«, fauchte Bone.

»Ich habe die Bewegungen von PC Garvey in jener Nacht mithilfe des Videomaterials der Geschäfte der Hauptstraße zusammengesetzt. Ich bin fast fertig, aber der Scotsave-Supermarkt hat mir die hier gegeben.« Er hielt eine VHS-Kassette hoch.

»Großer Gott!«, rief Bone aus. »Ich dachte, ich wäre der Einzige in der Stadt, der eine Vorliebe für Retro hat. Sie wissen wahrscheinlich nicht einmal, was das ist.«

»Doch, der alte Videorekorder meiner Mutter steht noch im Haus. Ich habe ein paar Geräte, um das Band auf einen USB-Stick zu übertragen. Ist es okay, wenn ich nach Hause fahre und das jetzt mache?«

»Klar. Gehen Sie nur!« Bone winkte ihm zu.

Harper schnappte sich seine Sachen und ging, Bone verließ das Büro gemeinsam mit ihm.

Zum zweiten Mal innerhalb einer Woche stieß Bone Gallachers Tür mit solcher Kraft auf, dass sie fast aus den Angeln fiel.

»Wo ist die flotte Mieze auf Steroiden?«, knurrte Bone.

»Wer?« Gallacher trat von einem Aktenschrank zurück, hielt aber immer noch eine Akte umklammert, deren Inhalt bedenklich herausragte.

»Special Investigator Tennyson.«

»Wir haben sie in einem der leeren Büros im zweiten Stock untergebracht. Was ist denn jetzt wieder passiert?«

Bone stürmte hinaus. Die Dokumente in Gallachers Akte gaben den Kampf auf und verteilten sich auf dem Boden.

Tennyson saß an einem Schreibtisch, der an die Rückwand eines fast leeren Büros geschoben worden war. Ihr Laptop war aufgeklappt, ihr Handy lag daneben. Als Bone eintrat, blickte sie ruhig auf, fast, als hätte sie ihn erwartet.

»Warum folgen Sie meinem Detective?«

»Verzeihung?«, fragte Tennyson höflich.

Bone ließ sich nicht beirren. »Sie sind heute Morgen DC Harper gefolgt.«

»Ich führe eine Untersuchung bezüglich schwerwiegender Anschuldigungen gegen Sie und Ihre Einheit durch. Ich mache nur meinen Job, DCI Bone.«

»Gehört es zu Ihrem Job, meine Ermittlungen zu untergraben?«, knurrte Bone.

»Ich werde alles tun, was notwendig ist, um sicherzustellen, dass dem Staatsanwalt ein genauer und wahrheitsgetreuer Bericht vorgelegt wird, DCI Bone.«

»Sie sind so weit über das Ziel hinausgeschossen, dass Sie sich im Wolkenkuckucksheim befinden. Was für ein Spiel treiben Sie?«

»Ich treibe keine Spiele«, gab Tennyson scharf zurück. »Warum hat Ihr Detective McLean verfolgt?«

»Das ist eine polizeiliche Angelegenheit, deren Erörterung Menschenleben in Gefahr bringen könnte. Das müssen Sie mit meinem Chef besprechen«, antwortete Bone in seinem Versuch, sie abzuwimmeln.

»Ich werde es so oder so herausfinden. Ich habe von hier aus Zugang zu allem.« Sie deutete auf ihren Laptop.

»Tun Sie das! Nur keine falsche Scheu. Aber wenn Sie noch einmal meine Ermittlungen behindern, bin ich schneller beim Polizeipräsidenten, als Sie Hauptverdächtiger sagen können.«

Kurz nach Bones Tête-à-Tête mit der Sonderermittlerin erschien ein vertrautes Gesicht an der Tür der Einsatzzentrale.

»Ist DCI Bone hier?«

Mullens löste sich für einen Moment von seinem Gerangel mit seiner Chipstüte. »Dr Widowmaker!«, rief er aus.

»Widdowson«, stellte der Kriminalpsychologe des Reviers klar.

»Es muss schlimm sein, wenn Sie hier auftauchen.« Mullens' Chipstüte explodierte und ihr Inhalt verteilte sich auf dem Boden. »Sir, unser hauseigener

Seelenklempner ist hier.« Er kniete sich hin und schaufelte die Chips zurück in die Tüte.

Dr Widdowson zuckte zusammen.

»Ich weiß, ich bin wahrscheinlich die letzte Person, die Sie sehen wollen«, sagte Dr Widdowson, bevor Bone etwas sagen konnte, »aber Ihr Chef hat mich gebeten, mir den Fall anzusehen. Und da ich mit der Meiklejohn-Ermittlung zu tun hatte, sollte ich wohl meine Meinung kundtun.«

»Gallacher hat Sie herbestellt?«

»Das hat er, ja.«

Bone schüttelte den Kopf. »Ich weiß nicht, welchen Teil von ›Ich bin für diese Untersuchung verantwortlich‹ die Leute nicht verstehen.«

»Tut mir leid, ich bin eindeutig in etwas hineingeraten.« Dr Widdowson hob entschuldigend die Hände.

»Nein, es tut mir leid. Es war ein anstrengender Tag.«

Bone führte ihn in sein Büro, ein Zimmer, das er nur selten benutzte. »Entschuldigen Sie die Unordnung.« Er schob einen Stapel Kartons von der Tür weg und räumte einen Stuhl frei, damit Widdowson sich setzen konnte.

»Als ich gehört habe, dass Sie zurück sind, war ich sehr erfreut«, sagte Widdowson.

»Wie das?«

»Verleugnung und Verdrängung eines gewählten Lebensweges sind mit Problemen verbunden. Kurzfristig gesehen haben Sie genau das Richtige getan, aber langfristig gesehen war es für Sie wichtig, wieder zu den Lebensentscheidungen zurückzufinden, die Sie glücklich und zufrieden machen.«

Bone nickte.

»Und wie kommen Sie zurecht?«

»Sind Sie hier, um über den Fall oder mich zu sprechen? Hat Gallacher Sie hergeschickt, damit Sie über meinen Gemütszustand berichten können?«

»Nein, natürlich nicht. Ich frage als besorgter Kollege, nicht als Psychiater.«

Bone blinzelte ihn misstrauisch an. »Mir geht es gut, danke der Nachfrage«, sagte er forsch. »Sie haben sich also die Akte durchgelesen?«

»Ja, es sieht so aus, als hätten wir einen Mörder, der versucht, die Fälle der Meiklejohn-Morde in irgendeiner Weise zu reproduzieren, ist das richtig?«

»Ein Nachahmer, ja.«

»Nachahmung wird als die aufrichtigste Form der Schmeichelei bezeichnet, aber der Versuch, Verhaltensmuster zu imitieren oder zu replizieren, um dem Helden oder der Heldin zu schmeicheln, ist äußerst gefährlich. Er führt oft zu Misserfolg, Frustration, Enttäuschung und schließlich zu Verbitterung.«

»Und Massenmord?«, ergänzte Bone. »Die beiden Fälle unterscheiden sich erheblich.«

»Ja, und in Anbetracht aller bisherigen Indizien haben Sie es meines Erachtens mit einem zutiefst gestörten Narzissten zu tun – einem Fantasten, der sein eigenes Gefühl der Wertlosigkeit in heldenverehrendes Verhalten projiziert.«

»Es ist ein gefährliches Spiel, Menschen auf Podeste zu stellen.«

»Das Syndrom der Heldenverehrung ist eine psychische Krankheit, und diese Person ist mental gestört. Deshalb musste ich so dringend mit Ihnen sprechen, Duncan. Ich glaube, dass diese Person wieder töten oder es zumindest versuchen wird. Ihr Bedürfnis nach Nachahmung und Anbetung ist zwanghaft, führt aber unweigerlich in die Irre. Das Töten wird nie befriedigen, weil die Imitation immer mangelhaft sein wird. Und so geht der Kreislauf weiter.«

»Das ist es, was mich nachts wach hält.« Bone seufzte.

»Die Frage ist – warum verehrt dieser Killer Meiklejohn als Helden? Was hat seine Besessenheit ausgelöst?«

»Rache?«

»Das Heldenverehrungssyndrom ist eine Art wahnhafte Besessenheit, bei der der Verehrer glaubt, eine unverzichtbare Figur im Leben des Angebeteten zu sein. Er denkt, seine Liebe oder sein Fanatismus verleihen ihm eine Art biologische und spirituelle Bindung, die über allem anderen steht.«

»Wie ein Stalker.«

»Richtig, und wenn diese Person glaubt, dass ihnen ihr Held oder ihre Heldin rechtswidrig oder ungerecht genommen wurde, dann wird Rache oft zu einem Hauptmotivator.«

»Könnte das eine Falle sein? Ich meine, könnte jemand diese Besessenheit vortäuschen, um eine andere Art von Rache zu kaschieren?«

»Es ist natürlich möglich, und ich könnte mich irren, aber meiner Meinung nach handelt es sich hier um ein Heldenverehrungssyndrom wie aus dem Lehrbuch. Das Ganze ist zu extrem, um eine Art Attrappe zu sein. Die Lüge würde unter diesem anhaltenden Druck schnell zusammenbrechen.«

»Danke, Graham, das ist sehr hilfreich.«

»Aber ein Wort der Warnung, Duncan.«

»Noch eins?« Bone lächelte.

»Je länger diese Person in ihrer selbst geschaffenen Fantasieblase lebt, desto gestörter, beschädigter und verzweifelter wird ihr Verhalten.« Dr Widdowson stand auf. »Man muss sie aufhalten, und zwar möglichst bald.« Er schenkte Bone ein freundliches Nicken. »Ich werde mich selbst hinausbegleiten. Es ist gut, dass Sie wieder da sind. Wenn Sie meine Hilfe benötigen, wissen Sie ja, wo ich bin.«

Bone kehrte in die Einsatzzentrale zurück, wobei ihm Widdowsons Warnung noch in den Ohren klang. Obwohl seine Liebe zu Psychologen und Psychiatern im vergangenen Jahr einen schweren Schlag erlitten hatte, wusste er aus dem Bauch heraus, dass Widdowson recht hatte.

Das wichtigste Teil dieses grotesken Puzzles fehlte noch, und wenn sie es nicht bald fanden, würde mit Sicherheit ein weiterer Polizist sterben.

SIEBENUNDZWANZIG

Auf dem Rückweg nach Corstorphine schaute Harper alle paar Sekunden in den Außenspiegel, aber von Tennysons Citroën war nichts zu sehen. Als er in die schmale Kiesauffahrt seines hobbitkleinen Bungalows aus den Sechzigern fuhr, betrachtete er sein Erbe und seufzte. Als seine Mutter gestorben war, hatte er zuerst daran gedacht, das Anwesen zu verkaufen und nach Kilwinnoch zu ziehen, um seinem Arbeitsplatz näher zu sein. Ein schicker Seniorenbungalow am Stadtrand von Edinburgh war nicht gerade der Frauenmagnet, den er sich erhofft hatte. Aber in den paar Monaten, in denen er dort allein gelebt hatte, ohne dass seine Mutter ständig an ihm herumgenörgelt hatte, war ihm das Häuschen ans Herz gewachsen, auch wenn er das nie jemandem gegenüber zugeben würde – schon gar nicht vor seinen Arbeitskollegen. Jetzt, achtzehn Monate nach dem Tod seiner Mutter, war er also immer noch dort, immer noch umgeben von ihren Habseligkeiten, immer noch mit ihrem alten Honda Jazz – oder wie Mullens ihn nannte, der Gehhilfe auf Rädern – und immer noch ohne Freundin.

Drinnen fischte Harper den alten Videorekorder seiner Mutter aus dem unteren Teil ihres Kleiderschranks, der noch immer mit ihren Klamotten und ihrer riesigen Schuhsammlung vollgestopft war. Er trug das alte Gerät ins Wohnzimmer, baute es auf, schloss Kabel an und verband seinen Laptop mit dem Gerät aus dem zwanzigsten Jahrhundert. Als er fertig war, machte er sich einen Kaffee mit der Percolator-Kaffeekanne, die seine Mutter kurz vor ihrem Tod aus ihrem Toskana-Urlaub mitgebracht hatte.

Zurück am Videorekorder, schaltete er alles ein. Das Gerät surrte und klickte, und sein Laptop erwachte zum Leben. Er fischte zwei Kassetten aus seiner Aktentasche, schob die erste in den Schlitz und drückte auf Play. Das Gerät ratterte, schließlich erschien ein unscharfes Schwarz-Weiß-Bild. Er neigte den Bildschirm, um besser sehen zu können. Es handelte sich um eine Luftaufnahme der Seitenstraße, die an den Scotsave-Parkplatz grenzte, vermutlich vom Dach des Supermarkts aufgenommen. In der unteren Bildecke stand 22:23 Uhr, Dienstag, 28. September. Das Bild schien statisch zu sein.

Harper spulte bis 23:35 Uhr vor. Die gleiche Szene, keine Bewegung. Doch dann fuhr blitzschnell ein Auto vorbei. Harper spulte zurück und wiederholte die Aufnahme, aber der Moment war zu flüchtig, als dass die alte Technologie ihn hätte einfangen können. Das pausierte Bild verwandelte sich in statisches Rauschen. Er warf das Band aus und legte das zweite ein. Dieses Video stammte von der gegenüberliegenden Seite des Parkplatzes und war vom Eingang aus aufgenommen worden. Die Aufnahme überblickte den gesamten vorderen Teil des Parkplatzes. Auch die Qualität des Videos war etwas klarer.

Harper sprang zum entscheidenden Moment vor. PC Garvey stolperte ins Bild und taumelte über den Parkplatz. Ein Auto tauchte in der Einfahrt auf, näherte sich, umkreiste sie und hielt neben ihr an. Harper beugte sich vor, um Marke und Modell zu identifizieren.

»Scheiße!«, keuchte er, denn er erkannte sofort die charakteristisch bauchige Form von Bones Saab.

Mit offenem Mund sah er weiter zu. Das Auto kroch hinter Garvey her. Die Polizistin blieb stehen und drehte sich um. Die Beifahrertür schwang auf. Garvey wich zurück, stolperte und fiel zur Seite. Die Fahrertür öffnete sich, eine Gestalt sprang heraus, lief um das Auto herum, kniete sich neben sie und half Garvey nach einem Moment wieder auf die Beine und auf den Beifahrersitz. Das Auto fuhr in Richtung Eingangstor los. Es hielt an, und der Fahrer blickte zur Kamera hoch. Harvey spulte zurück und wiederholte den Vorgang noch einmal, wobei er im entscheidenden Moment innehielt. Das Band flackerte, aber dieses Mal funktionierte die primitive Technik, und die Gesichtszüge des Fahrers waren deutlich zu erkennen.

»*Verdammt!*«, stammelte Harper.

Er drehte sich um, als es plötzlich hinter ihm polterte. Er sprang auf und suchte den Raum ab. Ein zweiter dumpfer Schlag ertönte hinter seinem Haus.

Er drückte die Auswurftaste am Videorekorder, schnappte sich das Band, rannte in den Flur und klemmte es hinter den Boiler im Lüftungsschrank. Dann ging er in die Küche, holte das größte Küchenmesser, das er finden konnte, aus der Besteckschublade und schlich sich durch den Flur nach hinten.

Mit gezückter Klinge stieß er die Tür zum Gästezimmer auf, aber es war leer. Er überprüfte das Schlafzimmer seiner Mutter. Nichts. Am Ende des Flurs betätigte er die Hintertür, und zu seiner Überraschung ließ sie sich öffnen. Seine morgendliche und abendliche Sicherheitsroutine war geradezu obsessiv; die Tür unverschlossen zu lassen, wenn er bei der Arbeit war, lag nicht in seiner DNA. Er beugte sich vor und überprüfte das Schloss. Der Türrahmen war um den Sockel herum gespalten und wies deutliche Spuren eines Einbruchs auf.

Er trat in den Garten und überprüfte den Zaun. Alles war ruhig, also ging er wieder nach drinnen, schloss und verriegelte die Tür und kehrte ins Wohnzimmer zurück. Er warf einen Blick auf den Videorekorder. Das Gerät seiner Mutter war verschwunden.

Handy!, schrie sein Verstand, aber bevor er sich umdrehen konnte, wurde er gewaltsam von hinten gepackt.

Instinktiv hob er die Klinge, aber eine behandschuhte Hand krümmte sein Handgelenk, bis der Knochen knackte und das Messer auf den Boden fiel. Eine andere Hand legte sich um seine Kehle und drückte so fest zu, dass er nicht mehr atmen konnte. Er holte aus und erwischte einen Beistelltisch, sodass die wertvollen Ornamente seiner Mutter durch die Luft flog. Der Angreifer zerrte ihn nun rückwärts in Richtung Küche. An der Tür schnappte er nach dem Rahmen, doch dann wurde ihm ein mit Chemikalien getränktes Tuch ins Gesicht gedrückt, das seine Atemwege mit erstickenden übel riechenden Dämpfen verschloss.

Chloroform, schlussfolgerte er, aber nach einem kurzen vergeblichen Kampf war er bewusstlos.

ACHTUNDZWANZIG

Am Ende der Wohnstraße spielte eines der Nachbarskinder auf der Treppe. Es hatte fast den gesamten Treppenabsatz mit Legosteinen bedeckt und so ein Kleinkind-Kunstwerk geschaffen, das in die *Tate Gallery of Modern Art* passen würde.

»Alles klar, Kleiner?«, fragte Bone, als er versuchte, sich einen Weg durch das Meer aus buntem Plastik zu bahnen.

»Das ist meine Stadt«, sagte der Junge und legte einen weiteren Stein direkt vor Bones linken Fuß.

Die aufgeregte Mutter des Jungen erschien an ihrer Tür.

»O guter Gott!«, rief sie aus. »Es tut mir so leid, Duncan.«

»Kein Problem, Fiona«, sagte Bone beruhigend, während er immer noch unsicher auf einem Bein balancierte. »Das ist eine tolle Stadt. Ich würde liebend gern dort wohnen, Gregor.«

Aber der Junge war zu sehr in seine Stadtplanung vertieft, um zu antworten.

»Gregor, lass Mr Bone durch!« Sie riss den Jungen aus seiner vielfarbigen Metropole, damit Bone passieren konnte.

Der Junge zappelte und weinte.

»Um Gottes willen, du hast schon das Haus verwüstet und jetzt machst du hier draußen weiter«, beschwerte sie sich. Sie schob die Legosteine mit dem Fuß zur Seite und ebnete so den Weg für Bone.

»Er hat Spaß, und wenn er dich so lange in Ruhe lässt, dann ist das doch gut.« Bone lachte und kämpfte sich bis zum ersten Treppenabsatz vor.

»Ja, da könntest du recht haben«, antwortete sie mit einem müden Lächeln.

Sie setzte den Jungen wieder ab, und er machte sich sofort daran, die Erdbebenschäden zu beseitigen. Kopfschüttelnd kehrte sie in ihre Wohnung zurück.

»Deine Stadt braucht einen Flughafen«, sagte Bone zu dem Jungen, der innehielt, aufschaute und lächelte, dann räumte er manisch einen Platz frei.

Als er seine Tür erreichte, entdeckte Bone ein buntes Schachtelmännchen auf seiner Fußmatte. *Nettes Kind*, dachte er, aber als er sich hinkniete, um es aufzuheben, sah er das Gewirr von Drähten, das darum gewickelt war und durch ein paar Bohrlöcher auf der Vorderseite verschwand.

Fuck! Ein Sprengsatz!

Aber es war zu spät. Der Deckel sprang auf, und mit einem ohrenbetäubenden Schrei schoss eine Aschewolke aus der Schachtel – wie ein kleiner Vulkanausbruch – und überschüttete ihn mit einer dicken Schicht grauen Staubs. Hustend und röchelnd stellte er die Schachtel ab und wischte sich verzweifelt über Augen und Mund. Durch die Staubwolke hindurch blinzelte er wieder auf die Schachtel hinunter. An einer stoffbespannten Feder baumelte ein Spielzeugclown und an dessen bunter Mütze war ein Papierstreifen befestigt. Bone kniete sich wieder hin und rieb seine brennenden Augen, während er die kleine Inschrift las, die über die gesamte Breite des Papiers geschrieben war.

Asche zu Asche.

Lebewohl Sam

»Lieber Gott, nein!«, sagte Bone und schüttelte das, was er für Sam Toziers verbrannte Überreste hielt, aus seiner Kleidung und seinen Haaren.

NEUNUNDZWANZIG

Es war ein typisch trüber Tag für PC Garveys Bestattung. Als Bone seinen Saab parkte, wurde ihm die tragische Ironie des zweiten Begräbnisses von Garvey bewusst, und er brauchte ein oder zwei Augenblicke, um seine Fassung wiederzuerlangen. Er stieg aus und ging auf die Trauergesellschaft zu, die sich unter einem Baldachin aus schwarzen Regenschirmen versammelt hatte. Der Pfarrer, Reverend Angus Macintyre – ein vertrautes Gesicht von den vielen Beerdigungen, an denen Bone im Rahmen seiner Arbeit teilgenommen hatte, und ein Name, der die Seele eines jeden heimsuchte, der daran dachte, nicht zu sterben – war bereits mitten in seiner Predigt. Sein gedankenschweres Gebet hallte von den hohen Wänden der Kilwinnoch Parish Church wider.

Bone blieb unauffällig zurück und musterte das aufgeweichte Meer von verlorenen Gesichtern. McLean stand neben dem Pfarrer und jonglierte ein Gebetsbüchlein mit seinem Regenschirm. Neben ihm befanden sich einige von Garveys Kollegen, Gesichter, die Bone aus seinen Verhören kannte, darunter Sanjit Mohan, der nickte, als er Bone ankommen sah. Gallacher war ebenfalls anwesend, in voller Uniform, aber sonst niemand von der obersten Führungsebene. Und dann stand am Ende des Grabes eine schirmlose und bis auf die Haut durchnässte Tennyson, die den Regenguss völlig zu ignorieren schien.

Bone rückte ein wenig näher. Der Pfarrer beendete sein Gebet, und McLean hob eine Handvoll Erde auf und warf sie in das Grab. Als er zurücktrat, blickte er auf und entdeckte Bone im Hintergrund stehen. Garveys Kollegen folgten McLeans Beispiel, während der Pfarrer um den abgedeckten Erdhügel herum trat, um sich in den relativen Schutz der Kirchenmauer zurückzuziehen. McLean folgte ihm, und sie sprachen etwa eine Minute lang miteinander, dann löste er sich von ihm und ging auf Bone zu.

»Ich will Sie hier nicht haben«, sagte McLean leise und sichtlich bemüht, seine Wut zu kontrollieren.

»Ich bin gekommen, um PC Garvey meine Aufwartung zu machen«, erwiderte Bone.

»Wenn Sie etwas Respekt hätten, würden Sie sich fernhalten. Bitte gehen Sie«, sagte McLean. Er ging zurück, um sich wieder dem Pfarrer anzuschließen.

Bone beobachtete ihn einen Moment lang, während er sein Gespräch mit dem Pfarrer fortsetzte. Gallacher gesellte sich zu ihnen. Sie unterhielten sich, McLean sah Bone stirnrunzelnd an und deutete auf ihn, dann war Gallacher an der Reihe, auf ihn zuzukommen.

»Duncan, Advocate McLean hat dich gebeten, zu gehen. Ich rate dir, seinen Wunsch zu respektieren.«

»Ich bin nicht seinetwegen hier, aber keine Sorge, ich werde gehen.«

»Ein trauriger Tag«, sagte Gallacher, bevor er zum Grab zurückkehrte, um mit Garveys Kollegen zu sprechen.

Auf dem Rückweg überquerte Bone den Friedhof und suchte auf der anderen Seite des offenen Felds die Reihen der Grabsteine ab, bis er das Grab von PC Katie Edwards gefunden hatte, dem ersten Opfer des Kuckucks. Ein frisch gepflückter Blumenstrauß lag neben ihrem Grabstein, und es sah so aus, als hätte jemand vor kurzem Laub und Unkraut entfernt. Er kniete nieder, um die Inschrift zu lesen.

Immer in unseren Herzen

Unsere geliebte Katie

1991–2018

Er drehte sich um, als er das Knirschen von Schuhen auf Kies hörte. Es war DS Mohan.

»Entschuldigung, ich wollte nicht stören«, sagte Mohan.

»Das ist PC Edwards, das erste Opfer des Kuckucks. Sie ist diese Woche vor zwei Jahren verstorben.«

Mohan betrachtete den Grabstein. »Sie war erst siebenundzwanzig?«

Bone nickte. »Sie hatte zwei Kinder. Ihr Ehemann war völlig am Ende. Es war, als wäre jeder Knochen in seinem Körper zertrümmert worden. Ich hoffe, sie sind alle wohlauf. Ich sollte nach ihnen sehen.«

»Sie haben Ihr Bestes getan, Sir.«

»Manchmal reicht das Beste nicht aus.« Bone stand auf.

»Hazel hat einmal zu mir gesagt«, fuhr Mohan fort, »dass das Höchste, worauf wir hoffen können, Glück ist.«

»Warum hat sie das gesagt?«

»Oh, etwas Dämliches war auf dem Revier passiert und sie hat es vermutlich sarkastisch gemeint. Aber ich erinnere mich, dass ich damals den Ernst in dieser Aussage erkannt habe. So war sie auch bei der Arbeit, immer auf der Seite des Glücks, für sich selbst und für ihre Kollegen. Sie war ein guter Mensch, und das ist es, was wirklich zählt.«

»Was ich nicht verstehe, ist, warum sie ein Arschloch wie McLean geheiratet hat.« Bone zuckte mit den Schultern.

»Unsicherheit, vielleicht. Wer weiß? Sie war viel zu gut für ihn, das steht fest.«

»Danke«, sagte Bone.

»Wofür?«

Bone lächelte, und mit einem Nicken ging Mohan zurück zu seinen Kollegen.

DREISSIG

Bone kehrte in seine Wohnung zurück, um in seinen Ordnern nach Widdowsons ursprünglichen psychologischen Profilberichten zu kramen. Als er ankam, hörte er seine Mailbox ab – vier Nachrichten. Er klickte sich durch. Sie stammten fast alle von Gallacher, der sich mit immer größer werdender Hysterie über das Verhalten seines DCI ausließ, aber die vierte Nachricht war von Alice. Er setzte sich auf die Bettkante, um sie anzuhören. Ihre Stimme war ruhig und beschwichtigend, wie immer. Sie erklärte, dass sie über das, was er gesagt hatte, nachgedacht hatte, und fragte, ob er am Freitagabend babysitten wollte. Als die Nachricht zu Ende war, spielte er sie noch einmal ab. Das war der Lichtblick, auf den er gehofft hatte. Er suchte nach seinem Handy und rief sie zurück, aber sie ging nicht ran. Er stammelte eine dankbare Nachricht, löschte sie aber wieder und versuchte erneut, dieses Mal etwas bedächtiger, ihr Angebot anzunehmen. Als er auflegte, erschien eine SMS auf seinem Handy, eine private Nummer. Er öffnete die Nachricht.

Kuckuck!

Sein Briefkasten klapperte und er eilte in den Flur. Ein weißer A4-Umschlag lag auf der Matte. Er riss die Tür auf, aber der Gang war leer. Er sprang die Treppe hinunter, nahm zwei oder drei Stufen auf einmal, stolperte und fiel fast, bevor er im Erdgeschoss ankam und auf die Straße sprintete. Vor sich sah er eine Kapuzengestalt in einem schwarzen Trainingsanzug, die aus dem Mietshaus rannte. Er nahm die Verfolgung auf. Der Flüchtige bog in eine Seitenstraße ein, und Bone verlor ihn für eine Sekunde aus den Augen, entdeckte ihn dann aber wieder, als er über eine Gartenmauer sprang.

Bone folgte ihm, kletterte aber etwas langsamer als sein Widersacher. Der Abgrund auf der anderen Seite war tief, aber nach einem Sekundenbruchteil des Zögerns sprang Bone hinunter. Der Typ raste nun durch einen Vorgarten und zurück auf die Straße, die den Hügel hinunter in Richtung der Hauptstraße und diverser Einkaufsmöglichkeiten führte. Bone beschleunigte, und der Abstand verringerte sich. Im Zentrum der Stadt schlängelte er sich zwischen den Einkäufern hindurch und stieß dabei fast eine Rentnerin um. Ihre Gemüsetüte flog auf die Straße. Bone sprang über die Tüte und der Gestalt nach. Er war nur noch wenige Meter entfernt. Der Flüchtige bog scharf links ab und sprang in eine schmale Sackgasse, die zum Bibliotheksparkplatz führte. Bone verfolgte ihn weiter, doch als er den Parkplatz überquerte, tauchte wie aus dem Nichts ein weißer Lieferwagen auf und raste direkt auf ihn zu.

Bone wich zur Seite aus, um einen Zusammenstoß zu vermeiden; der Fahrer trat auf die Bremse und hupte. Bone rannte weiter, aber er hatte sein Ziel verloren. *Verdammt!* Als er die andere Seite des Parkplatzes erreichte, suchte er links und rechts, aber immer noch keine Spur. Er blieb stehen und holte tief Luft; seine Brust brannte. Er blickte zurück zum Eingang der Bibliothek. Vielleicht versteckte sich der Typ da drin? Er wollte gerade nachsehen, doch dann brauste der Fahrer des Lieferwagens vorbei, hupte erneut und feuerte einen Schwall von Flüchen auf ihn ab. Bone drehte sich um und entdeckte die Gestalt, dieses Mal in der Ferne, als sie über das Spielfeld der Grundschule sprintete. Bone nahm die Verfolgung wieder auf. Als er die Umzäunung der Grundschule erreichte, lehnte der Typ an einem der Torpfosten auf der anderen Seite des asphaltierten Fußballfeldes.

Bone rannte zum Schultor und versuchte, es zu erklimmen, aber er fand keinen Halt. Er rannte am Zaun entlang zurück zu seinem Gegner, der in sich zusammengesunken war und fast so schwer atmete wie Bone.

»Halt!«, brüllte Bone, wobei er mit den Armen fuchtelte, aber er wusste genau, dass es ein erbärmlicher Befehl war.

Die Gestalt richtete sich auf, hob die Hände zu Peace-Zeichen, kletterte dann über den hinteren Zaun – und war weg.

»Scheiße!« Bone keuchte, dann bekam er einen Hustenanfall.

Er tastete nach seinem Handy, aber er hatte es auf dem Nachttisch liegen lassen.

Fuck! Er hustete erneut.

Als er schweißgebadet in seine Wohnung zurückkam und sein ganzer Körper vor Schmerz schrie, kniete er sich hin, um den Umschlag zu untersuchen. Ein bestialisches Stöhnen entrang sich ihm, als er sich bewegte. Die getippte Adresse war identisch mit der auf dem letzten Geschenk des Mörders. Er fand sein Handy, rief auf dem Revier an und ließ ein heißes Bad einlaufen.

EINUNDDREISSIG

Nachdem die Spurensicherung Bones Wohnung fast vollständig mit Fingerabdruckstaub bedeckt hatte – der sich nun zu Sam Toziers äschernen Überresten gesellte –, wurde der Umschlag zurück aufs Revier gebracht. Bone und Walker gingen ins Labor, um mit der Gerichtsmedizinerin zu sprechen, die mit der Untersuchung des Inhalts beauftragt war. Die Frau mit dem strengen Gesicht und der Fünfzigerjahre-Brille empfing die Detectives in dem kleinen Empfangsbereich.

»Was haben Sie gefunden?«, fragte Bone.

»Eine Reihe von Abdrücken außen am Umschlag«, meinte die Beamtin und zog einen Satz Operationshandschuhe aus. »Aber leider keine Übereinstimmung, obwohl die Größe darauf hindeutet, dass sie entweder zu jemandem mit kleinen Händen oder einem Jugendlichen gehören.«

»Das würde die Spider-Man-Imitation erklären«, sagte Bone. »Zweifellos nur ein kleiner Lakai, der die Lieferung für einen Zehner erledigt hat.«

»Was ist mit der Umschlaglasche – irgendwelche DNA?«, fragte Walker.

»Selbstklebend, leider.«

»Und im Inneren?«, fragte Bone und machte sich auf das Bevorstehende gefasst.

»Schauen Sie selbst«, sagte die Beamtin und bedeutete ihnen, ihr in den Untersuchungsraum zu folgen.

Der Umschlag und der Inhalt lagen wie eine Leiche unter einer weiteren Reihe von augenstrapazierenden LED-Lampen, von denen die Forensik den Markt leerzukaufen schien.

»Im Inneren haben wir eine weitere Grußkarte gefunden«, erklärte die Frau.

Auf der Vorderseite der Karte stand:

Tut mir leid, dass du gehen musst, weil dein Chef ein völliges Nervenbündel ist.

Darunter befand sich das Bild einer schaurigen Kreatur, die aus einem Reisigbündel stieg.

Bone blickte zu Walker auf.

Die Beamtin entfaltete die Karte mit einer Pinzette. »Wir haben auch einen ungekennzeichneten USB-Stick entdeckt, der den Spezifikationen des Sticks entspricht, den wir letzte Woche untersucht haben. Wir haben ihn entfernt und die äußere Hülle untersucht, aber auch hier haben wir nichts gefunden«, fügte sie mit einem Stirnrunzeln hinzu.

»Haben Sie den Inhalt des Sticks überprüft?«, fragte Walker.

»Das gehört nicht zu unseren Aufgaben«, sagte sie.

»Wo ist er?«, fragte Bone, dessen Ungeduld von Sekunde zu Sekunde wuchs.

»Einen Moment bitte.« Die Beamtin verschwand und kehrte einige Minuten später mit dem winzigen USB-Stick in ihrer Handfläche zurück. »Ich habe ihn unter dem Scanner gelassen.« Sie lächelte.

»Darf ich ihn anfassen?«, fragte Bone.

»Natürlich, es sei denn, Sie sind der Absender und versuchen, Ihre Spuren zu verwischen«, scherzte die Beamtin, aber der Witz verfehlte seine Wirkung.

Bone drehte ihn um. »Können wir den mitnehmen? Und die Karte auch?«

»Sicher, wir sind hier fertig. Aber Sie müssen unterschreiben.«

Sie drehte sich wieder um.

»Um Gottes willen.« Bone schnaubte.

»Tut mir leid, Sir«, sagte sie und kam mit einem iPad in der Hand zurück.

»Verdammtes Ding!« Sie drückte wieder und wieder auf den Einschaltknopf, aber das iPad ließ sich nicht starten. »Verfluchte Sparmaßnahmen!« Ungeduldig klopfte sie auf die Seite. »Oh, nehmen Sie die Sachen einfach mit. Ich werde jemanden bitten, sich darum zu kümmern.«

Walker nahm den Umschlag und die Karte an sich, und sie und Bone verließen den Raum, während die Beamtin immer noch mit ihrem Gerät hantierte.

Bone schloss seine Bürotür, und das Team versammelte sich um den Computer.

»Ich habe diese Horrorshows so satt«, stöhnte Mullens.

Bone steckte den Stick in den Slot, öffnete den einsamen namenlosen Ordner und klickte auf das Videosymbol.

»Los geht's«, sagte er und lehnte sich zurück.

Der Bildschirm wurde schwarz, das Upload-Rädchen erschien und ließ seinen kleinen blauen Schweif eine gefühlte Ewigkeit lang im Kreis laufen.

»Komm schon!«, sagte Bone ungeduldig.

Mullens nörgelte. »Wie alt ist Ihr Computer? Ich meine, sehen Sie ihn sich doch mal an«, sagte er. Die Nervosität machte ihm zu schaffen.

»Ruhe«, antwortete Bone.

Der Bildschirm flackerte, der Lautsprecher zischte, und ein Bild erschien, aber es war extrem dunkel, und die Spiegelung von Bones Bürofenster machte es noch schlimmer. Baxter zog die Jalousie zu. Auf dem Bildschirm war in der Mitte eines düsteren Raums nun eine Gestalt zu sehen, die auf einem Stuhl mit harter Lehne zusammengesackt war. Das Bild flackerte erneut, und die Kamera zoomte näher heran. Es handelte sich um einen bis zur Taille entkleideten Mann, dessen Hand- und Fußgelenke an den Stuhl gefesselt waren und dessen Kopf von Sackleinen bedeckt wurde. Aus dem Stoff war ein grober Kreis herausgeschnitten worden, der das linke Auge des Manns zeigte, dessen Lid sich langsam öffnete und schloss. Ein Schlauch, der am linken Arm des Manns befestigt war, reichte bis zu einem Glasbehälter auf dem Boden. Ein Ende steckte im Deckel und eine

Flüssigkeit sammelte sich tropfenweise in einer dicken purpurfarbenen Masse am Boden.

»O mein Gott!«, sagte Mullens. »Nicht noch einer.«

»Die Schuhe«, sagte Walker.

Der Mann trug ein Paar Turnschuhe – diese peinlich uncoolen und spottbilligen, die eine anmaßende Mutter ihrem behüteten Sohn kaufen würde.

»Das ist Will«, sagte Walker.

Bone drehte sich um, musterte die verstörten Gesichter hinter ihm und hoffte, Harpers errötetes Babygesicht zu sehen.

»Er ist nicht hier«, sagte Mullens.

Bone ließ den Kopf in seine Hände fallen. Das Video rauschte, und eine verzerrte Stimme flüsterte »Kuckuck«. Das Zischen verwandelte sich in einen elektrostatischen Schrei, der Bildschirm wurde wieder schwarz – und das Video endete.

Einige Sekunden lang starrten Bone und das Team in schockiertem Schweigen auf den schwarzen Spiegel.

»Verdammter Mistkerl!«, brüllte Mullens.

Bone sprang auf. »War er heute schon da?«

»Nein«, sagte Baxter. »Was seltsam ist, denn normalerweise funktioniert er wie ein Schweizer Uhrwerk. Ich bin davon ausgegangen, dass er noch zu Hause an dem Filmmaterial arbeitet.«

Bone eilte aus seinem Büro zu Harpers Schreibtisch; seine Kollegen folgten ihm. »Wo hat er dieses Material gesammelt? Auf seinem Computer oder auf einem Speicherstick?«

»Ich weiß es wirklich nicht«, sagte Baxter, ihr Gesicht bleich und von Angst gezeichnet.

»Kennt jemand sein Passwort?« Bone musterte die erschrockenen Gesichter seines Teams.

»IT wird es entschlüsseln können«, sagte Mullens schließlich.

»Gut, machen Sie sich sofort auf den Weg! Harper ist auf dem Video lebendig, und wir müssen glauben, dass dem immer noch so ist, also müssen wir uns alle konzentrieren. Sheila, können Sie Uniformierte zu seinem Haus schicken? Wo wohnt er?«

»Edinburgh. Im alten Haus seiner Mutter«, antwortete Baxter.

»Wo ist sie?«

»Tot.«

»Okay, orten Sie sein Handy und ...« Bone hielt inne. »Sagen Sie Gallacher Bescheid! Mullens, können Sie das Video noch einmal durchgehen?«

»Sir«, stöhnte Mullens.

»Gehen Sie es noch einmal durch und achten Sie auf alles, was uns helfen könnte, das Leben unseres Kollegen zu retten!«

»Ja, Sir.« Mullens kehrte in Bones Büro zurück.

»Walker, wir fahren nach Edinburgh. Dienstwagen, du fährst!«

ZWEIUNDDREISSIG

Walker hatte einen leistungsstarken Wagen mit Sirene gewählt, sodass ihre Fahrt nach Edinburgh einem EasyJet-Flug Konkurrenz hätte machen können. Bone hatte die Adresse bei der Verwaltung erfragt, und als sie am Haus ankamen, stiegen gerade drei Uniformierte aus ihren Streifenwagen. Ein Beamter kam auf sie zu.

»Wir sind gerade angekommen, Sir. Sollen wir das Gebiet absperren?«

»Ja, vorn und hinten«, antwortete Bone.

Die Detectives marschierten die Einfahrt hinauf.

»Das Auto ist weg«, sagte Walker. Im Kies waren zwei tiefe Reifenspuren zu sehen. »Und jemand hatte es eilig, von hier wegzukommen.«

Bone ging auf die Tür zu und wollte gerade den Griff betätigen, als er innehielt. »Handschuhe?«

Walker griff in ihren Mantel und holte ihr eigenes Paar hervor. »Ich mach das«, sagte sie. Sie streckte die Hand aus und versuchte, die Tür zu öffnen, aber sie war verschlossen. Sie bewegte sich an der Seite des

Bungalows entlang und zog an einem der Fensterflügel, aber auch dieser war verriegelt.

Bone spähte hinein. Alles war still. Walker versuchte es mit einem zweiten Fenster, erfolglos. Sie beugte sich vor und klopfte mit den Handballen auf die Unterseite des Rahmens, und nach ein paar präzisen Schlägen sprang das Fenster auf. Bone warf ihr einen Blick zu.

»Venture Scouts«, erklärte sie.

»Diese ausgewachsenen Pfadfinder?« Bone machte sich daran, ins Haus zu klettern.

Walker packte ihn am Arm. »Warte! Was ist mit der Verunreinigung des Tatorts? Unseren Schuhen?«

»Keine Zeit.« Bone kletterte weiter und Walker folgte ihm.

Die Küche war dürftig, aber tadellos aufgeräumt.

»Er ist ein sehr organisierter Mensch«, sagte Walker.

»Das könnte ihn retten«, erwiderte Bone.

Sie suchten den Raum ab und gingen dann weiter ins Wohnzimmer.

»Schau mal!« Walker zeigte auf den umgestürzten Beistelltisch und die zerbrochenen Ornamente.

Als sie weiter in den Raum traten, entdeckte Bone den Videorekorder auf dem Boden und das Gewirr von Kabeln.

»Dort hat er an den Scotsave-Aufnahmen gearbeitet«, sagte Bone. »Er hatte eine VHS-Kassette.« Er kniete sich hin und untersuchte die Vorderseite des Geräts. »Walker …« Er bedeutete ihr, zu ihm zu kommen. »Ist da eine Kassette drin?«

Walker steckte ihren behandschuhten Finger in den Schlitz. »Leer.«

Sie durchsuchten den Raum, aber von dem Band fehlte jede Spur.

»Kein Laptop?«, fügte sie hinzu.

»Kein Laptop«, fügte Bone hinzu. »Jemand wollte eindeutig das Filmmaterial in die Finger bekommen.«

Walker deutete nach oben. »Schlafzimmer?«

Doch bevor sie sich rühren konnten, gab es einen Aufruhr an der Eingangstür. Schlösser klickten, klapperten und klickten erneut, dann erschien ein Polizist in der Tür.

»Inspector?« Der Beamte spähte ins Wohnzimmer. »Die Nachbarin hat einen Satz Schlüssel vorbeigebracht.« Er blieb stehen. »Moment, wie sind Sie reingekommen?«

»Die Hintertür war offen«, mischte sich Walker ein.

»Ist die Nachbarin noch da?«, fragte Bone.

»Ja. Und sie ist etwas aufgewühlt, um es gelinde auszudrücken.«

Bone wandte sich an Walker. »Okay, überprüfe die Schlafzimmer und das Bad! Ich spreche mit der Nachbarin.«

Walker nickte und ging weiter den Flur entlang.

Draußen schritt eine ältere Frau in einem Harris-Tweed-Hosenanzug, der DS Baxters Kleidungsstil nicht unähnlich war, vor dem Eingangstor auf und ab.

»DCI Bone, Ma'am. Ich bin ein Kollege Ihres Nachbarn.«

»Was ist mit Will passiert?«

»Es gibt keinen Grund zur Sorge. Wie war noch mal Ihr Name?«, fragte Bone.

»Ich bin Mrs McGinnis, Mrs Jean McGinnis, Meadowpark vierundzwanzig …«

»Oh *aye*, hallo, Jean. Will spricht sehr herzlich von Ihnen«, log Bone, in der Hoffnung, die Rentnerin zu beruhigen. »Sie wohnen also nebenan, ist das richtig?«

»Genau dort drüben, Nummer vierundzwanzig. Seit vierundsechzig Jahren. Ich kenne Will schon, seit er ein kleiner Junge war. Ich habe immer die Säume seiner Hosen genäht. Er hatte sehr kurze Beine für sein Alter.«

»Die hat er immer noch.« Bone lächelte beschwichtigend.

»Ich war Schneiderin.«

»Eine aussterbende Kunst«, sagte Bone. »Und wann haben Sie Will zuletzt gesehen?«

»Er ist doch nicht verletzt oder so?« Ihre Panik kehrte zurück.

»Nein, nein. Das ist alles nur Teil einer anderen Untersuchung, bei der Will uns hilft. Haben Sie ihn gestern Abend gesehen, als er nach Hause gekommen ist?«

Sie schaute erst zum Haus hinüber und dann zu Bone zurück. »Ich habe gesehen, wie das Licht angegangen ist. Er hat so ein Sicherheitsding eingebaut, das anspringt, wenn sich jemand bewegt oder …«

»Und um wie viel Uhr war das?«, fuhr Bone fort.

»Oh, normalerweise ist er um sieben Uhr zu Hause, pünktlich wie ein Uhrwerk, aber gestern Abend war er ein bisschen später dran, vielleicht gegen viertel nach acht. Ich habe gerade meine Milchflaschen rausgestellt und den Wagen vorfahren sehen.«

»Und heute Morgen? Haben Sie ihn zur Arbeit gehen sehen?«

»Na ja, das ist ja das Seltsame. Wie ich schon gesagt habe, ist er normalerweise so pünktlich wie ein Uhrwerk. Er ist ziemlich pedantisch in dieser Hinsicht. Aber letzte Nacht hat mich mal wieder mein Sodbrennen geplagt. Das ist etwas Chronisches, und es scheint schlimmer zu werden. Ich meine, ich habe getan, was der Arzt mir gesagt hat und …«

»Und haben Sie ihn gehen sehen?«, unterbrach Bone sie.

»Ja, ich war in der Küche, um meinen Säureblocker zu holen, und da habe ich den Motor seines Wagens aufheulen hören. Wie bei einem dieser lauten Nachtflüge am Flughafen von Edinburgh. Ein ziemlicher Lärm war das.«

»Wann war das?«

»Ach, ich würde sagen, kurz vor Mitternacht, denn ich habe auf die Uhr am Herd geschaut, um mich zu vergewissern, dass seit meinem letzten Säureblocker drei Stunden vergangen sind.«

»Und Sie haben ihn wegfahren sehen?«

»Nein, nein. Als ich zum Fenster gekommen bin, um zu sehen, was los ist, war sein Auto schon die Straße runter.«

»War er allein?«, hakte Bone nach.

»Ich hatte meine Brille nicht auf, aber ich glaube schon. Er hat doch nicht etwa eine verbotene Affäre, oder?«

»Nein.« Bone schüttelte den Kopf. »Ist Ihnen sonst noch etwas aufgefallen?«

»Ja, das ist es.«

»Was denn?«

»Sehen Sie die Ampel am Ende der Straße?« Sie zeigte auf die Abzweigung zur Hauptstraße. »Er hat sie bei Rot überfahren. Das sieht ihm gar nicht ähnlich.«

»Vielen Dank, Mrs McGinnis. Sie haben uns sehr geholfen. Dieser nette Police Constable wird Sie jetzt zu Ihrem Haus zurückbringen.«

»Ich bin keine Invalidin«, erklärte sie schnaubend, schob sich an dem Polizisten am Tor vorbei und verschwand in ihrem Haus.

»Bone?«, rief Walker von drinnen.

Er kehrte ins Haus zurück.

Sie befand sich oben in einem der Schlafzimmer und stand vor einem Beistelltisch.

Darauf lagen Notizzettel, auf die eine Reihe von Namen mit Bleistift gekritzelt worden waren, einige mit Häkchen daneben. Bone beugte sich vor, um einen Blick auf die Liste zu werfen. »Ich habe ihn gebeten, die Geschäfte nach Aufnahmen von PC Garvey abzuklappern. Daran hat er gearbeitet«, sagte Bone.

»Das sind also diejenigen, die er überprüft hat, und die, die er noch überprüfen muss?«, fragte Walker.

»Aber was hat er mit dem ganzen Filmmaterial gemacht?«

»Hoffentlich finden wir das auf seinem Dienstcomputer.«

DREIUNDDREISSIG

»Sir!« Baxter eilte zu Bone hinüber, als dieser die Einsatzzentrale betrat. »Gallacher war schon dreimal hier und hat nach Ihnen gesucht.«

»Verdammt!«

»Geh du, ich mache hier weiter«, sagte Walker.

»Ist es der digitalen Forensik gelungen, sich Zugang zu Harpers Computer zu verschaffen?«, fragte Bone.

»Ja. Ich bin gerade damit beschäftigt, Sir. Wir haben das Videomaterial gefunden, das er von PC Garveys Aktivitäten nach dem Verlassen des Pubs gesammelt hat«, antwortete Baxter.

»Kann ich mir das mal ansehen?«

»Was ist mit Gallacher?«, fragte Baxter.

»Gallacher wurde verflucht nochmal nicht entführt.«

Baxter setzte sich an Harpers Schreibtisch und loggte sich ein. »Sein Passwort ist Sith Happens.« Baxter verdrehte die Augen, während sie die Ordner nach der MP4-Datei mit der Bezeichnung ›Garvey‹ durchsuchte.

»Ich bin sie kurz durchgegangen. Harper hat das Material so geschnitten, dass Garveys Schritte vom Pub aus verfolgbar sind.« Sie betätigte die Wiedergabetaste und das Video startete. »Das ist die Aufnahme vom Dach des *Fells*«, sagte sie.

Das verpixelte Schwarz-Weiß-Bild zeigte eine menschenleere Straße. Sekunden verstrichen, dann tauchte Garvey in ihrem Dufflecoat auf. Sie blickte zurück, bog nach links ab, änderte dann offenbar ihre Meinung und ging in die andere Richtung zurück. Sie verschwand aus dem Bild, doch dann veränderte sich die Perspektive.

»Das ist, glaube ich, die Überwachungskamera des Schuhgeschäfts«, sagte Walker.

Garvey taumelte weiter und fiel dabei fast vom Bürgersteig.

»Scheiße, sie war wirklich besoffen«, meinte Walker schockiert.

Die nächste Überwachungskamera zeigte Garveys Route an *Dawson's Café* vorbei, wo sie in ihrer Handtasche herumfummelte. Die Perspektive änderte sich erneut. Die Überwachungskamera des Eisenwarenhändlers fing sie beim Vorbeilaufen ein, und die Ampelkamera erfasste sie, als sie die Kreuzung am unteren Ende der Stadt überquerte. Sie stolperte über die Straße, die zum Glück menschenleer war, und erreichte den Scotsave-Parkplatz. Das Video stoppte.

»War das alles?«, fragte Bone.

»Ich glaube schon. Mehr kann ich nicht finden.« Baxter scrollte durch die Ordnerliste. »Das ist der Teil, an dem er gearbeitet hat.«

Bone überprüfte die Einsatzzentrale. »Wo ist Mullens?«

»Keine Ahnung«, sagte Walker.

»Um Himmels willen. Wir stehen hier unter Beschuss, und er geht spazieren.«

In diesem Moment kam Mullens mit einem Arm voller Kalorien herein. Sie drehten sich alle um und starrten ihn an.

»Was?«, murmelte er, während er auf etwas kaute, das aus seinem Mund ragte. »Ich bekomme Hunger, wenn ich gestresst bin.«

»Mullens, Sie müssen zum Scotsave fahren und herausfinden, ob es Kopien, Backups oder irgendeine Art von Masterdatei des Überwachungskamera-Materials vom vergangenen Dienstag gibt.«

»Bei deren technischen Möglichkeiten? Das bezweifle ich ernsthaft«, sagte er und ließ seine Fuhre gesättigter Fettsäuren auf den Schreibtisch fallen. »Ich meine, es sei denn, man ist auf der Suche nach Aufnahmen vom Schottland-Holland-Spiel bei der Fußballweltmeisterschaft achtundsiebzig. Ich bin sicher, die haben das Spiel noch gespeichert.«

»Gehen Sie einfach!«, rief Bone. »Mit jeder Sekunde, die wir hier vergeuden, riskieren wir, Harper zu verlieren.«

Mullens schnappte sich eine Familientüte Schokoladen-Eclairs, drehte sich um und stürmte aus dem Raum.

Bone wandte sich wieder an Baxter. »Durchsuchen Sie Harpers Computer weiter nach allem, was uns helfen könnte, ihn zu finden!«

»Mach ich.«

»Ich werde herausfinden, wie es um Harpers Haus steht und ob sein Auto schon gefunden worden ist«, sagte Walker.

»Okay. Und ich versuche, Gallacher in Schach zu halten«, sagte Bone.

Gallacher saß an seinem Schreibtisch, aber als Bone eintrat, stand er auf.

»Was zum Teufel ist hier los?«, brüllte er.

»DC Harper ist entführt worden.«

»Ja, ich weiß, aber da du dir nicht die Mühe gemacht hast, mich zu informieren, habe ich das von SI Tennyson erfahren müssen.«

»Was mischt die sich da ein, verdammt noch mal?«, fauchte Bone. »Ich habe ein weiteres Video erhalten. Wir glauben, er ist noch am Leben und wird irgendwo festgehalten. Es handelt sich um eine weitere Nachahmungstat. Der Bastard lässt ihn langsam ausbluten – wie PC Tyrrell.«

»Ein zweiter Officer. Und dieses Mal einer von uns.« Er starrte Bone mit Wut in den Augen an. »Und dann das hier heute Morgen auf meiner Fußmatte.« Er warf eine Zeitung auf den Schreibtisch.

Bone hob sie auf. Auf der Titelseite prangte ein Farbfoto, das Bone dabei zeigte, wie er McKinnon vor dem Revier umstieß, darüber stand in fetten roten Buchstaben:

Verrückter Cop schlägt um sich

»Das war eine Schwalbe, auf die die italienische Liga stolz gewesen wäre. Ich war nicht mal in der Nähe dieses Wiesels.«

»Er ist mir scheißegal, aber die Öffentlichkeit glaubt, was sie sieht – nämlich einen Polizisten, der die Kontrolle verliert. Und das zu Recht.«

»Gallacher.«

»Du bedrohst einen Rentner. Du beschuldigst Schottlands Top-Anwalt der Misshandlung von Ehefrauen, der Entführung und des Mordes. Unser leitender Archivar ist tot, und jetzt lässt du zu, dass dein eigenes Teammitglied entführt wird. Ich würde sagen, diese Schlagzeile ist ziemlich zutreffend.«

»Bei allem Respekt ...«

»Respekt?«, unterbrach Gallacher ihn. »Ich sehe hier nicht viel Respekt – weder für deinen Job, deinen Rang, das Gesetz noch für mein Vertrauen in dich. *Wo* ist der Respekt, Bone?«

»Ich habe dich gewarnt, dass wir das Ganze auf meine Art machen würden, und du hast zugestimmt.«

»Ich habe nicht zugestimmt, einflussreiche Persönlichkeiten des öffentlichen Lebens einzuschüchtern. Genauso wenig habe ich dem Rest dieses inkompetenten und, offen gesagt, gefährlichen Schlamassels zugestimmt, für den du verantwortlich bist.«

»Wir sind dran.«

»Das hast du schon einmal gesagt, und sieh dir an, wie wir jetzt dastehen. Wir stecken bis zum Hals in der Scheiße, ohne Rettungsinsel oder auch nur ein verdammtes Paddel.« Gallacher marschierte um seinen Schreibtisch herum. »Hast du eine Ahnung, wie schwierig es war, den DCC dazu zu bringen, dich zurückkommen zu lassen?« Er beugte sich bis auf Spuckweite an Bones Gesicht heran. »Mein Kopf war bereits in der Guillotine, aber jetzt geht es steil bergab in Richtung Disziplinarverfahren und Zwangspensionierung mit Minimalrente.«

»Unser Team wird Harper finden und diese Kreatur fangen.«

»Jedes Mal, wenn du das sagst, wird alles nur noch schlimmer, Bone. Also halt doch einfach mal die Klappe!«

»Okay, was willst du?«, grummelte Bone.

Gallacher kehrte zu seinem Schreibtisch zurück und sackte in sich zusammen. »Zwei Tage, mehr kann ich dir nicht geben. Danach bist du den Fall los und ich werde dich für untauglich für den aktiven Dienst erklären.«

»Warum entlässt du mich nicht einfach sofort?«

»Führe mich nicht in Versuchung«, knurrte Gallacher. »Ich tue das, weil ich dir als Freund eine letzte Chance schulde. Aber danach bist du auf dich allein gestellt, und ich werde nicht da sein, um zu verhindern, dass sie dir den Arsch aufreißen.«

Bone wollte etwas erwidern, sah aber, dass Gallacher nicht mehr zu erreichen war.

»Und ich habe es satt, das immer wieder zu sagen, aber halt dich verdammt noch mal von McLean fern! Er hat nichts damit zu tun.«

»Natürlich«, sagte Bone und hoffte, dass Gallacher die Lüge in seinen Augen nicht sehen konnte.

Er kehrte in die Einsatzzentrale zurück, und der diensthabende Sergeant folgte ihm.

»Sir, entschuldigen Sie die Störung«, sagte er. »Paul Quinn ist in Verhörraum drei.«

»Wer?«, fragte Bone.

»Der Bauarbeiter. Erinnern Sie sich? Sie haben uns gebeten, ihn zur Befragung herzubringen?«, rief Baxter von ihrem Schreibtisch aus.

»Verdammt! Ja, natürlich.« Bone rieb seine Narbe und versuchte, Gallachers wütende Tirade aus dem Kopf zu bekommen. »Wo ist Walker?«

»Edinburgh. Wir haben vielleicht eine Spur zu Harpers Auto«, fügte Baxter hinzu.

»Dann kommen Sie«, sagte Bone.

»Was, ich?«, erwiderte Baxter. »Wirklich?«

»Ja, DS Baxter. Beeilen Sie sich, bevor ich meine Meinung ändere!«

Sie schnappte sich ihre Tasche und folgte Bone nach draußen.

VIERUNDDREISSIG

Paul Quinn saß zusammengekauert auf seinem Stuhl wie ein Mann, der auf die tödliche Injektion wartete. Bone und Baxter saßen ihm gegenüber und starrten ihn ein paar Augenblicke schweigend an, um den Druck zu erhöhen.

»Ich weiß nicht, warum ich hier bin. Ich habe Ihnen doch gesagt, dass ich nichts getan habe«, sagte er, während er in seinem eigenen Saft schmorte.

»Sieht schuldig aus, finden Sie nicht auch, Detective Baxter?«

»Auf jeden Fall.« Baxter nickte enthusiastisch. Sie genoss den Moment, endlich frei von ihrem Schreibtisch zu sein.

»Stehe ich unter Arrest?«

»Oh, noch mehr Schuld. Weshalb sollten wir Sie verhaften, Paul?«

»Nun, wenn Sie mich nicht verhaften wollen, dann kann ich ja gehen.« Er lehnte sich in einem plötzlichen Anflug von Übermut zurück.

»Bleiben Sie, wo Sie sind!«, befahl Bone. »Wir würden Ihnen gern noch ein paar Fragen stellen, wenn Sie einverstanden sind?«

»Ich sollte einen Anwalt einschalten.«

»Oh, das ist ein großes Wort«, erwiderte Bone. »Wie sieht die Rechtslage dazu aus, DS Baxter?«

Er beäugte Quinn erneut. »Meine Kollegin hier ist Expertin für Strafrecht. Sie wissen schon, das Ding, mit dem Sie gelegentlich aneinandergeraten.«

»Das ist Jahre her – ich bin jetzt ein anderer Mensch.«

»Aus unserer Perspektive wirken Sie gar nicht so anders.«

»Mr Quinn ist freiwillig aufs Revier gekommen, er kann also kommen und gehen, wie er will«, sagte Baxter.

»Es sei denn, wir verhaften ihn?«

»Nun, ja.« Baxter nickte.

»Mich verhaften? Um Himmels willen! Ich habe diese Polizistin nicht umgebracht.«

»Und ein Mann, der eine Befragung vorzeitig abbricht, hat normalerweise etwas sehr Ernstes zu verbergen, meinen Sie nicht auch, Detective?«

»Das ist oft der Fall, ja«, bestätigte Baxter.

Quinns Zuckungen verstärkten sich.

»Also, Mr Quinn«, fuhr Bone fort. »Wenn Sie möchten, dass wir weiterhin an Ihre Unschuld glauben, dann schlage ich vor, dass Sie noch ein bisschen bleiben.«

Quinn seufzte und verkroch sich wieder hinter dem Tisch.

»Also, bei unserem Treffen am siebten Oktober haben Sie gesagt, dass das Tor bereits offen war, als Sie am Mittwoch, dem neunundzwanzigsten September, zur Arbeit bekommen sind.«

»Ja, das ist richtig.«

»Warum haben Sie dem Vorarbeiter nichts davon erzählt? Fanden Sie das nicht ein bisschen seltsam?«

»Nein, wie schon gesagt, habe ich vermutet, dass die Umweltbehörde vergessen hat, abzuschließen.«

»Und am Tag zuvor waren Sie der Letzte, der gegangen ist, stimmt das?«

»Äh …« Quinn kratzte sich am Kopf. »Das bezweifle ich.«

»Hatten Sie Ihren Mantel bei sich?«

»Ah, richtig! Ich bin nicht als Letzter gegangen, aber ich musste zurück, um meinen Mantel zu holen. Meine Zigaretten waren da drin.«

»Der Vorarbeiter hat Ihnen also den Schlüssel gegeben?«

»Das war eine Sache von einer Minute. Ich bin reingesprungen, habe mir meinen Mantel geschnappt und war in zwei Sekunden wieder draußen.«

»Und Sie haben das Tor wieder verschlossen?«

»Ja, und ich habe Davie den Schlüssel zurückgegeben.«

»Warum haben Sie das an dem Tag, an dem wir uns unterhalten haben, nicht erwähnt?«

»Vergessen.«

»Aber jetzt erinnern Sie sich an Ihre Zigaretten?« Bone lehnte sich vor. »Das ist ein ganz hübsches Detail, wenn man bedenkt, wie vergesslich Sie sind.«

»Ich bin zurückgegangen, habe meinen Mantel geholt, abgeschlossen und die Schlüssel zurückgegeben. Ende der Geschichte«, antwortete Quinn und verschränkte die Arme.

Bone öffnete eine Akte vor sich, die einen Ausdruck von Quinns Personalakte enthielt.

»Ich sehe hier in Ihrer interessanten und abwechslungsreichen Akte, dass Sie im Sommer 2013 ein Landschaftsbauprojekt für Baird Construction in Gatehouse of Fleet absolviert haben. Ist das richtig?«

»Himmel, daran kann ich mich nicht erinnern. Ich habe schon tausend Jobs gemacht. Ich nehme, was ich bekommen kann.«

»Lassen Sie mich Ihrem Gedächtnis auf die Sprünge helfen«, sagte Bone sarkastisch. »Sie haben zwischen Juni und September auf der Baustelle gelebt und gearbeitet. Es ging um die neue Umgehungsstraße.«

»Moment, ja, da klingelt's«, sagte Quinn. »Ich habe nichts geklaut, wenn es das ist, worum es hier geht.«

»Als könnte ich so etwas auch nur andeuten«, erwiderte Bone. »Können Sie sich daran erinnern, mit wem Sie bei diesem speziellen Job zusammengearbeitet haben?«

»Keine Ahnung«, sagte Quinn.

»Sie haben also über sechs Wochen lang mit anderen in einem Trailer gewohnt und können sich an keinen Ihrer Arbeitskollegen erinnern?«

»Wie gesagt, ich gehe einfach dorthin, wo es Arbeit gibt.«

»Was ist mit Robert Meiklejohn?«

»Wem?«

»Kommen Sie, jeder kennt den Kuckuck.«

»Ach, den?« Quinns Augen weiteten sich. »Moment mal, ich habe nichts mit ihm zu tun.«

»In Ihren Unterlagen steht etwas anderes.«

»Er war ein totaler Spinner. Alle haben ihn gehasst. Ich war erst neunzehn und er hat mir eine Scheißangst eingejagt.«

»Sie kannten einander also?«

»Hören Sie, wenn Sie glauben, *ich* hätte diese Polizistin umgebracht, weil er mein Kumpel war oder so, dann ist das Schwachsinn, totaler Schwachsinn. Ich bin ihm aus dem Weg gegangen.«

»Also zurück zu dem Tag, an dem unsere ortsansässige Polizistin brutal ermordet worden ist.« Bone übte unaufhörlich Druck aus. »Sie haben das Tor offen gelassen, um später mit der Polizistin zurückzukehren, die Sie zuvor unter Drogen gesetzt hatten.«

»Nein!«, schrie Quinn.

»Sie haben den Bagger in Gang gesetzt, einen tiefen Graben ausgehoben, sie hineingeworfen und bei lebendigem Leib begraben«, fuhr Bone fort und versuchte, Quinn dazu zu bringen, die Wahrheit auszusprechen, die er offensichtlich verbarg.

»Himmel, nein!«

Bone wandte sich an Baxter. »Detective, wie viele Jahre kann Mr Quinn für die brutale Ermordung einer beliebten lokalen Polizistin und Stütze unserer Gesellschaft erwarten?«

»Nach meinem fachlichen Urteil, zweimal lebenslänglich.«

»Mr Quinn wird also voraussichtlich bis zu seinem Tod in Haft bleiben?«

»Korrekt«, bestätigte Baxter.

»Okay, okay.« Quinn warf niedergeschlagen die Arme hoch.

»Ich habe doch nur gedacht, dass sie die Ausrüstung und vielleicht einige der Eisenwaren stehlen wollten.«

»Wer sind *sie*?«, drängte Bone.

Quinn rutschte unbehaglich von einer Seite seines Stuhls auf die andere.

»Wer, Mr Quinn?«, wiederholte Bone.

»Ich habe einen Brief mit hundert Pfund bekommen. Darin stand: *Lass das Tor offen und du bekommst nochmal hundert!*«

»Von wem war der Brief?«

»Weiß ich nicht.«

»Und das sollen wir Ihnen glauben?«

»Es ist die Wahrheit. Ich habe den Brief und das Geld erhalten. Ich bin davon ausgegangen, dass es sich um irgendeine Gang oder was auch immer handelt. Die Art von Leuten, die man nicht fragt, wer sie sind.«

»Und wo ist dieser Brief?«

»Ich habe ihn verbrannt.«

»Sie haben also von einem völlig Fremden einen Brief mit hundert Pfund erhalten und genau das getan, was dieser Fremde gesagt hat?«

»Für Sie sind zweihundert Pfund vielleicht nicht viel Geld, aber es reicht, um mich für die nächsten Monate über Wasser zu halten.«

»Und haben Sie die nächste Rate erhalten?«

»Von wegen!« Er blickte auf. »Wie auch immer, es ist schmutziges Geld. Ich würde es jetzt, da diese Polizistin da drin liegt, sowieso nicht mehr wollen.« Er stützte den Kopf in die Hände. »Ich habe sie nicht getötet, ich habe nur das Geld fürs Tor genommen. Das hätte ich nie getan, wenn ich Bescheid gewusst hätte.«

Bone lehnte sich zurück. »Meine Kollegin und ich werden Ihre Geschichte noch genauer überprüfen. Wir werden uns zu gegebener Zeit wieder bei Ihnen melden. Darauf können Sie sich verlassen, Mr Quinn.«

»Kann ich gehen?«

»Für den Moment, ja. Aber diese Sache ist sehr ernst, Mr Quinn, und Sie müssen mit einer Anklage und möglicherweise einer Freiheitsstrafe rechnen.«

»Sie glauben also nicht, dass ich sie getötet habe?«

»Sie haben, wenn auch unabsichtlich, Beihilfe zum Mord geleistet. PC Garvey könnte noch am Leben sein, wenn Sie nicht so dumm gewesen wären.« Bone stand auf. »Verlassen Sie Kilwinnoch nicht! Aber es steht Ihnen frei, zu gehen. Fürs Erste jedenfalls.«

Quinn stand auf, aber er war so gebeugt und erdrückt von der Last seiner Schuld, dass er dadurch kaum an Höhe gewann. Er schlurfte hinaus.

Bone wandte sich an Baxter. »Also?«

»Er ist ein Nichtsnutz, aber kein Mörder«, sagte Baxter.

»Und?«

»Ich brauche eine Kippe«, antwortete sie.

Brody, der diensthabende Sergeant, hielt Bone auf seinem Weg durch das Foyer an. »Sir, da draußen ist eine Frau. Und die Presse dreht durch.«

Rufe und Schreie wurden laut. Bone spähte durch die Tür. Eine ältere Frau, die in Not zu sein schien, wurde von Reportern belagert. Sie versuchte, sich zum Eingang und zur Treppe durchzudrängen. Bone erkannte sie sofort. Es war Margaret Edwards, die Mutter von Meiklejohns erstem Opfer. Er stürzte hinaus und bahnte sich einen Weg durch die Menge, während die Pressefritzen ihr Fragen entgegen brüllten. »Kommen Sie rein, Mrs Edwards!«, rief Bone über das Getöse hinweg.

»Ich bin gekommen, um mit Ihnen zu sprechen«, meinte Mrs Edwards keuchend.

»Lasst die Frau durch!«, fauchte Bone die Meute an. Er schirmte sie vor den Angriffen ab und führte sie in die Sicherheit des Reviers.

Im Foyer legte die Frau eine Hand auf ihre Brust und versuchte, zu Atem zu kommen. »Ich muss mit Ihnen sprechen …«, röchelte sie.

»Sie müssen sich setzen«, sagte Bone. »Bringen Sie Mrs Edwards eine Tasse Tee, ja?« Er zwinkerte Brody zu, nahm den Arm der Frau und half ihr in ein ruhiges Zimmer. »Hier, setzen Sie sich.«

Er half ihr auf einen Stuhl und setzte sich neben sie.

»Es tut mir so leid, was da draußen passiert ist.«

Mrs Edwards schüttelte den Kopf, ihr Atem ging immer noch nur stoßweise. Sie griff nach ihrer Handtasche und versuchte, den Reißverschluss zu öffnen, aber ihre Hände zitterten zu sehr.

»Was brauchen Sie?« Bone nahm ihr die Tasche ab.

»Inhaliergerät«, keuchte Mrs Edwards.

Bone durchsuchte die Tasche und förderte das Inhaliergerät zutage, welches sie zwei- oder dreimal betätigte und dann tief einatmete. Innerhalb weniger Sekunden stabilisierte sich ihre Atmung. Brody erschien mit einer Tasse Tee und reichte sie Bone.

»Sind Sie okay? Möchten Sie stattdessen ein Wasser?«

»Nein«, sagte sie und atmete noch ein paar Mal tief durch. »Ich bin Asthmatikerin. Sie haben mich zerquetscht. Ich konnte nicht atmen.« Sie schüttelte den Kopf, und nach ein paar Augenblicken entspannte sie sich endlich.

Bone runzelte die Stirn. »Sie haben keinen Respekt.«

»Erinnert mich an damals.« Sie nahm ein Taschentuch aus ihrer Tasche und putzte ihre Nase. »Ich bin gekommen, weil ich wissen muss, dass Robert Meiklejohn tot ist. Ich muss es von Ihnen hören.«

»Ja, Mrs Edwards. Er ist tot.«

»Und warum fängt das alles dann wieder von vorn an?«

»Das wissen wir noch nicht.«

»Es ist so schwer zu ertragen.« Ihre Augen füllten sich mit Tränen und sie schluchzte.

»Es tut mir so leid«, sagte Bone und rückte näher. »Aber Meiklejohn ist bei der Explosion gestorben.«

»Warum steht dann in den Zeitungen, dass er noch lebt?«

»Sie erfinden diese bösen Lügen, um ihre Schmierblätter zu verkaufen. Sie denken nicht eine Minute lang darüber nach, was das für Sie und Ihre Familie bedeutet.«

Sie tupfte ihre Augen und Wangen trocken. »Sie sind ein guter Mensch. Ich habe Ihnen nie die Schuld gegeben, wie andere es getan haben. Sie haben Ihr Bestes getan, um ihn zu fangen. Und Sie haben gelitten.«

»Das war nichts im Vergleich zu dem Schmerz, den Sie durchgemacht haben, Mrs Edwards.« Er reichte ihr den Tee.

Sie nahm ein paar Schlucke und sah schließlich zu ihm auf.

»Wissen Sie, ich spreche immer noch mit ihr, meiner Katie. Wir sitzen zusammen in meinem Wintergarten und quatschen. Ich finde das tröstlich.«

»Das freut mich«, sagte er. »Es tut mir leid, dass er nicht vor Gericht gestellt und bestraft werden konnte.«

»Der Tod war seine Strafe. Das war der Wille des Herrn«, sagte sie und nahm noch einen Schluck.

»Aber Sie müssen aufhören, den Unsinn zu lesen, den diese Zeitungen drucken.«

»Es tut mir leid, dass ich …«

»Sie müssen sich nicht entschuldigen, Mrs Edwards. Niemals«, unterbrach Bone sie. »Ich werde immer Zeit haben, mit Ihnen zu sprechen. Aber vielleicht rufen Sie vorher an, damit Sie das nicht noch einmal durchmachen müssen.«

Sie versuchte, aufzustehen, und Bone nahm ihren Arm.

»Meine Tochter würde sich freuen, dass Sie wieder die Leitung übernehmen«, sagte sie und ging zur Tür.

»Bitte seien Sie versichert, dass wir rund um die Uhr im Einsatz sind. Wir werden der Sache ein Ende setzen.«

»Danke, Inspector. Das musste ich einfach hören.«

»Lassen Sie mich einen Wagen organisieren, der Sie nach Hause bringt.«

»Ich bin zu Fuß hergekommen und kann auch zu Fuß zurückgehen.«

»Ich bestehe darauf. Dann müssen Sie sich auch nicht diesen Hyänen stellen.«

»Also gut, ja. Ich danke Ihnen.«

FÜNFUNDDREISSIG

Als Bone in die Einsatzzentrale zurückkehrte, waren Walker und Mullens ebenfalls vor Ort.

»Harpers Auto wurde gefunden, ausgebrannt auf einer Brachfläche am Rande von Livingston. Im Haus selbst ist nichts weiter aufgetaucht«, sagte Walker grimmig.

»Was ist mit Scotsave, Mullens?«, fragte Bone.

»Ich habe mit dem stellvertretenden Manager gesprochen, einem kleinen, pickeligen Achtjährigen, der gesagt hat, dass Will alles mitgenommen hat, was in jener Nacht aufgezeichnet worden ist.«

»Schwachsinn«, sagte Bone.

»DCI Bone?«

Sie alle drehten sich zu der Stimme an der Tür um. Es war DS Mohan vom Campsie-Fells-Revier.

»Hallo, Sanjit«, sagte Bone, als Mohan sich näherte. »Ich nehme an, Sie haben bereits von der Entführung unseres Kollegen DC Harper gehört?«

»Ja, ganz furchtbar. Ich bin hier, weil ich glaube, dass ich etwas Hilfreiches gefunden habe.«

»Und was ist das?«, fragte Bone.

»PC Ross, die in jener Nacht dabei war, hat einen Haufen Fotos von der Gruppe gemacht und sie mir zugeschickt. Ich habe sie auf diesen Stick geschoben.«

»Hier entlang.« Bone führte Mohan zum nächstgelegenen Schreibtisch und schaltete den Computer ein.

Walker trat zu ihnen und nickte Mohan zur Begrüßung zu.

»Nur zu«, sagte Bone.

Mohan setzte sich und schloss den Stick an. Er öffnete den Ordner, und der Bildschirm füllte sich mit mehreren Miniaturbildern. »Sie hat ziemlich viel geknipst.«

Er öffnete die Galerie und scrollte durch die Bilder von glücklichen, lächelnden Gesichtern, von Menschen, die an ihrem Tisch im *Fells* versammelt waren und in die Kamera strahlten. Dann, als der Abend fortschritt, der Alkohol floss und sich der Tisch mit Gläsern und Flaschen füllte, wurden die Gesichter und die Lächeln etwas trüber, die Umarmungen fester.

»Es geht um diese drei Fotos hier«, sagte Mohan. »Bethany hat sie aus einem anderen Winkel aufgenommen, von weiter hinten. Dadurch hat sie auch einige der Leute an der Bar erwischt.«

Bone lehnte sich vor.

Mohan klickte weiter. »Auf diesem Bild ist PC Garvey zu sehen.« Er wechselte zum nächsten Bild. »Und einen Moment später … sehen Sie den Mann in der Nähe? Und wo seine Hand ist?«

»Mein Gott, sie schwebt über ihrem Glas.« Bone sah zu Walker, die sich neben den Schreibtisch gekniet hatte.

»Das ist John Meiklejohn«, sagte Walker. »Den schäbigen Mantel würde ich überall erkennen.«

»Ich wusste es«, rief Bone aus. Er stand auf. »Dieser kranke Mistkerl steckt bis zum Hals in der Sache drin.« Er griff nach seiner Jacke. »Walker, auf geht's!«

Er wandte sich an Mohan, der sich auf dem Stuhl zurücklehnte und nicht wusste, was vor sich ging.

»Warum kommen Sie nicht auch mit, Sanjit, wenn Sie schon mal hier sind? DS Mullens, das ist DS Mohan. Sie können uns gemeinsam folgen.«

Mullens nickte Sanjit zu.

»Sheila, alarmieren Sie die Schusswaffeneinheit, aber weisen Sie sie an, sich fernzuhalten. Will könnte sich irgendwo in dem Schweinestall dieses Mistkerls befinden. Los geht's!«, sagte Bone. »Du fährst, Walker.«

Die Fahrzeuge hielten am Ende der Straße von Meiklejohns Grundstück.

»Du gehst hinten rum«, flüsterte Bone Mullens zu, woraufhin dieser unbeholfen über den umgestürzten Zaun kletterte und ein Feld überquerte, wobei er dem Verlauf der Hecke als Deckung folgte. »Du nimmst die andere Seite«, wies Bone Walker an. »Mohan, Sie kommen mit mir.«

Walker ging den Pfad entlang und hielt den Kopf gesenkt, während Bone und Mohan sich dem Eingang näherten. Bone spähte durch einen Spalt in der Sperrholzplatte, konnte aber nichts sehen.

»Wir müssen das Brett langsam bewegen«, sagte er.

Mohan half ihm, es zur Seite zu schieben, sie wagten sich vorsichtig hinein, und Bone blieb stehen.

»Hören Sie etwas?«, flüsterte er, aber außer ihrem eigenen Atmen war es ruhig.

Bone schob sich ein Stück weiter hinein, Mohan folgte ihm. Als sich Bones Augen an die Dunkelheit gewöhnt hatten, tauchten Details im Raum auf: der alte Kaminsims auf der Seite, der Tisch, an dem Meiklejohn gesessen hatte, um Papierstreifen für sein Feuer zu zerreißen und der jetzt leer war. Der Raum war verlassen. Er ging weiter in das Hinterzimmer, wo Meiklejohn den makabren Schrein für seinen Sohn errichtet hatte.

»Was ist das?«, flüsterte Mohan.

»Irrsinn«, antwortete Bone.

Plötzlich ertönte ein lautes Klappern direkt hinter ihnen. Sie drehten sich um. Eine Gestalt stürzte aus der Dunkelheit auf sie zu. Mohan stellte sich vor Bone, um den Angreifer abzuwehren.

»Hey, ich bin's nur«, dröhnte Mullens' vertrauter Bariton aus der Dunkelheit.

»Mein Gott, Mullens!« Bone zuckte zurück.

»Hinten ist niemand«, raunte Mullens – seine Version eines Flüsterns.

In diesem Moment ertönte Walkers vertrauter Pfiff. Bone rannte durchs Haus und vorn hinaus. Sie pfiff erneut. Das Geräusch kam von einem nahezu vergessenen Heulager auf der anderen Seite des Hofs. Walker stand im Eingang, als sie sie erreichten. Sie nickte ihnen zu und sie folgten ihr hinein. Im hinteren Teil der Scheune baumelte Meiklejohns schlaffer Körper von einem der rostigen Eisensparren. Ein Schuh hing an einem seiner Fußenden und drohte, herunterzufallen. Sein gebrochenes Genick stand in einem Winkel von fast neunzig Grad zu seinen Schultern.

»Selbstmord?«, fragte Walker skeptisch.

»Von wegen«, antwortete Bone. »Jemand hat ihn vor uns erwischt.«

»Wer?«

»Jedenfalls nicht dieser kleine nichtsnutzige Arbeiter, das steht fest.« Bone zuckte mit den Schultern.

»Glauben Sie, dass es klug wäre, McLean zu beschatten?«, fragte Walker. »Ist er zu so etwas fähig?«

Sie starrten alle auf die Leiche, die sich knarrend hin und her bewegte.

»Advocate Ross McLean? Er ist Ihr Hauptverdächtiger?«, fragte Mohan.

Bone nickte. »Unsere Priorität ist es, Will lebend zu finden. Los geht's!«

»Sollten wir ihn nicht runterschneiden oder so?«, fragte Mohan.

Bone schüttelte den Kopf. »Der geht nirgendwohin. Wir überlassen ihn der Spurensicherung. Kommen Sie!«

»Ich werde es melden«, sagte Walker. »Und keine Spur von DC Harper.«

»Hey!«, dröhnte Mullens wuchtige Stimme vom anderen Ende des Hofs herüber.

»Was ist los?«, fragte Bone und ging auf seinen Kollegen zu.

Mullens stand über den verkohlten Überresten von Meiklejohns Lagerfeuer.

»Als ich neulich hier draußen war, habe ich gesehen, wie er einen ganzen Haufen Mist auf diesem Feuer verbrannt hat«, sagte er und stocherte mit seinem Stiefel in der Asche herum. Er kniete sich hin. »Sehen Sie das?« Er nahm ein halb verbranntes Papierbündel heraus und legte es auf den Boden. »Sieht nach Briefen aus.« Er blätterte vorsichtig durch die verkohlten Überreste.

»Sie sind von seinem Sohn«, erklärte Bone, der sofort die krakelige Handschrift des Kuckucks erkannte.

»Der hier ist noch ganz gut in Schuss.« Mullens holte einen Brief aus der Mitte des verbrannten Klumpens hervor. »Scheiße!«, rief er aus. »Hier steht alles über den ersten Mord des Kuckucks.« Er drehte den Brief um und las weiter. »Mein Gott, ist das anschaulich.«

»Der Kuckuck scheint seinen Vater also über seine Mordserie auf dem Laufenden gehalten zu haben«, antwortete Bone.

»Und der Vater hat nichts getan, um ihn aufzuhalten. Niederträchtige Schweine, alle beide.« Mullens blickte finster drein.

»Wie haben wir das nur übersehen?«, fragte Bone. »Wir haben John Meiklejohn während der ersten Ermittlungen unzählige Male befragt.«

»Das alte Arschloch war ein guter Lügner, wie sein Sohn«, sagte Mullens. »Haben wir es hier mit Erpressung zu tun?«

»Sieht so aus«, sagte Bone. »Er hatte es eindeutig eilig, die Sachen loszuwerden.«

»Die Spurensicherung ist in zehn Minuten hier«, sagte Walker.

Bone trat zurück. »Okay, du und Sanjit, ihr wartet auf die Spurensicherung und informiert sie. Kommen Sie, Mullens! Dieser Ort macht mich krank.«

»Sir, ich muss Ihnen etwas gestehen«, sagte Mullens und holte Bone auf dem Weg zurück zum Auto ein.

»Was haben Sie jetzt wieder angestellt?«

»Sie haben mir doch aufgetragen, ihn im Auge zu behalten. Nun, ich bin irgendwie früher gegangen.«

»Wie das?«

»Mein Vater hat mich angerufen und von einem Notfall gesprochen. Also bin ich gegangen, bevor ich herausgefunden habe, was Meiklejohn verbrannt hat. Und jetzt ist er da drin und hängt mit den Fledermäusen ab. Wäre ich geblieben, hätte ich ihn vielleicht aufgehalten oder gesehen, wer es getan hat.«

»Keine Sorge, er ist erst seit ein paar Stunden da oben. Lange, nachdem Sie hier waren«, sagte Bone. »Aber Sie sollten ernsthaft darüber nachdenken, Ihren Vater in eine Pflegeeinrichtung zu geben.«

»Wem sagen Sie das«, erwiderte Mullens und mit einem Blick auf Bone fügte er hinzu: »Danke, Sir.«

SECHSUNDDREISSIG

Ein uniformierter Beamter stand stramm vor der Einsatzzentrale. Bone näherte sich ihm und er trat einen Schritt nach vorn.

»Sir, der DSU möchte Sie sprechen«, sagte der Beamte verlegen.

»Worum geht es?«

»Bitte, Sir.« Der PC gab Bone ein Zeichen, ihm zu folgen.

»Jetzt schickt er also schon Botenjungen? Mein Gott!«, murrte Bone, aber er folgte ihm trotzdem.

Die Tür der Einsatzzentrale öffnete sich und Walker trat auf den Korridor hinaus. »Was ist los?«, rief sie und sah verwirrt aus.

Bone zuckte mit den Schultern und folgte dem PC, der an Gallachers Büro vorbeiging. Bone blieb stehen und hob die Hand.

»Das ist sein Büro.«

»Folgen Sie mir bitte, Sir!«, beharrte der Uniformierte.

Er führte Bone die Treppe hinunter und blieb vor dem ersten Verhörraum stehen.

»Hier drin?«, fragte Bone.

Der PC klopfte an die Tür und öffnete sie. »DCI Bone ist hier, Sir«, sagte er forsch und führte Bone hinein.

»Was zum Teufel ist hier los?«, fragte Bone.

Gallacher war in voller Uniform, einschließlich seiner Schirmmütze, und saß hinter einem Tisch, flankiert von einem bekannten Gesicht aus Bones Vergangenheit – Detective Chief Superintendent Barnes aus Edinburgh, Gallachers Boss. Barnes fixierte Bone wie ein Rottweiler. Auf Gallachers anderer Seite saß Special Investigator Tennyson, die lächelte, als er sich näherte. Hinter dem Begrüßungskomitee saß eine weitere Gestalt.

»Guten Tag, Detective, lange nicht gesehen«, sagte Bone zu dem unbeirrbaren Rottweiler. Er warf einen Blick zu Gallacher hinüber. »Was soll die Willkommensparty?«

»Setzen Sie sich bitte, DCI Bone!«, befahl Barnes, dessen Knurren kein gutes Zeichen sein konnte.

Bone gehorchte und setzte sich.

»Wie ich sehe, war unser Freund Mr McLean fleißig.« Bone grinste. Er entdeckte eine VHS-Videokassette, die auf dem Tisch neben dem Audiorekorder lag.

»Fürs Protokoll: Ich bin DCS Frank Barnes von Edinburgh Central, in der Rolle als stellvertretender Polizeipräsident anwesend.«

»Fürs Protokoll? Stehe ich unter Arrest?«

»Ebenfalls anwesend sind Detective Superintendent Roy Gallacher, Special Investigator Sarah Tennyson und Welfare Officer David Ross.«

»Was soll das alles?«, fragte Bone.

»Heute Morgen hat DSU Gallacher dieses Video mit der Post erhalten.« Barnes nahm besagtes Video in die Hand.

»Hat es Ihnen die Sprache verschlagen, Sir?«, fragte Bone sarkastisch.

Gallacher runzelte die Stirn.

»Aus der Befürchtung heraus, dass es sich um eine weitere Entführung handeln könnte, hat Detective Superintendent Gallacher die IT-Abteilung gebeten, den Inhalt in ein MP4-Format zu konvertieren«, fuhr Barnes fort.

»Handelt es sich bei dieser Story um eine Serie oder einen Spielfilm?« Bones Geduld war fast am Ende.

Barnes klappte den Laptop auf und drückte ihn gegen die Wand, damit Bone den Bildschirm sehen konnte. »Die Videokassette enthält Überwachungsaufnahmen von einer Person, die wir für PC Garvey halten. Das Video zeigt den Scotsave-Parkplatz in der Nacht ihrer Entführung.«

»Das Band wurde aus Harpers Haus gestohlen, Sir.« Bone richtete seinen Kommentar an Gallacher.

Barnes ignorierte ihn und drückte auf Play. Der Bildschirm erwachte zum Leben und zeigte nun einen verlassenen Parkplatz.

»Und?«, fragte Bone ungeduldig.

Das Video lief weiter. Ein unscharfes Auto schoss mit hoher Geschwindigkeit an der Einfahrt vorbei. Barnes betätigte die Pausentaste.

»Nicht gerade Oscar-reif. Worauf wollen Sie hinaus?« Bone runzelte die Stirn.

Er blickte zu Tennyson hinüber, die sich Notizen zu machen schien.

»Die IT-Abteilung hat das Fahrzeug isoliert, das auf den Aufnahmen zu sehen ist. Sie haben das Bild bereinigt und die Klarheit und Schärfe so weit verbessert, wie es die Technik erlaubt hat.« Barnes drückte erneut auf Play, aber dieses Mal wurde das Video Bild für Bild gezeigt. Die Front des Wagens erschien, und als das gesamte Fahrzeug auf dem Bildschirm zu sehen war, blieb das Band erneut stehen. »Welche Marke und welches Modell ist das Ihrer Meinung nach, DCI Bone?«

Bones Mund blieb offenstehen. »Ich verstehe nicht«, sagte er verwirrt.

»Ist das Ihr Auto, DCI Bone?«

»Das ist nicht möglich.«

»Wie viele Saabs dieses Alters gibt es in Kilwinnoch?«, bohrte Barnes weiter.

»Das ist nicht möglich.«

»Sie stimmen also zu, dass der Wagen auf der Aufnahme Ihnen gehört?«

»Ich weiß es nicht …«

»Sie erinnern sich vielleicht, dass bei der gerichtsmedizinischen Untersuchung einige Fasern der Verstorbenen gefunden worden sind.«

»Was soll das alles …« Bone schüttelte den Kopf.

»Die Ergebnisse haben bisher lediglich eine Herstellerübereinstimmung ergeben.«

»Lassen Sie mich raten, es handelt sich um Fasern eines Saab Sechsundneunzig? Aus dem Jahr vierundsiebzig?« Bone stöhnte.

»Das muss noch ermittelt werden. Wir werden Ihr Auto beschlagnahmen müssen.«

»Ach, kommen Sie!« Bone stand auf.

Der PC drüben an der Tür näherte sich ihm.

»Ich wette, das macht Ihnen Spaß«, schnauzte Bone Tennyson an.

Sie blickte auf, lächelte und hörte auf, zu schreiben. Als sie ihren Stift absetzte, streckte sie kurz die Hand aus, und Bone erhaschte einen flüchtigen Blick auf einen schwarzen Fleck an der Unterseite ihrer Finger.

»Setzen Sie sich, DCI Bone!«, befahl Barnes.

Bone ließ sich widerstrebend zurückfallen.

»Wo waren Sie am Abend des achtundzwanzigsten Septembers? In jener Nacht, in der PC Garvey entführt und ermordet worden ist?«

»Soll das ein verdammter Scherz sein? Bin ich jetzt ein Verdächtiger?«

»Sie haben zugegeben, dass das Auto auf den Überwachungsbildern Ihnen gehört«, antwortete Barnes.

»Also bin ich der Mörder? Ich habe PC Garvey ermordet und jetzt meinen Kollegen, den ich trotz seiner ungesunden Besessenheit von *Star Wars* sehr bewundere. Ich bereite ihn derzeit für eine live übertragbare öffentliche Balsamierungsveranstaltung vor. Habe ich etwas verpasst?«

»Wo waren Sie, Inspector?«, wiederholte Barnes.

»Zu Hause – ich kann nicht glauben, dass ich bei diesem Zirkus mitmache. Ich war im Bett und habe meine krankheitsbedingte Auszeit genossen. Und jetzt wünschte ich, ich hätte Ihnen gesagt, sich zum Teufel zu scheren, Detective Superintendent Gallacher, Sir.«

Er sah seinen Chef finster an.

»Passen Sie auf, was Sie sagen, DCI Bone!«, mahnte Gallacher.

»Und kann jemand Ihre Geschichte bekräftigen?«, fuhr Barnes fort.

»Es ist keine verdammte Geschichte, Columbo.« Bone seufzte.

»Würden Sie sagen, dass Sie bereit waren, als Sie in den aktiven Dienst zurückgekehrt sind?«

Bone warf die Hände in die Höhe. »Ach, hören Sie auf! Tun Sie einfach, was Sie tun müssen!«

»Als stellvertretender Polizeipräsident von Schottland suspendiere ich Sie hiermit vom aktiven Dienst.« Barnes nahm einen A4-Umschlag, der neben seinen Notizen gelegen hatte, und reichte ihn Bone. »Sie stehen zu diesem Zeitpunkt nicht unter Arrest, aber wir werden noch einmal mit Ihnen sprechen müssen, also verlassen Sie Kilwinnoch bitte nicht.«

»Das ist alles McLean. Er hat Ihnen doch gesagt, dass Sie das tun sollen, oder?«

»Standardvorgehensweise, Inspector, das wissen Sie doch«, antwortete Barnes. »Ihr zuständiger Welfare Officer ist hier, um Ihnen mit Rat und Tat zur Seite zu stehen, wenn Sie das wünschen.«

»Und Sie haben nichts zu sagen, DSU Gallacher?« Bone blickte zu seinem Chef hinüber.

»Es liegt nicht in meiner Hand«, antwortete Gallacher und vermied den Blickkontakt.

»Komm schon, Roy, das ist Verleumdung. Das weißt du. Wer auch immer dahintersteckt – vielleicht dieser Mistkerl McLean – ist irgendwie in den Besitz meines Autos gekommen.«

»Wie ist das möglich?«, meldete sich plötzlich Tennyson zu Wort.

Barnes sah sie stirnrunzelnd an.

»Was war das?«, antwortete Bone.

Sie lehnte sich zurück.

Barnes hielt einen Stift hoch. »Sie müssen beide Kopien unterschreiben.«

Bone riss den Umschlag auf, nahm den Brief heraus und krakelte auf die Vorderseite.

»Und die Kopie für Ihre eigenen Unterlagen«, beharrte Barnes.

»Farce«, knurrte Bone, unterschrieb erneut und ließ den Stift dann auf den Tisch fallen.

»Das ist für Sie.«

»Rahmen Sie es ein und schicken Sie es mir!«

»Und wir brauchen Ihren Dienstausweis«, fuhr Barnes unbeirrt fort.

Bone löste sein Schlüsselband und warf es mit solcher Wucht über den Tisch, dass es in Gallachers Schoß landete. Er wirbelte herum, und der PC, der immer noch in der Nähe stand, wich einen Schritt zurück.

»Darf ich gehen? Oder erheben Sie Anklage?«

»Sie können vorerst gehen, aber wie gesagt, Sie werden in Kürze wieder vorgeladen«, sagte Barnes. »Ich schlage vor, dass Sie die angebotene Unterstützung in vollem Umfang in Anspruch nehmen. Und ich empfehle Ihnen dringend, sich an einen Anwalt zu wenden.«

»Ich könnte Advocate McLean bitten, mich zu vertreten.« Bone grinste und versuchte, zu gehen, aber der Polizist hielt ihn an der Tür auf.

»PC Stevenson wird Sie aus dem Revier begleiten«, rief Barnes.

»Ich kann also nicht einmal meine Habseligkeiten aus der Einsatzzentrale abholen?«

»Ich bin sicher, dass einer Ihrer Kollegen sie vorbeibringen wird.« Barnes lächelte und genoss offensichtlich den Moment des Sieges.

Bone öffnete den Mund, um seiner Wut freien Lauf zu lassen, aber dann überlegte er es sich anders und folgte dem PC nach draußen.

Auf halbem Weg durch den Korridor blieb Bone stehen. »Ich würde lieber hinten rausgehen.«

Sie verließen das Gebäude durch eine Seitentür und gingen dann über den hinteren Parkplatz. Am Tor drehte sich der PC um.

»Sir, wenn Sie mich fragen – alle hier stehen hinter Ihnen.«

Bone nickte und der PC öffnete das Tor. Als Bone die Straße überquerte, war das Team der Spurensicherung bereits damit beschäftigt, sein Auto auf einen Anhänger zu verladen. Wie aus dem Nichts tauchte McKinnon, der Journalist des *Chronicle*, auf.

»Vom Feld geschickt, Inspector?«, fragte McKinnon mit einem unaufrichtigen Lächeln.

»Verpiss dich, Wiesel!« Bone drängte sich an ihm vorbei.

»Sie sind offensichtlich einer Festnahme entgangen. Handelt es sich um eine Verwarnung oder um eine vollständige Suspendierung?«

Bone rastete aus. Er packte McKinnon an der Kehle und rammte ihn gegen eine Wand. »Wer füttert Sie mit diesen Informationen?«

»Ein Journalist verrät nie seine Quellen, Inspector«, keuchte der Reporter.

Bone verstärkte seinen Griff um den Hals des Manns. »Ich könnte Sie als Verdächtigen verhaften lassen.«

McKinnon schüttelte den Kopf und sein Gesicht wurde immer röter, während er nach Luft rang. Widerstrebend lockerte Bone seinen Griff.

»Ich könnte Ihnen Körperverletzung vorwerfen«, stotterte McKinnon und umklammerte seine Kehle.

»Hören Sie, wir kennen einander schon lange, und wir wissen beide, dass es zwischen uns nicht gerade wie bei Thelma und Louise zugeht. Aber wir versuchen hier, einen Polizistenmörder zu fangen, und ich brauche Ihre Hilfe.« Bone beschloss, einen vernünftigeren Ansatz zu wählen. »Komm schon, Colin, hilf mir! Wer füttert dich mit diesen Informationen?«

»Wie gesagt, es steht mir nicht frei, das zu enthüllen, aber sagen wir einfach, es ist jemand, der dem Fall sehr nahe steht.«

»Wer, um Himmels willen?«, fauchte Bone und war kurz davor, erneut nach seinem Hals zu greifen und erst aufzuhören, wenn sein Nagetiergesicht nicht mehr zuckte.

»Sehr nahe«, wiederholte McKinnon.

Bone hob die Faust, um dem Journalisten einen Schlag zu versetzen, welcher sich daraufhin an die Wand drückte. Doch dann trat Bone einen Schritt zurück.

»Gehen Sie mir aus den Augen! Sie verpesten meine Luft.«

McKinnon huschte davon, und als er sich in sicherer Entfernung befand, machte er ein paar Aufnahmen von Bones Auto und dessen Abschleppung. Bone gab vor, ihn zu verfolgen, und McKinnon drehte sich um und rannte davon.

Auf dem Weg zurück in seine Wohnung klingelte Bones Handy.

»Du hast es also gehört?«, fragte Bone, sobald er abgenommen hatte.

»Was zum Teufel ist los?« Walkers Stimme zitterte. »DCS Barnes ist gerade aufgetaucht. Er hat gesagt, dass du suspendiert bist und er jetzt die Ermittlungen leitet.«

»Hör zu, das spielt keine Rolle«, erwiderte Bone.

»Keine Rolle? Mein Gott, Duncan. Barnes hat dein verdammtes Foto an die Pinnwand gehängt.«

»Ich möchte, dass Baxter die Akten von Special Investigator Tennyson aufruft.«

»Warum?«

»Alles, was sie finden kann«, fuhr Bone fort. »Sag ihr, sie soll so weit zurückgehen, wie sie kann. Berufliches, Privates – alles, okay?«

»Okay, aber du hast immer noch nicht erklärt, warum.«

»Erinnerst du dich an den Bitumen an Meiklejohns Behelfstür?«

»Ob ich mich erinnere? Ich hab das verdammte Zeug immer noch an den Händen.«

»Genau wie Tennyson. Ich glaube, sie hat ihm einen Besuch abgestattet. Bitte Baxter, mir alles zu schicken. Und wenn sie das getan hat, werde ich deine Hilfe brauchen.«

»Bei dir?«, fragte Walker ohne zu zögern.

»In einer Stunde.« Bone hielt inne. »Es sei denn, du hast Angst davor, mit einem Verdächtigen zu arbeiten.«

»So ein Quatsch«, erwiderte Walker.

***

Bone eilte zu Alice' Haus und schlug mit der Faust gegen die Tür. »Komm schon, komm schon!«, rief er und klopfte erneut.

Mit ihrem gewohnt genervten Gesichtsausdruck öffnete Alice schließlich die Tür. »Das ist kein guter Zeitpunkt, Duncan.«

»Gott sei Dank, Alice! Hör mir zu. Ich möchte, dass du etwas für mich tust.«

»Was?«, fragte sie, wobei sich ihr Tonfall bereits in Richtung einer Widerrede bewegte.

»Nimm Michael für ein paar Tage mit zu deiner Mutter!«

»Willst du mich verarschen?« Alice sah ihn fragend an.

»Ich meine es ernst«, drängte Bone.

»Aber Michael ist in der Schule, und ich habe einen Haufen Sachen zu erledigen. Wir können nicht einfach alles auf deine Anweisung hin fallen lassen. Warum überhaupt? Was ist los?«

»Du musst mir vertrauen. Bitte, nimm Michael und geh! Es ist nur für ein paar Tage. Dann sollte alles wieder in Ordnung sein.«

»Hat es etwas mit diesem Fall zu tun, über den die Zeitungen schreiben?«

»Die Sache ist etwas komplizierter geworden.«

»Mein Gott, Duncan. Bei dir ist immer alles kompliziert. Was ist in dich gefahren, dich ausgerechnet in diesen Fall einzumischen?«

»Dafür habe ich jetzt keine Zeit. Bitte, du weißt, dass ich nicht darum bitten würde, wenn es nicht wichtig wäre. Tu es für mich!«

»Das ist nicht so einfach. Mum und ich verstehen uns nicht besonders gut.«

»Michael liebt es dort, bei den Hühnern und Schafen. Außerdem ist gerade Lämmerzeit«, sagte er – ein verzweifelter Griff nach den metaphorischen Strohhalmen. »Bitte, Alice!«

»Ich rufe Mum an und frage sie, aber wenn sie mir das Leben schwer macht, dann …«

»Danke!«, rief Bone erleichtert aus. »Soll ich Michael abholen?«

»Du meinst, jetzt gleich?«

»Ja.«

»Verdammte Scheiße!«, seufzte sie. »Okay, aber ich hole ihn, du kümmerst dich weiter um deine Komplikationen.« Sie seufzte. Sie musste die Panik in Bones Blick gesehen haben und sicherlich drehten sich ihre Gedanken jetzt fast ausschließlich um die Sicherheit ihres Sohnes.

Bone wollte sich noch einmal bedanken, aber Alice hatte die Tür bereits geschlossen.

SIEBENUNDDREISSIG

Bones Laptop piepte hektisch, während Baxter Akten und Dokumente über Tennyson durchgab. Wie bereits vermutet, hatte sie eine Privatschule besucht, aber statt des üblichen Wegs nach Oxbridge hatte sie sich für eine Karriere in der Armee entschieden und eine Ausbildung zur Offizierin im Schützenregiment absolviert. Er klickte auf ein paar weitere Links, die ihn zu einem Bild führten, das sie Arm in Arm mit einer Gruppe von Soldaten vor einem Feldzelt in der Wüste zeigte. Die Bildunterschrift lautete *Afghanistan 2004*.

Wieder piepte es und weitere Dokumente folgten. Er konnte nicht herausfinden, ob Tennyson an einem aktiven Kampf teilgenommen hatte, aber ein anderer Eintrag fiel ihm auf. Sie hatte eine Zusatzausbildung als Bombenentschärferin absolviert und war 2008 in den Nahen Osten zurückgekehrt, um bei der Beseitigung von Landminen zu helfen. Im Jahr 2009 war ihre Militärlaufbahn zu Ende gegangen. Sie hatte sich selbst aus dem Dienst verabschiedet. Er recherchierte den Zeitraum, aber fand keinen Hinweis auf das Warum. Im darauffolgenden Jahr hatte sie sich jedoch an der University of Glasgow für einen Studiengang in Kriminalpsychologie eingeschrieben. Danach hatte sie für den schottischen Strafvollzug gearbeitet, was zu ihrer Beförderung zur Sonderermittlerin der Polizei geführt hatte.

Bone nahm sein Handy und rief Baxter an.

»Sir, es tut mir so leid, was passiert ist«, sagte Baxter, sobald sie Bones Stimme hörte.

»Können Sie nach Details über Tennysons Zeit als Studentin suchen? Und dann über ihre Position als Kriminalpsychologin beim Strafvollzug und bei uns?«, fragte Bone.

»Ja, Sir, ich werde sehen, was ich finden kann.« Sie legte auf.

Bone kehrte zum Bildschirm zurück, aber die Türklingel unterbrach ihn.

»Ich glaube, ich habe etwas gefunden.« Walker stand in der Tür, sie wirkte aufgeregt.

Bone ließ sie herein.

»Wo ist dein Laptop?«, fragte sie im Flur.

»Hier drin«, sagte Bone und führte sie zum Esstisch im Wohnzimmer. »Worum geht es?«

Walker schloss einen USB-Stick an. »Etwas hat mich an Wills Video gestört, also habe ich die IT-Abteilung gebeten, es durch die App laufen zu lassen, die auch Will benutzt hat, um uns zu helfen, jedes Detail herauszufiltern.«

»Du willst also, dass ich mir diese Horrorshow noch einmal ansehe?«

»Tut mir leid, aber es ist nur ein kurzer Ausschnitt, und du wirst verstehen, warum.«

Walker rief die Datei auf, und die Aufnahme wurde in Zeitlupe abgespielt, wobei Wills entblößtes linkes Auge vergrößert wurde. Sein Lid öffnete und schloss sich wiederholt. Nach etwa zwanzig Sekunden hielt sie das Video an und Walker blickte auf.

»Hast du das gesehen?«, fragte sie.

»Was?« Bone war immer noch verwirrt.

»Ich glaube, das ist Morsecode. Schau noch mal hin!«

»Und woher weißt du das?«

»Venture Scout, weißt du noch?«, antwortete sie und drückte auf die Wiedergabetaste.

»B-O-I-L-E-R«, sagte Walker, als die Sequenz erneut abgespielt wurde.

»Hä?«, fragte Bone verblüfft.

Sie spielte die Sequenz erneut ab und deutete jedes Mal auf den Bildschirm, wenn Harper blinzelte. »B-O-I-L-E-R, da bin ich mir sicher.«

»Was meint er damit?« Bone blinzelte sie an.

»Vielleicht hat es mit seinem Boiler zu tun? Bei ihm zu Hause?«

»Verdammt! Das ist genial. Gehen wir!«

ACHTUNDDREISSIG

Bone bat Walker, am Ende der Straße von Harpers Zuhause anzuhalten.

»Ich warte besser hier. Die PCs werden mich nicht durchlassen, und wenn sie dich mit mir sehen, steckst du in der Klemme.«

»Moment, ich kümmere mich darum«, sagte sie und stieg aus.

Bone beobachtete, wie sie sich dem Police Constable näherte, der am Eingangstor von Harpers Grundstück stationiert war. Nach ein paar Worten nickte der Polizist, rannte die Straße hinauf und verschwand um die Ecke. Walker eilte zurück zum Auto.

»Wir haben nur ein paar Minuten. Ich habe ihm gesagt, er soll die Gasse von hinten nach vorn absuchen, weil ich gerade gesehen habe, wie ein paar Idioten versucht haben, in Haus Nummer eins einzubrechen.« Sie zeigte auf das erste Haus am Ende der Straße und lächelte.

Bone sprang raus. Gemeinsam mit Walker rannte er zu Harpers Tor, duckte sich unter dem Polizeiband durch und eilte zur Tür.

»Wie kommen wir rein?«, fragte Bone.

Walker holte einen Schlüsselbund hervor. »Der Ersatzschlüssel aus Wills Schreibtischschublade.«

Sie öffnete die Tür und zusammen traten sie ein.

In der Küche überprüfte Bone ein paar Schränke. »Wo ist der verdammte Boiler?«, fragte er und öffnete und schloss ein paar Türen.

Im Flur entdeckte Walker den Lüftungsschrank und öffnete ihn.

»Besagter Boiler«, sagte sie.

Bone untersuchte die Schrankfront, beugte sich dann vor und prüfte die unzähligen Rohre und Ventile darunter. Er fuhr mit der Hand an der Seite entlang und drückte seine Finger in den schmalen Spalt zwischen Gerät und Wand. Sein Nagel streifte etwas Hartes, das sich nicht nach einem Rohr anfühlte. Er stieß es an, und eine VHS-Kassette purzelte auf der anderen Seite heraus und landete auf dem Boden vor Walkers Füßen.

»Die Scotsave-Kassette?« Bone hob sie auf.

»Ich dachte, die wäre an Gallacher geschickt worden?«, antwortete Walker.

»Harper hat hier ein Gerät, nicht wahr?«, fragte Bone und eilte zurück ins Wohnzimmer. Der Videorekorder stand noch immer auf dem Couchtisch, wo Harper ihn abgestellt hatte. »Ich schließe ihn an den Fernseher an.« Er untersuchte die

Rückseite des Videorecorders, aber die Kabel fehlten. »Verdammt!«

Walker entdeckte die Schachtel an der Wand neben dem Fenster. Sie hob sie auf, drehte sie um, und ein Wirrwarr von Kabeln quoll hervor. Sie brachte sie herüber, und nach mühsamem Entwirren fand Bone den Anschluss für den Fernseher, verband alles miteinander und schaltete alle Geräte ein.

»Die Vorteile, wenn man auf Retro steht.« Er legte die Kassette in das Gerät ein, und nach ein paar Fehlstarts brachte er den Videorekorder und den Fernseher dazu, miteinander zu sprechen. Er betätigte die Wiedergabetaste, aber nichts passierte. »Großer Mist.«

»Warte!« Walker griff hinter das Gerät und tauschte einige Kabel aus. »Versuch es noch einmal.«

Der Bildschirm flackerte und das Video lief an.

»Scotsave muss zwei Überwachungskameras auf dem Parkplatz haben«, sagte Bone, aber seine Ausführungen wurden unterbrochen, als das Video zeigte, wie ein Wagen vor dem Tor hielt – und der Fahrer zur Kamera hochblickte. Er spulte zurück und spielte die Aufnahme erneut ab. Dann sah er Walker an. »Diese verfluchte Tennyson.«

»Es scheint so«, antwortete Walker.

Bone war bereits an seinem Handy. »Roy, ich bin's«, sagte er, als Gallacher abnahm.

»Duncan, die ganze Sache liegt nicht mehr in meinen Händen.«

»Hör zu!«, unterbrach ihn Bone. »Ist Tennyson noch da?«

»Was?«

»Die Sonderermittlerin, ist sie noch auf dem Revier?«

»Duncan, du bist suspendiert und es wird gegen dich ermittelt. Ich sollte im Moment gar nicht mit dir sprechen.«

»Sag es mir einfach!«, drängte Bone.

»Ich glaube schon. Ich habe sie vor zehn Minuten oder so auf dem Gang gesehen. Was ist los?«

»Sie hat PC Garvey entführt und vermutlich auch Harper.«

»Mein Gott, Duncan. Du hast sie wirklich nicht mehr alle.«

»Ich bin in Harpers Haus. Ich habe Videomaterial gefunden, das zeigt, wie Tennyson meinen Wagen fährt und Garvey aufsammelt. Das ist ein unwiderlegbarer Beweis.«

»Du solltest nicht in seinem Haus sein. Bist du etwa eingebrochen?«

»Ja, ich bin eingebrochen. Ich arbeite auf eigene Faust.«

Walker riss Bone das Handy aus der Hand.

»Sir, ich bin gemeinsam mit DCI Bone hier. Ich habe das Filmmaterial auch gesehen. Es ist wahr. Tennyson ist unser Killer.« Stille. »Sir?«

»Was soll ich tun?«, fragte Gallacher schließlich.

Bone schnappte sich sein Handy zurück. »Halte sie so lange wie möglich dort fest!«

»Was macht ihr in der Zwischenzeit?«

»Wir finden Harper.«

»Das ist ein beschissener Fall«, sagte Gallacher. »Du musst dich da raushalten, Duncan, und Walker …«

Aber Bone hatte bereits aufgelegt, um Baxter anzurufen. »Ich brauche die Adresse von Tennyson.«

Augenblicke später war Baxter wieder am Apparat. »Cedric Road, Nummer dreiundzwanzig. In Mossilpark.«

»Sagen Sie Mullens, dass er Tennyson folgen soll, wenn sie das Revier verlässt!« Bone legte auf. »Wie lange bis nach Mossilpark?«

»Wer fährt?«, fragte Walker. »Fünfundzwanzig Minuten, mehr oder weniger.«

»Dann los.«

Als sie das Haus verließen, erreichte der aufgeregte und verschwitzte PC gerade wieder die Einfahrt.

»Keine Spur von …«, er blieb stehen, als Walker und Bone sich an ihm vorbeidrängten, »… Eindringlingen«, keuchte er und ließ sich erschöpft gegen die Wand sinken.

Fünfzehn Minuten später und fünf Minuten schneller, als The Stig von *Top Gear* es hätte schaffen können, bog Walker in die Cedric Road ein und hielt an.

»Dreiundzwanzig ist in dieser Richtung«, sagte Walker mit einem Blick auf die Hausnummern.

»Komm schon!«, sagte Bone.

Sie marschierten die Straße hinauf.

Glücklicherweise befand sich Nummer dreiundzwanzig am Ende eines Reihenhauses. Sie rannten an der Seite entlang und fanden ein Tor im hohen Zaun. Bone versuchte sich am Griff, doch der war verschlossen. Er stemmte seine Schulter dagegen, aber nichts rührte sich.

»Räuberleiter?« Walker ging in die Hocke und verschränkte die Finger vor sich.

Bone hob den Fuß und Walker warf ihn praktisch über den Zaun. Er sprang hinunter in den bescheidenen Hof und öffnete das Tor, um Walker hereinzulassen. Dann versuchte er es an der Tür.

»Sir«, flüsterte Walker und deutete auf das Schiebefenster. Sie klopfte zweimal gegen den Rahmen, und das Fenster sprang auf.

»Wie zum Teufel machen Sie das?«, fragte Bone fasziniert und trat ein. Die Küche war düster und klaustrophobisch klein. »Du suchst hier unten, ich sehe oben nach.«

Er sprang die schmale Treppe hinauf und probierte die erste Tür aus. Ein Badezimmer. Er scannte schnell den Raum und ging dann weiter. Nebenan befand sich ein kleines Schlafzimmer. Die spartanische Einrichtung deutete auf ein ungenutztes Gästezimmer hin. Hinter der dritten Tür befand sich das Schlafzimmer von Tennyson. Er trat ein, um den Schminktisch zu untersuchen, ein ungeordnetes Durcheinander von Kosmetika, Toilettenartikeln und anderen Utensilien. Er zog an einer Schublade darunter, die voller Höschen und BHs war. Er öffnete einen schmalen Schrank in der Ecke und kramte in einigen Jacken- und Manteltaschen herum, aber außer einer halb aufgegessenen Packung Rolos und einigen gebrauchten Taschentüchern fand er nichts

Brauchbares. Auf dem Nachttisch neben ihrem Bett lag ein Roman. Er warf einen Blick auf den Titel. *Bravo Two Zero – Hinter feindlichen Linien* von Andy McNab.

»Kommt hin«, murmelte er.

Auf einem Regalbrett darunter befand sich ein Metallkorb, in dem sich Papiere stapelten. Bone kniete sich hin und blätterte in dem Stapel. Und tatsächlich, zwischen zwei Umschlägen steckte der Schlüssel zu seinem Saab. Er hielt ihn unter die Lampe, um ihn genauer zu betrachten. Es war sein Schlüssel oder zumindest eine tadellose Nachbildung. Das unverwechselbare Siebzigerjahre-Logo befand sich auf der Rundung.

Er wollte sich gerade aus dem Staub machen, als er einen Zettel auf dem Boden unter dem Bett entdeckte. Er kniete sich hin und griff darunter. Es war ein Lesezeichen, auf dessen Rückseite eine Nummer stand. Er tastete nach seinem Handy und tippte schnell die Ziffern ein. Es klickte und klingelte und fast sofort nahm jemand ab.

»Wer ist da?«, fragte Bone.

»Depot Lagerhaus, Sir. Wie kann ich Ihnen helfen?«

Kaum hatte Bone aufgelegt, klingelte es erneut. »Verdammt!«, murmelte er und drückte auf dem Bildschirm herum. »Ja?«

»Tennyson ist vor zwanzig Minuten gegangen. Ich dachte, sie wäre noch in ihrem Büro, tut mir leid«, sagte Gallacher.

»Depot Lagerhaus an der alten Fells Road. Alarmiere die Spezialeinheit, aber schicke sie noch nicht rein! Wir dürfen Tennyson nicht verschrecken. Ich rufe wieder an.«

»Bone … Bone!«, brüllte Gallacher in den Hörer.

Aber Bone legte auf und sprang die Treppe hinunter.

»Ich glaube, ich habe gerade Harper gefunden«, sagte er atemlos zu Walker.

NEUNUNDDREISSIG

Die Lagerhallen befanden sich auf dem Gelände der ehemaligen Papierfabrik an der alten Hauptstraße zwischen Kilwinnoch und Campsie Fells. Die einzelnen Lager waren unterschiedlich groß, aber in der Regel groß genug, um die Besitztümer eines durchschnittlichen Haushalts oder ein paar Autos unterzubringen. Die Firma hatte sich nicht die Mühe gemacht, viel mit der alten Fabrik anzufangen. Stattdessen hatten sie lediglich Metallcontainer um und zwischen den Gebäuden aufgestellt. Als Walker sich der Abbiegung näherte, bremste sie ab.

»Gallacher hat die Spezialeinheit bestimmt direkt losgeschickt«, sagte sie. »Die werden dich nicht durchlassen.« Sie hielt an, fuhr rückwärts die Straße hinunter und auf einen Rastplatz.

»Ich kenne einen anderen Zugang«, sagte sie.

Bone folgte ihr die Straße zurück, wo Walker über einen Zaun auf ein Feld kletterte. Der Halbmond am ungewöhnlich klaren Himmel spendete genügend Licht, um etwas zu sehen.

»Hier entlang«, sagte sie und ließ sich eine Böschung hinunter zum Ufer eines schnell fließenden Baches fallen.

Bone kletterte ihr nach.

»Bist du sicher, dass das der richtige Weg ist?«, fragte er und stolperte über ein paar Felsen.

»Der Bach fließt genau in die Mitte der Mühle.« Sie sprang gekonnt von einem Felsblock zum nächsten.

Nach ein paar weiteren Fehltritten stand Bone bis zu den Knien im Wasser, aber er lief weiter. Ein paar Minuten später erreichten sie das erste Gebäude. Der Fluss verengte sich, sodass er etwas leichter zu bewältigen war. Sie folgten ihm unter einer Brücke hindurch, wobei sich Bone an der Seite hielt, während das Wasser um seine Knöchel schwappte. Auf der anderen Seite war nun das Hauptgelände zu sehen. Riesige Stahlteile ragten an den bestehenden Gebäuden empor. Unauffällig kletterten sie das Ufer hinauf und in den Hof, wobei sie eine Reihe von Ölfässern als Deckung nutzten.

»Er könnte in jedem dieser Gebäude sein«, flüsterte Bone.

Walker deutete über den Hof auf ein schwaches Licht, das gerade so durch eine scheibenlose Öffnung in einem der alten Gebäude zu sehen war. Sie bewegten sich am Rande der Anlage entlang und hielten sich dicht an den Gebäuden. Als sie das angestrebte Gebäude erreicht hatten, gab Bone Walker ein Zeichen, von der anderen Seite zu kommen, und näherte sich vorsichtig der Front.

Kauernd hob er den Kopf und spähte durch das Fenster. Das Licht kam von weiter drinnen.

Er suchte die Fassade ab, konnte aber keine Tür entdecken, also rutschte er durch die Öffnung in der Mauer und rollte sich auf den Steinboden im Inneren. Ein lautes Klicken veranlasste ihn dazu, sich nach links zu wenden. Jemand bewegte sich in der Dunkelheit. Er drückte sich an die Wand und hielt den Atem an. Der Schatten bewegte sich zur Seite und verschwand dann. Er beugte sich vor, um besser sehen zu können, aber sein Fuß stieß gegen die Wand. Ein Stück Putz löste sich und landete mit einem dumpfen Geräusch auf dem Boden.

Bone sprang auf, weil er einen Angriff aus den Schatten erwartete, aber alles blieb still. Er ging weiter an der Wand entlang und steuerte auf das kleine Lichtloch vor ihm zu, doch je tiefer er in das Gebäude vordrang, desto dunkler wurde es. Er stolperte über etwas zu seinen Füßen, blieb stehen, lauschte und ging weiter. Als er sich der Lichtquelle näherte, erlosch diese plötzlich, und er wurde von pechschwarzer Dunkelheit verschlungen. Er war nun völlig blind, aber er stapfte weiter, wobei er sich an der Wand orientierte. Vier oder fünf Schritte, dann traf er auf kaltes, glattes Metall. Die Seite eines Schranks oder vielleicht einer Tür? Auf der Suche nach einem Griff tastete er die Oberfläche ab, und mit einem leisen Knarren schwang sie auf. Er trat hindurch und streckte die Hände aus, um die undurchdringliche Dunkelheit zu erkunden.

Plötzlich packte jemand seinen Arm und zerrte ihn nach vorn und auf den Boden. Instinktiv drehte er sich und rollte sich ab, um dem Griff zu entkommen. Er sprang auf und nach hinten, wurde aber seitlich getroffen. Die Wucht des Schlages warf ihn wieder zu Boden. Er stand auf, stürzte sich in die Dunkelheit und prallte mit einem Körper zusammen, woraufhin ein Wirrwarr aus Fäusten und Füßen entstand, das schließlich in seiner Gesamtheit auf dem Boden landete. Bone schnappte sich eine Handvoll Stoff oder Haare und schlug mit der freien Faust auf den Körper des Angreifers ein, wobei seine Knöchel schließlich auf Haut und harte Knochen trafen. Der Angreifer schlang einen Arm um Bones Hals und drehte ihn wie den Korken in einer Flasche. Bone versuchte, sich aus der Umklammerung zu winden, aber sie war zu fest, und er schnappte nach Luft.

Er kratzte am Boden und sein Finger stieß gegen etwas Hartes. Ein Backstein. Er verlagerte sein Gewicht zur Seite, um die potenzielle Waffe zu erreichen, schnappte sie sich und schmetterte den Stein gegen den Kopf seines Widersachers. Sein Gegner senkte die Arme und Bone kroch unter dem reglosen Körper hervor. Er schnappte nach Luft, tastete nach seinem Handy, schaltete die Taschenlampe ein und richtete den Lichtstrahl auf den Boden, wo sein Angreifer lag. Aber da war niemand.

»Fuck!« Ein weiteres Knistern ertönte hinter ihm, und er schoss herum, die Fäuste erhoben.

»Hey, ich bin's!« Walker tauchte aus der Dunkelheit auf.

»Himmel!«, sagte Bone.

»Was war das für ein Lärm?«

»Sschh!«, zischte Bone. Er richtete den Strahl der Taschenlampe zurück in den Raum.

Walker folgte dem Strahl mit ihrem Blick.

»Sie ist irgendwo hier drin«, flüsterte Bone.

Er drehte sich um, ließ den Strahl umherhuschen und erhaschte plötzlich einen Blick auf einen Stuhl. Walker folgte ihm behutsam. Das Licht landete auf Harpers halbnacktem Körper.

Bone eilte auf ihn zu. »Will?«, sagte er und reichte Walker die Taschenlampe. »Will!« Er schüttelte ihn, aber Harper reagierte nicht. Bone überprüfte den Puls an seinem Hals.

»Er lebt. Gerade noch so«, sagte er.

»Schau mal!« Walker richtete den Lichtstrahl auf die Flasche am Boden, die nun mehr als zur Hälfte mit Harpers Blut gefüllt war.

Auf der anderen Seite des Raums wurde eine Tür zugeschlagen. Bone sprang auf.

»Ruf einen Krankenwagen!«, befahl er und rannte durch den Raum hinaus auf den Hof.

Das Mondlicht illuminierte eine über den Hof eilende Gestalt.

»Tennyson!«, rief Bone.

Die Gestalt blieb kurz stehen, lief dann aber weiter und verschwand hinter einem der Lager. Bone nahm die Verfolgung auf. Aber als er das Lager erreichte, war niemand zu sehen. Er machte eine schnelle

Hundertachtzig-Grad-Drehung, aber die Person war verschwunden. Er ging weiter bis zum Ende des Gebäudes und zum hinteren Zaun. Dort rüttelte er am Draht, entdeckte ein Loch zu seiner Linken, das breit genug war, um hindurchzukriechen, zwängte sich hindurch, stand auf und folgte einem Feldweg. Als er das Ende erreicht hatte, sprang er über die Mauer zurück auf die Straße. Eine Reihe von Scheinwerfern blendete ihn, und er sprang zur Seite in die Böschung, als ein vorbeirasendes Auto ihn nur knapp verfehlte.

Er sprintete die Straße hinauf zu der Stelle, an der sie geparkt hatten, und blieb stehen. »Keine Schlüssel!« Er tastete nach seinem Handy. »Kein Handy. Fuck!«

In diesem Moment tauchte ein weiteres Scheinwerferpaar über der Hügelkuppe auf. Ein Streifenwagen. Er rannte auf die Straße und direkt vor den Wagen.

Der Fahrer trat auf die Bremse und kam etwa einen Meter vor ihm zum Stehen. Ein Beamter sprang heraus.

»Ich brauche Ihren Wagen!«, schrie Bone.

»Wer sind Sie?«, fragte der Beamte ungläubig.

»DCI Bone. Ich muss dem Auto folgen, das Sie gerade passiert hat.«

»DCI Bone? Sind Sie nicht suspendiert?«

»Na, dann verhaften Sie mich, aber wenden Sie zuerst Ihren Wagen und folgen Sie dem verdammten Polizistenmörder!«

»*Aye*, Sir«, sagte der Beamte.

Gemeinsam eilten sie zurück zum Auto. Mit einer kreischenden Kehrtwendung fuhr der Beamte zurück auf die Fahrbahn.

»Sehen Sie den Wagen?«, fragte Bone vom Beifahrersitz aus und suchte die Dunkelheit nach Anzeichen von Scheinwerfern ab.

»Dort«, meldete sich der junge Beamte, der auf dem Rücksitz saß, und zeigte auf die sich bewegenden Lichtkegel am Hang.

»Er hat die Rest Road genommen, über den Hügel«, sagte der Fahrer.

»Sollen wir Verstärkung anfordern?«, fragte der Polizist hinten.

»Ja, die verdächtige Person ist bewaffnet und sehr gefährlich«, sagte Bone. »Aber sagen Sie ihnen, sie sollen Abstand halten. Wir wollen kein Blutbad verursachen.« Er beugte sich vor und schielte auf den Tacho. »Läuft das Ding auch schneller?«

»Aber hallo!« Der Beamte grinste, ließ die Gänge knirschen und drückte aufs Gas. An der Abzweigung zur Rest Road bremste er kaum, und der Streifenwagen schoss schreiend um die Ecke. »Die Straße hat verdammt viele Kurven. Schnallen Sie sich besser an!«

Der purpurrote Schimmer von Tennysons Rücklichtern war jetzt zu sehen. Sie holten auf. Der Wagen schlängelte sich auf den Gipfel zu, die Straße wurde schmaler und fiel zur Seite hin steil ab, aber der Fahrer meisterte die engen Kurven in halsbrecherischer Geschwindigkeit und mit geübter Sicherheit. Bald erreichten sie den Gipfel, wo die

Straße wieder breiter wurde. Der Beamte auf dem Rücksitz murmelte etwas Unzusammenhängendes.

»Was war das, Jim?«, fragte der Fahrer.

»Ich sagte, ich glaube, ich muss ...« Der Beamte öffnete das Fenster, streckte den Kopf heraus und kotzte über die Tür, wobei die Spucke wie ein roter Pfeil aus gewürfelten Karotten nach hinten schoss.

»Mein Gott!«, beschwerte sich der Fahrer. »Das machst du sauber, wenn wir wieder auf dem Revier sind.«

Der aschfahle Beamte wischte seinen Mund ab. »Ich bin es nicht gewohnt, hinten zu sitzen.«

»Hab ich dich, du Schwein!«, rief Bone, als er Tennysons Rücklichter wieder entdeckte, denen sie mittlerweile noch näher gekommen waren.

Doch dann bog sie plötzlich nach rechts ab und verschwand auf einem Feldweg.

»Wo zum Teufel will sie hin?«, fragte Bone.

»Das ist eine Abkürzung zur Hauptstraße. Festhalten!«, sagte der Fahrer und bog ebenfalls ab, wobei er über Schlaglöcher und fußtiefe Traktorspuren holperte und klapperte.

»Um Himmels willen!«, brummte Officer Jim und würgte dann erneut.

Als sie schließlich das Ende des Weges und die Hauptstraße erreichten, hielten sie an.

»Welche Richtung?«, fragte der Fahrer.

Bone schaute nach links und rechts. »Da!« Ein Lichtblitz erhellte eine Gruppe von Pinienbäumen.

Sie überquerten die Hauptstraße und bogen auf einen weiteren schmalen Weg ab.

»Wohin führt der Weg?«, fragte Bone, während zu beiden Seiten hohe Hecken vorbeizogen.

»Nach Carronhead und dann weiter nach Stirling«, antwortete der Fahrer und rang mit dem Lenkrad, während der Wagen die Straße hinunterraste.

»Carronhead?«, wiederholte Bone.

»Aye.«

»Verflucht!«

»Was?« Der Fahrer warf einen Blick auf ihn und die Wagenseite streifte einen überhängenden Ast, der gegen Bones Fenster prallte.

»Dort ist meine Frau.«

Der Fahrer drückte das Gaspedal fester durch, und in der nächsten Kurve tauchte der ominöse blutrote Schimmer von Tennysons Rücklichtern wieder vor ihnen auf.

Am Ortsrand von Carronhead tauchte hinter ihnen ein Trupp blinkender Blaulichter auf.

»Ist das deren Vorstellung von Diskretion?«, grummelte Bone.

Tennyson bog erneut scharf rechts ab und fuhr in eine Wohnsiedlung. Der Streifenwagen folgte und schlängelte sich an einer Reihe schuhkartonartiger Wohnhäuser vorbei, die in langweiliger Uniformität aneinandergereiht waren. Plötzlich bog der Fahrer nach links ab.

»Was machen Sie denn da? Sie werden sie verlieren.«

»Abkürzung«, antwortete der Fahrer, bog sofort wieder links ab und raste eine weitere identische Straße hinunter. An der Kreuzung trat er auf die

Bremse. »Warten Sie!«, sagte er, und Augenblicke später raste Tennysons Auto an ihm vorbei, und er folgte mit quietschenden Reifen.

»Gute Entscheidung«, sagte der PC auf dem Rücksitz. Die Farbe war mittlerweile in sein Gesicht zurückgekehrt.

Tennyson fuhr weiter durch den Ortskern und auf der anderen Seite wieder hinaus.

Bone betete, dass sie weiterfuhr, aber zu seinem Entsetzen bog sie in die Gasse ein, die zum Hof von Alice' Mutter führte.

»Sie fährt tatsächlich zu ihr. Schneller!«, forderte er.

Ihre Rücklichter verschwanden um eine weitere scharfe Kurve, und als der Streifenwagen selbige Kurve erreichte, war Tennysons Auto verschwunden. Der Fahrer trat auf die Bremse.

»Nicht anhalten!«, schrie Bone.

»Wir haben sie verloren.« Der Fahrer schlug aufs Lenkrad.

»Fahren Sie weiter!«

Er schaltete in den zweiten Gang und brauste wieder los.

»Biegen Sie die nächste links ab!«, meinte Bone.

Der Fahrer gehorchte.

»Sehen Sie das Haus da oben? Das hell erleuchtete?«

Der PC nickte und fuhr weiter, bis er am Hoftor ankam. Tennysons Auto stand direkt dahinter, die Fahrertür war offen und der Motor lief noch.

Bone schaute sich im Auto um. »Tragen Sie irgendwelche Waffen bei sich?«

»Nur das Übliche«, sagte der Fahrer. »Haben Sie das Pfefferspray mitgebracht?«, fragte er seinen Kollegen auf dem Rücksitz.

»Tut mir leid«, sagte der junge Polizist. »Im Kofferraum könnte ein Taser sein, ich sehe mal nach.« Er machte sich daran, aus dem Auto zu klettern.

»Keine Zeit, geben Sie mir Ihren Schlagstock!«, sagte Bone zu dem Fahrer.

Der Beamte fischte die Waffe aus dem Fach an der Tür. Bone griff danach und zusammen sprangen sie aus dem Wagen. Die beiden Beamten knöpften ihre Westen zu und machten sich bereit.

Der Fahrer eilte zum Kofferraum und holte eine Stichschutzweste heraus. »Hier, ziehen Sie die an, Sir!«

»Sie beide begeben sich auf je eine Hausseite! Seien Sie vorsichtig!«, sagte Bone, während er die Weste anzog.

Entgegen all seinen professionellen Instinkten rannte er auf das Bauernhaus zu und hämmerte wie wild an die Haustür.

»Alice!«, rief er und lauschte dann. Nichts. Er riss an der Klinke. Aber die Tür war verschlossen, und als er durch das nächste Fenster spähte, konnte er nichts hinter dem Rahmen erkennen. Er wollte gerade zur Seite rennen, als die Eingangstür aufsprang. Bone hob seinen Stock, bereit zuzuschlagen … als Ruth, Alice' Mutter, überrascht zurücktrat.

»Duncan, was machst du da?«

»Gott sei Dank!«, sagte Bone erleichtert.

Michael erschien hinter der Frau. »Dad!«, rief er, drängte sich an seiner Oma vorbei und sprang seinem Vater in die Arme.

»Wo ist Alice?« Bone spähte den Flur hinunter.

»Sie ist drüben im Büro und hilft mir mit der Buchhaltung«, antwortete Ruth. »Sie ist schon seit Stunden da drin. Ich hoffe, ich habe nicht wieder Mist gebaut.« Dann sah sie den Konvoi blinkender Polizeiautos die Straße zum Haus hochfahren. »Was geht hier vor sich, Duncan?«, fragte sie besorgt.

»Nimm Michael, geh ins Haus, schließ die Türen ab und bleib von den Fenstern weg!« Er reichte ihr seinen zappelnden Sohn. »Jetzt!«, rief er.

Sie schlug die Tür zu. Als er um die Seite rannte, ertönte ein Pfiff, und er lief auf die alten Ställe zu, die zu Ruth' provisorischem Büro umgebaut worden waren. Er duckte sich neben einem Anhänger und rannte gebückt auf das Gebäude zu. Während er sich an der Wand entlang schob, spähte er durch die halb geöffnete Stalltür. Das Büro war menschenleer. Er kehrte zur Tür zurück, probierte den Griff aus und gab ihr dann einen leichten Schubs. Mit erhobenem Schlagstock macht er sich gerade auf den Weg nach drinnen, als ein brennender Schmerz seinen Kopf durchzuckte. Noch bevor er schreien konnte, wurde er ohnmächtig.

Bone öffnete die Augen. Das grelle Neonlicht des Büros bohrte sich wie der Biss einer Kobra in seinen Schädel. Sein Verstand war erschöpft und nicht brauchbar. Es dauerte ein paar Sekunden, bis er begriff, wo er war. Er blickte nach unten. Er saß auf einem Stuhl, seine Handgelenke waren gefesselt, und die Polizeiweste, die er im Auto angezogen hatte, war mit Blut bespritzt. Seine Sicht verschwamm und er wurde fast wieder ohnmächtig. Er schüttelte den Kopf, um bei Bewusstsein zu bleiben. Die Weste war anders. Sie war in ein Gewirr von Drähten gehüllt, mit einer Reihe von stangenartigen Objekten über seiner Brust. Ein Sprengstoffgürtel. Verdammt!

»Kuckuck!«

Er drehte den Kopf, als ein Flüstern in seinem Ohr erklang. Tennyson erschien aus der Dunkelheit und stellte sich über ihn.

»Na, siehst du nicht hübsch aus?«, zischte sie, ihre schwarze Militärjacke schmutzig und an der Schulter zerrissen.

»Jennifer Bailey«, murmelte Bone.

»Ah, du bist gut. Das muss ich dir lassen, *Inspector*«, höhnte Tennyson.

»Wo ist meine Frau? Was hast du mit ihr gemacht?« Bone zerrte an den Fesseln, aber sie waren zu fest.

»Sie ruht sich ein wenig aus. Schrecklich anstrengend, mit dir verheiratet zu sein, wie ich höre.«

Bone entdeckte einen faustgroßen Sprengstoffschalter in ihrer Hand.

»Ich habe die Baileys gehasst, diese Pflegefamilie, die direkt aus der Hölle gekommen sein muss«, fuhr sie fort. »Aber Tennyson passt zu mir, was? Ist doch clever. So etwas würde ich mir schließlich nie aus den Haaren ziehen, viel zu offensichtlich.« Sie drehte das Instrument so, dass Bone einen weißen Knopf sehen konnte, der an der Seite herausragte. Sie beäugte ihn. »Genießt du deine Reise in die Vergangenheit?« Ihr Grinsen kehrte zurück.

»Nichts davon wird ihn zurückbringen«, krächzte Bone.

»Du hast ihn mir weggenommen.«

»Das hat er sich selbst angetan.«

»Du hast alles zerstört, was wir hatten, und jetzt werde ich das Gleiche mit dir und Dornröschen da drinnen tun.« Sie nickte in Richtung des Hinterzimmers. Ihr Daumen schwebte über dem Knopf.

»Auge um Auge, was?«, fragte Bone. »Wie erbärmlich! Er war ein richtiger Serienmörder. Und was bist du? Ein trauriger, besessener Fan? Er lacht dich gerade aus. Das weißt du doch, oder?«

»Halt die Klappe!« Sie streckte den Arm aus und drohte erneut damit, den Knopf zu drücken.

»Eins versteh ich nicht. Warum hast du den armen Büromenschen wegen dieser Akten umgebracht? Ich meine, komm schon! Dein Psycho-Freund wäre nicht so dumm gewesen.«

»Ich habe ihm das hier gegeben, und du hast es mir gestohlen.« Sie zog eine Halskette unter ihrer Jacke hervor. »Der heilige Christophorus«, sagte sie und strich über einen verbogenen und geschwärzten Anhänger, der am Ende der Kette baumelte. »Er hat ihn seinen Talisman genannt.«

»Nun, das hat ja gut funktioniert. Und dafür ist Sam Tozier gestorben?«

»Er war ein Mentalgefäß.«

»Er ist ein totes Mentalgefäß. Und eine weitere Familie ist zerstört.«

»Er hat mich geliebt«, sagte Tennyson. »Du hast keine Ahnung.«

»Er hat mich geliebt«, äffte Bone sie nach. »Hör dir doch mal selbst zu! Er hat sich selbst geliebt, Ende der Geschichte. Weißt du, dass er dich verspottet hat, als du ihn im Gefängnis besucht hast? Er hat *dich* sein Mentalgefäß genannt.«

»Ich werde dich töten«, knurrte Tennyson. »Wie er es befohlen hat.«

»Warum dann die Mühe mit meiner Ex? Sie hat nichts mit der Sache zu tun. Meiklejohn würde seinen Atem nicht an sie verschwenden.«

»Wir wollen, dass du so leidest, wie wir gelitten haben.«

»Warum lässt du sie nicht gehen? Dann kannst du dich ganz darauf konzentrieren, mich in die Luft zu jagen.«

»Zwei zum Preis von einem.« Ihr Gackern hallte von den Wänden wider.

»Er besucht mich, weißt du. Ich wette, er besucht dich nicht.«

»Du bist ein verdammter Lügner.«

»Doch, doch, in den meisten Nächten. Er hat mich vor dir gewarnt. Ich glaube, er will, dass ich dich aufhalte.«

»Halt die Klappe!«

»Ich glaube sogar, dass er will, dass ich ihm vergebe. Das ist seine Sühne«, beharrte Bone.

»Seine Sühne wird dein Tod sein«, entgegnete Tennyson.

»Gib einfach auf, Tennyson. Da draußen warten mehr Knarren als auf einer Mafia-Hochzeit.« Er nickte zu der Batterie von Polizeischeinwerfern, die den Hof in Tageslicht tauchten. »Du hast in der Armee gedient. Du solltest besser als jeder andere wissen, wann du deine Verluste begrenzen und dich ergeben solltest.«

»Nicht bevor du stirbst!«, schrie sie und hob die Faust, aber bevor sie den Knopf drücken konnte, flog die Hintertür auf.

Alice stürmte herein und traf Tennyson mit einer Schaufel seitlich am Kopf, sodass diese seitwärts auf den Boden stürzte und der Zünder durch die Luft flog. Bone zuckte überrascht zurück, als die Schaufel seinen Kopf nur knapp verfehlte.

Alice stand einen Moment lang still da und keuchte, während Blut aus einer tiefen Stirnwunde über ihr Gesicht lief.

Zu Boden gegangen, aber noch nicht ganz außer Gefecht, rutschte Tennyson zu dem Zünder, der neben dem Fenster lag.

Mit neuer Kraft stürzte sich Alice auf die Frau und verpasste ihr einen weiteren Schlag auf den Hinterkopf. Tennyson sackte zu einem blutigen Haufen zusammen und stöhnte.

Alice rannte schnell zu Bone und löste seine Fesseln, dann wich sie erschrocken zurück, als sie den

Sprengstoffgürtel sah. »Was soll ich tun?« Sie rang entsetzt die Hände.

»Wo ist der Zünder?«, fragte Bone.

»Ich glaube, er ist da drüben.« Alice drehte sich um, blieb aber stehen, als sie Tennyson am Fenster stehen sah, die den Schalter umklammerte.

»Wage es ja nicht!«, sagte Alice und hob die Schaufel.

»Nein, nein.« Tennyson hob den Arm. »Ich komme, mein Liebling«, rief sie und ihr Daumen bewegte sich über den Schalter.

Plötzlich platzte Mullens durch die Tür, flankiert von zwei bewaffneten Polizisten.

»Hey, Little Miss Sunshine«, brüllte er, hob einen Taser und feuerte, woraufhin das stachelige Kabel aus der Waffe schoss und sich in Tennysons Nacken bohrte.

Es knisterte, ihr Gesicht verzerrte sich, dann fiel sie wie ein Sack ramponierter Rüben zu Boden. Die beiden Polizisten stürzten herbei und hielten ihre zuckenden Arme und Beine fest.

»Wurde auch Zeit«, rief Bone. »Legt ihr Handschellen an!«

»Was zum Teufel ist das?« Mullens schreckte beim Anblick des Gewirrs von Drähten um Bones Brust zurück.

»Die Gurte.« Bone zog vorsichtig an den Klettverschlüssen an der Seite des Sprengstoffgürtels.

»Sollte sich nicht die Spezialeinheit darum kümmern?« Mullens warf einen Blick über seine Schulter.

»Keine Zeit. Sie könnte den Knopf gedrückt haben – wir wissen nicht, wie viel Zeit wir haben. Los!«

»O Gott!« Mullens zog an einem der Riemen. Er hielt inne und betrachtete das Monstrum. »Vielleicht …«

»Warten Sie! Was tun Sie da?«, rief Bone. »Nein! Das ist ein Befehl!«

»Scheiß drauf«, rief Mullens, und mit brachialer Gewalt riss er Bone den Gürtel von der Brust. Er nahm ihn wie ein neugeborenes Baby und rannte auf das Gelände hinaus, wobei er brüllte: »Polizei! Polizei! Polizei! Erschießt mich nicht, ihr Trottel!«

Alice setzte sich hin und rollte sich dann auf die Seite.

»Alice«, sagte Bone und taumelte zu ihr hinüber. »Sanitäter!«, rief er und dann noch einmal.

Augenblicke später erschienen zwei besorgte Sanitäter an der Tür, gefolgt von einer Flotte bewaffneter Polizisten. Einer der Sanitäter kümmerte sich um Tennyson, während der zweite Alice untersuchte.

»Das ist eine ziemliche Wunde«, sagte die Sanitäterin, die sich neben Bone gekniet hatte.

Bone hob die Hand und berührte sein blutendes Gesicht. »Ich habe schon Schlimmeres erlebt. Ist sie in Ordnung?«

Die Sanitäterin untersuchte die Wunde an Alice' Kopf, und Alice stieß ein leises Stöhnen aus.

»Sie war nur bewusstlos. Sie wird extreme Kopfschmerzen haben, aber hoffentlich nichts allzu

Ernstes«, versuchte die Sanitäterin Bone zu beruhigen.

Alice öffnete die Augen und setzte sich einen Moment später langsam auf, wobei sie ihren Kopf hielt.

»Ganz ruhig.« Die Sanitäterin hielt ihren Arm.

Alice murmelte unzusammenhängend vor sich hin, ihre Augen waren glasig.

»Sie hat eine Gehirnerschütterung. Wir bringen sie zum Krankenwagen.«

Bone half ihnen, Alice auf eine Bahre zu legen, und ging dann mit ihnen zur Tür.

»DCI Bone. Ich komme raus.« Er trat in eine Flut blendender Lichter und vor eine Reihe bewaffneter Polizisten, die ihre Waffen auf ihn richteten.

Die Gruppe teilte sich, und die Sanitäter trugen Alice zu dem am Eingang stehenden Krankenwagen.

»Mullens!« Bone suchte die Wand aus Gesichtern ab, entdeckte ihn aber nicht. »Wo ist Detective Mullens?«, rief er einem der bewaffneten Polizisten zu.

Eine laute Explosion dröhnte über den Hof.

»Nein!«, schrie Bone. Er drehte sich um und wollte am Bürogebäude vorbeirennen, aber der bewaffnete Beamte hielt ihn fest.

»Nicht so schnell, Inspector«, beharrte der Mann.

»Er gehört zu mir«, brüllte Bone und versuchte, ihn abzuschütteln.

»Ist er einer von denen?«, fragte der Beamte mit einem Grinsen.

Mullens und die beiden Polizisten von der Verfolgungsjagd tauchten auf und schlurften langsam auf die Gruppe zu. Sie waren von Kopf bis Fuß mit einer Art schlammiger Substanz bedeckt. Der Geruch war schon da, bevor sie sie erreichten.

»Was zum Teufel, Mullens?«, fragte Bone.

»Ich habe das verdammte Ding in die Güllegrube geworfen. Dachte, das wäre der sicherste Ort.« Er wischte eine dicke Schicht verflüssigter Kuhscheiße aus Augen und Mund.

»Sieht aus, als hättest du ein paar neue Freunde gefunden.« Bone nickte in Richtung der beiden PCs, die damit beschäftigt waren, die klebrige Kacke aus ihren Haaren zu entfernen.

Eine gigantische Welle des Gelächters brandete durch die Menge.

VIERZIG

Die Oberschwester blickte von ihren Akten auf und zeigte die Station hinauf. »Ganz am Ende auf der linken Seite.«

Bone nickte und ging hinein. Als Michael seine Mutter sah, ließ er Bones Hand los, rannte zu ihrem Bett und sprang in ihre Arme.

»Mein Junge!« Alice umarmte ihn überschwänglich.

»Sei vorsichtig, Michael. Deine Mutter hat sich den Kopf verletzt, so wie du neulich.«

Alice küsste ihren Sohn auf Stirn und Wangen. Michael zog sich zurück und berührte den Streifen weißen Pflasters, der an ihrer Stirn klebte.

»Geht es dir gut, Mummy?«

»Mir geht's gut. Ich bin nur vom Klettergerüst gefallen.«

»Hat Barry Hutchison dich auch runtergeschubst?«

»Das hat er. Er ist ein ziemlicher Lausbub«, sagte sie kichernd und kitzelte ihren Sohn sanft.

Er riss sich los und sprang vom Bett.

»Geht es dir wirklich gut?«, fragte Bone.

»Ja.« Alice nickte beschwichtigend. »Es ist offenbar nur eine leichte Gehirnerschütterung. Ich sollte heute noch nach Hause dürfen.«

Als er sich auf der Station umsah, entdeckte Bone ein paar Spielsachen, die am Fenster aufgereiht waren. »Hey, Michael, sieh dir das an!« Er deutete auf ein paar Plastiktrucks. »Sollen wir uns die mal ansehen?«

»Ja!«, rief Michael enthusiastisch.

»Sscchh!«, sagte Alice und legte den Finger auf ihre Lippen.

Bone ging mit Michael zum Spielbereich hinüber, und als der Junge es sich gemütlich gemacht hatte, kehrte Bone zu Alice zurück.

»Ist Mum okay?«, fragte sie.

»Ja. Sie ist zäh wie Leder, deine Mum. Außerdem habe ich die beiden sicher ins Haus verfrachtet, bevor ich zum Bürogebäude gegangen bin.« Er setzte sich auf die Bettkante. »Ich danke dir.«

»Wofür?«

»Na ja, abgesehen von allem anderen hast du diese Verrückte mit einer Schaufel attackiert. Das war ein ziemlicher Zug.«

»Ich hätte nicht gedacht, dass ich das kann, um ehrlich zu sein. Ich konnte nur an Michael denken.«

»Es tut mir so leid, dass ich euch alle in Gefahr gebracht habe. Ich hab's vermasselt.«

»Das war diese Frau, nicht du.« Alice sah zu, wie ihr Sohn einen der Lastwagen demontierte und die zerstückelten Teile in den Anhänger des zweiten stapelte. Dann wandte sie sich wieder an Bone. »Du weißt doch, dass ich gesagt habe, du könntest babysitten.«

»Ja, und ich habe es geschafft, auch das zu vermasseln.«

»Ich habe es ernst gemeint. Ich möchte, dass du deinen Sohn öfter siehst. Es ist nicht fair, und ich hätte diesbezüglich netter zu dir sein sollen.«

»Wirklich? Nach all dem?«

»Ich weiß, dass du alles tun würdest, um Michael in Sicherheit zu bringen.«

»Und dich«, sagte Bone.

Er griff nach ihrer Hand, aber sie schob ihn sanft zurück.

»Wir können nicht zurück, wir beide.«

»Ich dachte, du würdest es vielleicht noch einmal versuchen wollen.«

»Nein. Es tut mir leid, Duncan.«

Bone betrachtete ihr Gesicht, und er konnte sehen, wie sich ihr Schmerz in Erleichterung verwandelte. Er nickte. »Ich weiß. Du hast ja recht. Das hast du immer.«

»Und werde es immer haben.« Sie lächelte. »Aber Michael gehört zu uns beiden und wurde aus Liebe heraus geboren. Und das müssen wir in Ehren halten.«

Michael erschien in der Tür, in der einen Hand einen Truck, in der anderen einen Satz Räder. »Kannst du das reparieren, Dad?« Er drückte Bone das kaputte Fahrzeug in die Hand.

»Ja, sicher«, sagte Bone mit einem müden Lächeln in den Augen.

EPILOG

Die Sonne schien und bescherte den Kilwinnoch Town Gardens einen strahlend blauen Himmel. Trotz des Appells von Bone, die Zeremonie in einem ruhigen, informellen Rahmen abzuhalten, waren die meisten Mitarbeiter der drei Reviere sowie einige hohe Tiere aus Edinburgh, darunter der Polizeipräsident Peter Laverty, gekommen. Verwandte, Freunde, Mitglieder von Bürgergruppen und Gratulanten waren um den Granitsockel versammelt, der inmitten eines Beetes aus bunten Pflanzen und Blumen stand.

»Guten Morgen«, sagte Walker, die sich neben Bone gestellt hatte. »Die Sonne scheint«, fügte sie hinzu.

Bone blickte zu Mullens hinüber, der von seiner Frau und DS Baxter flankiert wurde, die in ihrem makellosen Tweed-Hosenanzug samt Schal aus einem John-Buchan-Roman entsprungen sein könnte. Zu ihrer Rechten saß Will Harper, der sich auf ein paar Krücken stützte. Er sah auf, entdeckte Bone und nickte ihm zu. Gallacher trat vor.

»Ich danke Ihnen allen, dass Sie heute gekommen sind.« Er räusperte sich. »Wir sind hier, um das Andenken an unsere wunderbaren und beliebten Kollegen zu ehren. Es ist ein herzerwärmender Anblick, so viele Menschen heute hier zu sehen. Unsere Gemeinschaft ist dem Opfer, das unsere Polizeibeamten gebracht haben, um uns alle vor Schaden zu bewahren, zu großem Dank verpflichtet. Jeder einzelne dieser mutigen jungen Frauen und Männer ist weit über seine Pflicht hinausgegangen.« Dann las er langsam die Namen aller Opfer vor und hielt nach jedem einzelnen inne. »Sie sind Helden im wahrsten Sinne des Wortes«, fuhr er fort. »Helden der Polizei, Helden unserer Stadt und Helden unserer Nation. Und wir danken ihnen auf jede erdenkliche Weise.« Er wandte sich dem Sockel und einer glänzenden Messingplatte zu, auf der alle Namen in einer ordentlichen Säule eingraviert waren. »So möge diese Tafel als Erinnerung an unsere Helden dienen und als ständige Erinnerung an ihr Leben, ihr Opfer und ihre Liebe zu uns allen.«

Er senkte den Kopf und wischte eine Träne aus seinem Auge.

Pfarrer McIntyre trat vor und hielt ausnahmsweise ein kurzes und ergreifendes Gebet. Wie aufs Stichwort läuteten die Kirchenglocken über die Stadt und die Hügel hinaus. Jemand aus dem hinteren Teil der Versammlung klatschte, und der Applaus verbreitete sich schnell in der Menge. Der kollektive Beifall verband sich mit den Glocken zu einem ohrenbetäubenden Crescendo des Widerstands und der Einigkeit.

Nach einem kurzen Gespräch mit Gallacher und dem Pfarrer und der kurzen Erkundigung zu Harpers Befinden, kehrte Bone zu seinem Auto zurück. Walker holte ihn ein.

»Das war sehr emotional«, sagte Walker, die ihn erwischte, bevor er sich wegschleichen konnte.

»Mir wäre es lieber, sie wären alle noch am Leben«, erwiderte Bone.

»Ja, aber man wird sich immer an sie erinnern, und den Familien hilft es, sie in ihren Herzen lebendig zu halten.«

»Mullens hat sich für diesen Anlass ganz schön rausgeputzt«, sagte Bone mit einem Lächeln.

Walker kicherte. »Und woher hattest du das Geld für den Sockel?«

»Wer hat dir das gesagt?«, fragte Bone erstaunt.

»Ein kleines Vögelchen hat es mir gezwitschert, na ja, DS Baxter, um ehrlich zu sein.«

»Ach, ich hatte gehofft, das würde sie für sich behalten.«

»Also?«

»Erinnerst du dich an das Davis-Album, das ich dir gezeigt habe?«

»Das signierte? Das deinem Vater gehört hat?«

»Ich habe es versteigert.«

»Ich dachte, es wäre ein geschätztes Erbstück?«

»Nee, ich habe Miles Davis immer gehasst – so überbewertet.« Bone grinste. »Wie auch immer, die Truppe hat die Differenz kompensiert«, log er.

Sie gingen weiter zu Bones kürzlich zurückgegebenem, gewaschenem und gewartetem Saab, der im Sonnenschein wie ein hellgrüner Laubfrosch glänzte.

»Brauchst du eine Mitfahrgelegenheit?«

»Jede Faser meines Wesens schreit mich an, Nein zu sagen, aber es ist tatsächlich ziemlich gut, ihn wieder dort zu sehen, wo er hingehört.« Sie lächelte.

»Bin ich der einzige Mensch auf dem Planeten, der das Morsealphabet nicht kennt?«, fragte Bone.

»Harper hat es an der Uni gelernt.«

»Und warum überrascht mich das nicht?«

Sie öffnete die Beifahrertür, hob einen auf dem Sitz liegenden Umschlag auf und stieg ein. Sie warf einen Blick auf McKinnons Namen und die Adresse des *Chronicles* auf der Vorderseite.

»Liebesbrief?«, fragte sie.

»In gewisser Weise.« Bone betätigte den Anlasser des Saab. Er hustete, stotterte, hustete wieder und erwachte dann wimmernd zum Leben. »Sagen wir einfach, dass einige Informationen aus einer anonymen Quelle das Leben von Anwalt McLean sehr interessant machen werden.«

»Und alle unschuldigen Parteien werden geschützt, hoffe ich?«, fügte Walker hinzu.

»Oh, der Brief ist nicht von mir.« Bone lächelte. »Ich kümmere mich lediglich als Gefallen darum.«

Er legte knirschend den ersten Gang ein, und der Wagen rollte langsam aus der Parklücke.

Ende

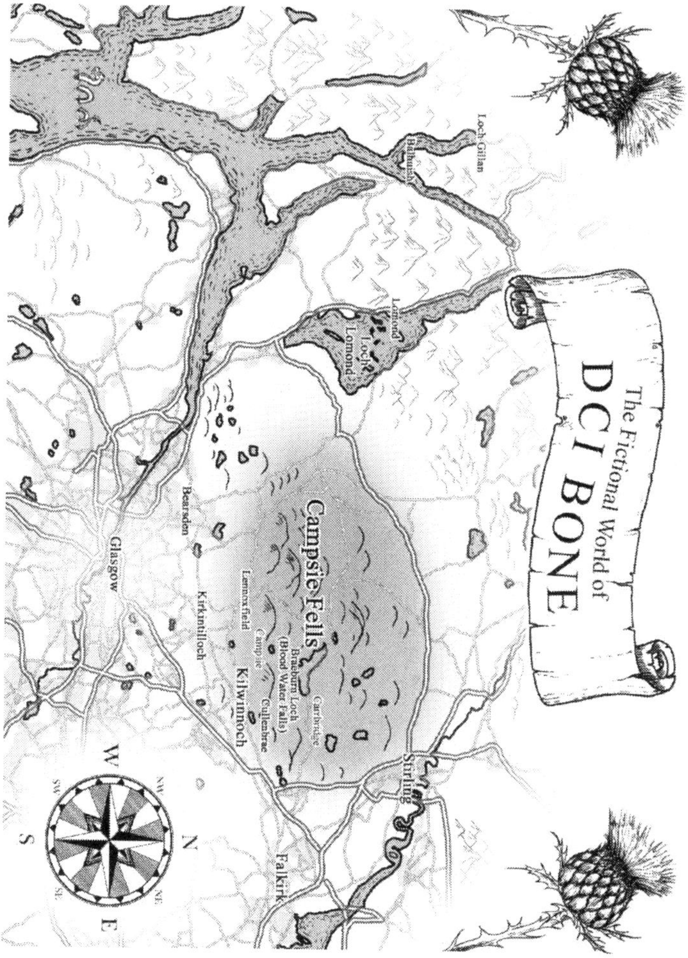
The Fictional World of
DCI BONE
Loch Gillan
Loch Lomond
Bearsden
Glasgow
Kirkintilloch
Campsie Fells
Lennoxfield
Campsie
Braeburn Loch
(Blood Water Falls)
Kilwinnoch
Cullenbrae
Carbridge
Stirling
Falkirk
N
S
E
W

DCI BONE KEHRT ZURÜCK IN

Blutwasserfälle

Ein Schottland-Thriller mit DCI Bone (Buch 2)

Man kann die Toten nicht ertränken.

Als die brutal ermordete Leiche eines ortsansässigen Geografielehrers an Kilwinnochs berühmtem Ausflugsziel, den Blutwasserfällen, entdeckt wird, ist die Gemeinde zutiefst erschüttert.

Für DCI Duncan Bone ist der Fall zunächst eindeutig. Doch es dauert nicht lange, bis ein unheimlicher Hinweis dunkle und tödliche Kräfte freisetzt, die die Ermittlungen über den Haufen werfen und Bone und sein Team in große Gefahr bringen.

Die Stadt schreit nach Blut, es gibt zu viele Verdächtige und nicht genug Antworten. DCI Bone steht nicht nur vor dem schwierigsten Fall seiner Karriere, sondern auch vor dem Kampf seines Lebens, als es darum geht, seine eigenen Dämonen zu besiegen, die ihn ein für alle Mal vernichten wollen.

Blutwasserfälle ist der zweite Teil einer Reihe von spannenden Kriminalromanen, die in der dramatischen Hügellandschaft der schottischen Campsie Fells angesiedelt sind und den Leser bis zum mitreißenden Höhepunkt fesseln werden.

Perfekt für Fans von Ian Rankin, J.D. Kirk, Val McDermid und Stuart MacBride.

Jetzt auf Amazon erwerben!

Auch bei Kindle Unlimited erhältlich

DANKSAGUNG

Ich stehe für immer in der Schuld der unermüdlichen Hilfe, Unterstützung, fachlichen Beratung und Ermutigung, die ich von den folgenden Personen erhalten habe. Ich schulde euch so viel.

Emmy Ellis
Diana Hopkins
Meg Jolly
Kath Middleton
Gordon Robertson
Beverly Sandford
Steve Worsley (die Stimme von DCI Bone)
Yanina, Tatjana, Tanja: Literary Queens
Mein wundervolles ARC-Team
UKCBC und CWA (die Facebook-Crime-Clubs)
und

Jeni und Erin x

Printed in Poland
by Amazon Fulfillment
Poland Sp. z o.o., Wrocław

36503849R00208